故事短片创作十五讲

杨柳军◎著

吉林出版集团股份有限公司
全国百佳图书出版单位

图书在版编目（CIP）数据

故事短片创作十五讲/杨柳军著.—长春：吉林出版集团股份有限公司,2023.12
ISBN 978-7-5731-4520-8

Ⅰ.①故… Ⅱ.①杨… Ⅲ.①故事片—剧本—创作方法 Ⅳ.①I053

中国国家版本馆 CIP 数据核字 (2023) 第 256471 号

故事短片创作十五讲
GUSHI DUANPIAN CHUANGZUO SHIWU JIANG

著　　者	杨柳军
责任编辑	林　丽　沈　航
封面设计	李　伟
开　　本	710mm×1000mm　　1/16
字　　数	260 千
印　　张	16
版　　次	2024 年 3 月第 1 版
印　　次	2024 年 3 月第 1 次印刷
印　　刷	天津和萱印刷有限公司

出　　版	吉林出版集团股份有限公司
发　　行	吉林出版集团股份有限公司
地　　址	吉林省长春市福祉大路 5788 号
邮　　编	130000
电　　话	0431-81629968
邮　　箱	11915286@qq.com
书　　号	ISBN 978-7-5731-4520-8
定　　价	96.00 元

版权所有　翻印必究

作者简介

姓名：杨柳军

性别：男

毕业学校：西南大学

专业：电影学

学历：硕士研究生

现工作单位：平顶山学院

职称：讲师

职务：专业教师

研究方向：微电影、纪录片创作、影视批评

成果：

1. 时代镜像：当代中国纪录片叙事脉络考察，《电影文学》2022 年第 14 期 CN22-1090/I（中文核心）独著，6800 字
2. 游走东西方之间：陈可辛电影的叙事策略，《电影文学》2021 年第 10 期 CN22-1090/I（中文核心）独著，5200 字
3. 从《重庆森林》解码王家卫电影的视觉图谱，《传媒论坛》2019 年第 14 期 CN36-1348/G2 独著，5100 字
4. 从《北方的纳努克》看纪录片如何讲故事，《电影文学》2020 年第 13 期 CN22-1090/I（中文核心）独著，5200 字

5. 从镜头视听语言角度探究贾樟柯电影的含蓄之美——以《小武》和《三峡好人》为例,《电视指南》2017 年第 21 期 CN11-5054/J 独著,4600 字

6. 浅论多机位拍摄在纪录片创作中的优势,《艺术品鉴》2015 年第 5 期 CN61-1485/J 独著,4500 字

7. 冯小刚电影情节游戏化的"是"与"非"——从《甲方乙方》到《私人订制》,《西部广播电视》2014 年第 19 期 CN51-1458/G2 独著,4100 字

8. 2019 年河南省社会科学界联合会项目《河南地方文化类电视纪录片创作现状研究》主持,已结项

9. 主持拍摄或指导学生微电影纪录片多部,获各级、各类微电影奖项 10 余项

前 言

有人说，21世纪是读图的时代，如果不懂阅读图片、影像，可能会被视为新的"文盲"。这种说法当然不免有夸大、震惊之嫌，但反观我们的时代，也真真切切成了影像化的时代。随处可见的各种视觉媒体充斥着我们的眼球，电影、电视、电脑、平板、手机，以及会场、车站、机场等场所的各种大屏幕越来越占据我们的视觉注意……短片、微电影、短视频相继问世，特别是近年来随着抖音、快手等短视频社交App异常火爆，"刷视频"成为很多年轻人的日常生活。

微电影（Microfilm或Micro Movies）一词是国内首创，2010年被称为微电影元年。其实，微电影概念的诞生一开始就引发了广泛的争议。短片（Short film）早已有之，直到今天，国际上依然有不少短片电影节，短片是一个经得起时间检验的概念。从媒介考古学的角度来看，微电影与短片没有本质的差异，二者均是不同历史时期的特殊产物。大体而言，与曾经出现的数字视频（Digital Video）概念没有太大差别。传统意义上，短片的物质媒介一般指电影胶片，特别是廉价的8mm、超8mm胶片。而数字视频的物质媒介是摄影机记录的磁带或数字存储卡，因轻便、价格低廉而广受欢迎，这与摄像机的小型化、家用化、数字化的历史密不可分。由此可见，不管是微电影、短片、数字视频还是短视频，都是媒介发展到一定阶段的产物，虽然有一些区别，但本质上仍然是"短片"特质。

故事短片与故事片，一字之差，除一个"短"字外，故事短片与故事片并无二致。因此，本书的很多章节也引用经典影片的案例，进一步拓展短片的研究视野，让短片创作者从故事长片中汲取营养。短片就类型而言可以分成故事短片、纪录短片和探索短片。故事短片以讲故事为主，靠情节吸引人；纪录短片即短纪录片；探索短片对常规剧作规律多有打破，以探索性、新颖性取胜。本书即将开启对故事短片的探索之旅，在旅途中你会认识什么是故事短片？它有哪些基本特征？如何创作出一部有价值的短片？如何构思、分镜、拍摄、剪辑以及后期包装？短片是表达思想的工具，是对社会、世界乃至对宇宙、人生的看法。优秀的短片，虽然短小，但"麻雀虽小，五脏俱全"，它是对社会人生的独到观察与睿智思考。

本书共分四大板块，即剧本创作、前期准备、中期拍摄以及后期制作四编。每一编精选短片创作的核心关键词予以深入阐述。好剧本是好短片的前提条件。行业内耳熟能详的一句名言："剧本，剧本，一剧之本。"有了"本"，短片这棵"大树"才会茁壮成长，枝繁叶茂。剧本创作板块将选取故事、情节、人物、结构四大关键因素予以详细分析。前期准备主要从导演如何分镜，如何绘制故事板以及开拍之前的常规准备三个方面予以阐述。短片创作班子搭建后，导演接着要做的核心工作就是分镜与绘制故事板。这是将文学剧本视觉化的关键。从文字到影像靠的是创作主体的媒介转化能力，这也是导演工作的重中之重。中期拍摄是短片创作的核心环节，本板块主要从画面、声音、光线、色彩、调度五个方面，对中期拍摄的关键点予以深入的讲解，以图拍摄出"有意味的画面"。按英国形式主义美学家克莱夫·贝尔的说法，艺术就是"有意味的形式"。在这方面，王家卫、蔡明亮、侯孝贤、杨德昌、塔可夫斯基、安哲罗普洛斯等导演的电影中有不少经典片段可供借鉴。后期制作阶段则主要从镜头组接、跳切以及后期制作三个方面予以探究。从电影史上来说，格里菲斯已经对电影流畅叙事的"语法"进行了全面的建构。本部分将从好莱坞"三镜头"法则讲起，依次展开，着重探讨电影的连续性与跳切问题，以及短片的调色和整体包装。在达芬奇调色软件十分流行的今天，几乎有条件的影视作品都会经过后期调色，正如照片都要经过后期加工一样。然后会对配乐以及字幕、唱词制作等做必要的介绍，目的是给短片增色、加分。

本书的写作内容来自平时教学中对短片创作问题的思考，也得益于一届又一届的大学学子在影视摄影理论与实践、导演基础与实践、微电影创作、纪录片创作课上的勤学好问。是他们的聪明好学，让我对故事短片创作进行不断思考、不断反思。本书力图打造成适合普通大学生与广大文艺爱好者入门与提高的参考书。当然，一本书能够解决什么问题？正如有学者断言，"事实上，就是把书店架子上的所有电影书籍汇集起来，也不足以道尽可讲的一切"。但优秀的读本可以为渴望知识的大学生、影视爱好者指明正确的道路，可以更好地反应他们的心声，满足他们的需求。本书既注重对基础知识的讲解，也注重对更高层次进行引导，希望让大家通过阅读本书，在短片创作方面"有所得"。亚历山大·麦肯德里克导演说："电影剧作方法与导演工作是不能被教会的，只能靠学习。每一个人都只能通过自己的系统去学习它。"诚然，"电影不能教，但是可以学"。每一个有志于短片创作的参与者、爱好者都是潜在的影视创作人才。

  本书在写作过程中，得到了不少领导和同事的帮助，在此一并表示感谢。我还要感谢我的爱人，是她担起了家庭的重担，让我有时间总结经验，归纳文字。还有两个可爱的女儿——依依与雨霏，她们的名字蕴藏在《诗经》的浓浓诗意里。希望她们健康成长，未来是她们的。

杨柳军

2023 年 6 月

目录

第一编 剧本创作 ... 1
- 第一讲 故事：创意为王 ... 3
- 第二讲 情节：剧作的窍门 ... 15
- 第三讲 人物：短片的支柱 ... 28
- 第四讲 结构：吸引力的秘密 ... 43

第二编 前期准备 ... 57
- 第五讲 分镜：核心思维 ... 59
- 第六讲 故事板：从文字到影像 ... 75
- 第七讲 开拍之前：凡事预则立 ... 87

第三编 中期拍摄 ... 105
- 第八讲 画面：视觉叙事 ... 107
- 第九讲 声音：听觉设计 ... 126
- 第十讲 光线：用光绘画 ... 141
- 第十一讲 色彩：作为创作元素 ... 157
- 第十二讲 调度：导演的语言 ... 172

第四编　后期制作……191
　　第十三讲　组接：连续性的幻觉……193
　　第十四讲　跳切：看得见的刺点……209
　　第十五讲　后期：第三度创作……225

参考文献……239

后记……243

第一编 剧本创作

第一讲　故事：创意为王

什么是叙事？这是看起来十分简单的事，回答却不一定很容易。叙事，即叙述事情，是"通过语言或其他媒介来再现发生在特定时间和空间里的事件"。[①] 格雷姆·特纳在其著作《电影作为社会实践》中指出："叙事可以说是'理解'我们的社会，并与他人分享'理解'的方式。"[②]

故事，简言之，是指用作讲述的事情，经常用来传递信息、价值观、文化和人类经验，并且可以启发我们的想象力、激发我们的情感、提供趣味性的体验。"从前有座山，山里有座庙，庙里有个老和尚……"，我们从小就依偎在妈妈的身旁"听妈妈讲那过去的事情"。故事是人生的必需品，如果没有故事，我们的人生肯定会失色不少。故事是人类跨越千年的共同话语，其产生与原始人类的生产生活有着密切的关系。故事为我们讲述民族曾经的过往，女娲补天、大禹治水、精卫填海、夸父逐日……故事就在我们身边，我们一刻也离不开它。然而，我们讲故事的手段或方式并非一成不变。很显然，首先是语言，自从人类发明了语言，我们就用声音讲述故事。后来我们手舞足蹈，用诗歌、音乐、舞蹈讲述故事。文字出现后，人类用文字讲故事。

可以说，用视觉讲故事不是现代的新发明，原始的绘画即是讲故事。我们能看到最早的原始洞穴，如西班牙的阿尔塔米拉洞窟壁画是旧石器时代晚期的绘画遗址，描绘了原始狩猎的场景，野牛的形象栩栩如生。无独有偶，法国的拉斯科洞窟壁画洞顶画有 65 头大型动物形象，最长的约 5 米以上，已有 15000 年左右的历史，堪称杰作，被誉为"史前的卢浮宫"。

千百万年以来，人类一直用视觉讲述故事。到了 1839 年，美术家达盖尔公布其发明，标志着现代摄影术的正式诞生。人类第一次用自己的能力再现现实。这在人类历史上是何等重要，把视觉叙事提升到了一个前所未有的高度。随着摄

[①] 申丹，王亚丽.西方叙事学：经典与后经典[M].北京：北京大学出版社，2010：2.
[②] 格雷姆·特纳.电影作为社会实践[M].高红岩，译.北京：北京大学出版社，2010：96.

影术的发明，展示动态影像的电影也提上了历史日程。1895年12月28日，电影终于诞生了。这一天，卢米埃尔在巴黎卡布辛路的大咖啡馆的电影放映获得了巨大的成功，人们惊奇地在银幕上看到了自己的影像。至此，人类不仅可以逼真展现静态的景观，而且可以真实记录动态的影像。人类视觉叙事能力得到了空前的展现，讲故事的能力也得到了巨大的飞跃。

一、用视觉讲故事

电影的思维是运动的思维，也是视觉的思维。电影给观众观看的是画面，即使到了有声电影时期也是如此。可以说，电影的出现使人类视觉叙事的能力达到了空前的高度。电影视觉语言的逼真、直观深深震撼了当时的观众。当人们在电影银幕上看到火车驶来的时候，纷纷起身、躲避。电影传到中国，同样极具震撼力。1896年8月11日，上海徐园内"又一村"放映了"西洋影戏"，这是中国的第一次电影放映。迄今我们能找到的最早一篇电影评论写道："其他尚多，不能悉记，洵奇观也。"又感叹："天地之间，千变万化，如海市蜃楼，与过影何以异？"

二、电影是什么

这个看来简单的问题，但要回答清楚确实不那么容易。电影诞生100多年来，无数的理论家不断探索，提出了自己的真知灼见。导演爱森斯坦认为电影是一个画框；电影批评家巴赞则认为电影是一扇窗户；按电影理论家米特里的观点，电影既是画框，又是窗户。而在精神分析学家那里，电影更多的是一面镜子。无论画框、窗户、镜子，都是从不同角度表现了电影的不同侧面。电影其实是一个多面体，不同的研究者会看出不同的面来。按长镜头学派的理解，电影应该更像窗户，因为窗户是与现实相通的，或窗户本身就是现实的一部分。巴赞的大作《电影是什么？》就是对电影本质最好的追问。他深入研究当时的意大利现实主义电影后，提出了"电影是现实的渐近线"的观点。这是巴赞对电影的定义，电影就是写实，源自电影诞生之初的本性，但是电影毕竟还是一门光和影的技术。电影是在二维平面呈现三维的影像，电影所谓的立体感，只是观众的幻觉而已。电影毕竟不是现实，所以只能是现实的"渐近线"，即电影无限接近客观现实。倘若我们从蒙太奇学派的角度来探究，电影则更多是蒙太奇再造的时间与空间，电影的虚幻性便凸显出来了。从这个角度来说，电影无疑更像镜子，镜子是虚幻的，但它映射现实，或电影不是直接呈现现实，而是现实的隐喻，这与风靡一时的电影精神分析便不谋而合了。

电影可能还是一个梦，奥地利精神分析学家弗洛伊德在《作家与白日梦》一文中提出，"同样，孩子长大后停止游戏时，除去和真实事物的联系之外，他什么也没抛弃。替代游戏的是幻想。他在空中建造楼阁，去创造所谓的'白日梦'"。作家的幻想源自孩子时的幻想，成人后，这种幻想不会消失，它转变了方式，以白日梦的方式呈现，只是我们不容易觉察而已，"一篇具有创见性的作品像一场白日梦，是童年时代曾经做过的游戏的继续，也是这类游戏的替代物"。电影其实就是梦，弗洛伊德对人类的梦境进行考察后，发现梦表现了一个个片段的组接，这种组接无疑就像电影的蒙太奇。电影也是一个个镜头片段的组接，这何其相似。按弗洛伊德的观点，"梦是愿望的达成"，人都有欲望和需求，在现实中无法实现，做梦即欲望的发泄，通过做梦获得了片刻的自我"实现"。而电影又何尝不是这样呢？电影是一个"白日梦"，是人类美好愿望的体现，所谓真、善、美的理念，人类的初心。商业电影不仅仅给观众视觉的刺激，更是观众"未实现的"愿望的达成。电影与梦有太多相似性，但电影有一点与梦不同，即电影一般以现实原则为基础。虽然电影史上也出现了类似梦境、意识流的电影，但普遍的现实原则和逻辑性还是主流。电影以身临其境的替代方式发泄了观众的欲求。渐渐地，电影便成了人类无法离开的发明了。

三、电影思维的特征

电影的思维就是视觉思维，即可视性思维。导演韩小磊在《电影导演艺术教程》中提出，电影思维是可见的、对影像运动进行的思维。他归纳了电影思维的三大基本特征：其一，确凿无疑的、可视的、具体的物象；其二，在一个特定空间形态里的存在；其三，在某个时间段的运动。[①] 这是很有见地的。电影影像是什么？电影只是光与影的幻觉。电影是影像，是具体的、可见的物的影像，也是空间的存在，更是一段时间的运动，这是与摄影的根本区别所在。了解电影思维的本质，将有助于探索电影如何用视觉讲故事。那么，从现在开始，用电影的视觉思维去构思故事，这样你就对电影渐渐入门了。

四、故事资源

电影是讲故事的艺术，故事既然很重要，那么从哪里去物色故事呢？其实不管是初学者还是有一定剧作经验的人，都会很困惑。故事对我们来说，太难了。中国优秀电影编剧，大都是小说家出身。编剧是"无中生有"的，是电影工作的第一步，导演只是在编剧的故事剧本基础上的二度创作，剪辑又是三度创作了。从小说的写法到剧本的写法，只是剧本的格式与剧作的手段不同而已。所以，就故事的源头而言，应该多向小说家取经，多向优秀的电影编剧学习。一般而言，故事的资源可以分成客观与主观两个部分。

（一）客观理性资源

历史事件、社会现象、人物素材以及古今中外优秀的文化遗产是我们电影故事创作的宝库。在剧本的编写过程中，需要对这些资源进行科学、合理的挖掘和利用，结合创作需求寻找最佳的素材和线索，从而构建出一个完整、具有戏剧性和情感张力的故事世界。据了解，截至1995年，莎士比亚的作品被改编成电影达368部，其中43部获奥斯卡大奖。我国四大名著多次被搬上银幕或屏幕，张艺谋的《红高粱》《菊豆》《我的父亲母亲》都是依托小说资源。

（二）主观感性资源

希腊雅典德尔菲神庙上镌刻着一句名言"认识你自己"，哲学家苏格拉底将其作为一生的座右铭。从某种意义上说，艺术即人学。所有的艺术作品，无论绘画、音乐还是摄影、电影，无不一再试图回答这些问题：人到底是什么？生命的

[①] 韩小磊.电影导演艺术教程[M].北京：中国电影出版社，2010.

本质是什么？人应该怎样度过自己的一生？印象派画家高更有一幅名画叫《我们从哪里来？我们是谁？我们到哪里去？》，画中有奇怪的色彩，奇怪的线条，奇怪的人物和景观，以及奇怪的组合搭配，无不显示了人生的玄妙与神秘。具体而言，主观的感性资源包括回忆、直觉、梦幻和灵感等。

首先是回忆。回忆是人们在脑海中重新体验过去的经历和记忆，包括感官印象、情感体验、思维过程等。回忆可能来自不同的来源，如亲身经历、他人讲述、书籍影视等。人类通过回忆来保留自己的历史，也感受到了时间的流逝。通过回忆，人们能够寻找自我认同、建立情感纽带，并能够帮助人们更好地应对未来的挑战。回忆可以作为创作开启的契机和动力。短片《老男孩》创作源自20世纪八九十年代浓烈的回忆，霹雳舞、喇叭裤等唤起了无数观众的共鸣。

其次是直觉。直觉是指人们在没有经过逻辑推理和明确思考的情况下，基于经验、知识和感性认识所形成的判断和决策。直觉常表现为一种内在的感受或信念，而不是由外部证据或分析支持的结论。直觉在某些情况下可以发挥重要的作用，如在面对复杂问题时，直觉能够提供一些关键性的洞见和启示。艺术创作更需要直觉思维，它强调潜意识、突然性，而且直达本质。在现象之中直观本质，也类似西方的现象学派。德国哲学家海德格尔从破旧的梵高的《农鞋》中感觉到了农人生活的艰辛与生命的本质。从"子在川上曰，逝者如斯夫，不舍昼夜"中我们也能够感觉时间的永恒与流逝。"菩提本无树，明镜亦非台，本来无一物，何处惹尘埃。"佛教禅宗词师六祖慧能悟到了禅的最高境界。这些靠的都是直觉思维。

再次是梦幻。梦幻是指人在睡眠状态下出现的感性体验和精神活动，包括视觉、听觉、情感等方面的体验。梦幻通常是由大脑对外界和内部刺激的加工和整合所产生的，与现实世界有所不同。梦幻可能反映出人们潜意识中的想法、情感和欲望，并以象征化的方式呈现，如电影导演费里尼《八部半》梦幻般的意识流，塔可夫斯基《伊万的童年》中的梦境。电影是人类的白日梦，宣泄了人类的欲望和情绪。

最后是灵感。灵感是指一种突然涌现的创意或想法，通常不经过明确的思考和逻辑推理，而是在非常短的时间内从内心深处冒出来的。灵感可能是由于大脑对外界信息的加工和整合所产生的，也可能是通过无意识的思维过程得到启示。灵感的生成可以概括成四种情况，即思想点化、原型启发、形象启迪、情景触发。灵感的触发可遇而不可求，却是我们寻找故事的宝贵资源。灵感从哪里来呢？我们可以梳理出三个要点，即从最不显眼、最简单的入手，最不可能、最不可想象的地方入手，对事件采用逆向思维去设计。艺术的灵感往往在于出奇制胜，最不显眼、最不可能的点，或许就是我们创意的契机。2000年悉尼奥运会的点火仪式确实出人意料，当运动员举着火炬踏上火炬台的时候，观众无法想象火炬居然从水中升起。水火是不相容的，火藏在水中，这的确是最不可能的点子。同样，2022年北京冬奥会的火炬点火也是在最不显眼处出奇制胜，偌大一个鸟巢，观众就是看不到火炬塔。待到点火仪式的时候，原来是代表不同国家的雪花汇聚成冬奥火炬，最不显眼，却出人意料。

　　从最简单的入手，从最不起眼中看出不平凡。这样的一种思维，确实有过人之处，打破常规，然后逆向思维。例如，就电影发展史来说，技术无疑对电影的发展起着有力的推动作用。电影的发展肯定离不开技术的进步。从黑白到彩色，从无声到有声，从2D然后到3D。技术在电影发展当中起着举足轻重的作用，这个是一般人都有的思维。但是，我们只要逆向思考一下，技术对于电影的发展到底是利大于弊，还是弊大于利？这就是一个极佳的辩题。逆向思维，我们同样可以找出足够的证据。

　　电影是用视觉讲故事，提到电影，我们会先想到画面、想到镜头，这样的思维有益于我们构思剧本。一般不建议大家一开始构思剧本的时候先想到主题，因为主题其实很多人也都会想到一些，但很难用鲜活的、动人的、新颖的故事呈现出来。从剧作上讲，有了故事，主题自然蕴含其中，观众会体会，只是有了主题，故事却不会凭空产生。可见主题与故事相比，故事一定是第一位的，主题则是第二位的。我们只有从现在开始，随时留意生活的小事、新事、趣事，才可能随时发现好故事，为我们所用。在这方面，最好的学习剧作的方法就是向成功的小说家学习，时刻关注生活。

作为短片创作者，要有自我认知，有些主题题材我们最好明智地回避。美国的迈克尔·拉毕格在《导演创作完全手册》中列举了以下五种情况可供我们参考：

其一，你没有经历过或者不可能深入调查的世界。

其二，任何正在持续困扰你生活的问题（找个心理医生吧——在指挥一个电影团队拍片的时候设法解决这些问题）。

其三，任何"典型"的人或事（真实的事是不可能典型的，典型不会有趣，也不可靠）。

其四，任何形式的说教和道德指引。

其五，讲述问题已有答案的电影（观众当然也知道这些答案）。[①]

故事短片创意从什么地方来？简言之，第一，个人生活阅历，从身边着手，从简单着手。生活中身边的事物是我们最熟悉的，但是因为太熟悉，所以容易熟视无睹，限制我们的想象力。所以，如果要让故事有创意的话，还是要关注生活，要多走走、多看看，把眼界放宽，你就会有全新的创意。第二，他山之石，可以借鉴。多看优秀的故事短片，特别是国内外获奖的短片。拉片是最好的学习方式之一，学习别人短片的剧本创意、结构、人物形象、场景设计、剪辑技法等。第三，提升理论素养，"功夫在诗外"，学习短片不仅要进得去，也要出得来，同时学习美学、哲学、艺术、文学的书籍。总之，从熟悉的事物开始，那就从身边开始，从好奇开始。我们对生活、对事物要有好奇心，要有意识地观察，有目的地积累，其中有意识地观察尤其重要。

五、故事创意

人们在讲述故事时，通过自己的想象力和创造力，构思出富有吸引力和感染力的情节和人物。故事创意可以有多种来源，如个人经历、他人故事、文化传统等。好的故事创意应该具有独特性、新颖性和共鸣性。它需要能够吸引观众的注

[①] 迈克尔·拉毕格. 导演创作完全手册[M]. 唐培林，译. 北京：北京联合出版公司，2016.

意力，让他们产生浓厚的兴趣，并且能够激发他们的情感和思考。我们知道，故事短片毕竟不是故事长片，但它"麻雀虽小，五脏俱全，"小、微是它最显著的基本特征，具有醒目的辨识度。因为小，所以很多要求与故事长片都有着明显的不同。

（一）创意的要求

其一，事件精小。短片篇幅小、容量小、架构小，要以小见大、"小题大做"。故事短片往往在1小时以内，一般为15分钟到30分钟，如此短的篇幅，很难对情节充分铺展，因为架构小，所以"小题大做，以小见大"成了必要的手段。如戛纳获奖短片《黑洞》剧情十分简单，一个打印出的神奇黑洞，可以从中盗取任何东西。最终因为贪心，店员把自己关进了保险箱。神奇的黑洞不仅具有魔力，更是人性贪婪的试金石，观众从中看到了真实的人性。

其二，立意深刻。导演对生活要有洞察力、敏感性，要引人思考，发人深省。故事短片往往不以情节取胜，立意是否深刻直接决定了片子的价值。1989年奥斯卡获奖动画短片《平衡》无疑是立意深刻的一部作品，在一个不稳定的长方形木板上，五个人和一个箱子要巧妙地保持平衡，木板可以相对保持稳定，不至于倾覆。然而其中一个人起了歹心，将其他四人一个个踢下木板，这时，他仿佛是一个胜利者，但为了和箱子保持平衡，最终还是无法接近箱子，胜利者也变成了失败者。在动态的平衡木板上没有赢家，这显然是人际关系微妙平衡的寓言。短片立意深刻，给观众留下了深刻的印象。

其三，角度新颖。从平常事物中发现新奇，从新奇的事物中发现不平常，这也是艺术家的思维。正如《像艺术家一样思考》一书里的案例，艺术的思维就是创新，打破常规，这方面的例子很多。例如，我们都知道天上掉下来的要么是雨，要么是雪花，但是，大家是否想到，天上掉下一个个人了，这就是思维的创新。奥斯卡最佳真人短片《邻居的窗》讲述了一对夫妻生养了三个孩子，丈夫整天为工作所累，妻子忙于照顾孩子，感觉生活别无滋味。透过对面邻居的窗户，妻子远远地看到一对小夫妻恩爱甜蜜、生活充满激情，心中羡慕不已。二人的关系急转直下，整天为琐事而争吵。后来对面小夫妻一家发生变故，男主患病去世。两个家庭的女主人在楼下相遇。对方说出了她们的心声，原来小两口最羡慕的就是他们一家的天伦之乐。女主人公顿悟了，她开始以不一样的眼光看待曾经"平淡无味"的日常生活。结尾从对方的角度看待生活，夫妻恩爱，孩子活泼，其乐融融，好一个温暖的家。换个角度看自己，你也许会获得不一样的生活体验。本片主题深刻，给观众以生活的启迪。

（二）创意的原则

我们再来谈谈好故事短片创意的原则，简言之，创意要满足三大原则，即钩子原则、锤子原则和镜子原则。[①] 这一观点十分恰当，很好地把创意的核心规律点了出来。

其一，钩子原则是就现实层面而言，故事短片的创意务必像钩子一样深深吸引观众的注意力，牢牢抓住观众心理，侧重故事性，反应现实，激发共鸣。短片《米萱的赛拉味》创意选题贴近社会生活。故事讲的是人到中年，夫妻拌嘴，一次饭桌的争吵，女儿离家出走找男朋友喝酒消愁，却笑料百出。故事短片的选题最好做到"三贴近"，即贴近时代、贴近社会、贴近现实，这样无疑会赢得更多的共鸣。

其二，锤子原则就美学层面而言，故事短片创意要像锤子一样具有震撼性，既有文化意义，审美旨趣，又能获得快感，净化心灵。

其三，镜子原则就哲学层面而言，故事短片可揭露现实，弘扬真善美，给观众以镜子般照近现实，追问人生价值，具有哲学上的深度与意义。顾长卫的《龙头》可谓现实生活的一面镜子。短片主题玄奥，内涵丰富，有多种解读。2012年世界末日的三人对话，讲述对待生活、生命的不同故事，我们会感受到生命的不易、短暂、弱小和美好。故事短片是社会生活的一面镜子，不管是鞭挞假恶丑，还是弘扬真善美，宣扬社会正能量。从哲学意义上说，短片就是反映我们的人生，

---

① 国玉霞. 微电影创作技巧 [M]. 北京：清华大学出版社，2015.

反映我们生存状态的一面镜子。《龙头》这个片子，就是借世界末日的话题从哲学层面上去思考人类的生存问题，思考生命的问题。

六、故事叙述

电影故事讲述往往通过电影画面、对白等多种元素，将一个故事中的情节和人物描述出来，让观众了解电影的主旨和意义，同时产生各种情感反应。故事包括情节开端、发展、人物塑造、电影中的戏剧冲突和高潮、结局等。电影的结尾，让观众领会其中的主题和意义，并在整个故事叙述的过程中留下深刻的印象。其中，故事的叙述视角较为重要。叙事视角是在小说、电影等叙事文本中讲述故事的方式。它决定了读者或观众所能感知到的信息范围和深度，并且会对故事产生不同的阅读或观看体验。按法国文学评论家热奈特的分类，可以将叙事视角分为全知视角、内视角、外视角三种类型。

（一）全知视角

全知视角也叫零视角，叙述者大于剧中人物，也称全知全能视角。如短片创作者无所不知，无所不晓。它不指定任何一个特定的视角，叙述者通常是一个超越了故事中所涉及的人物和情境的存在。大部分短片采用这种视角，这种叙事方式可以揭示出整个故事世界的各种事实和规律性信息，并且有较强的客观性。

（二）内视角

内视角即叙述者等于人物，由故事中的某个人物作为叙述的主体来讲述整个故事。故事叙事者所知的范围与剧中人物一致，具有亲切感和真实感，我们通常称为第一人称视角。这种叙事方式可以让读者更加深入地了解故事人物的思想、内心活动和情绪变化。例如，英国短片《男孩八岁》（1998）以第一人称视角讲述小男孩眼中对足球的热爱，以及父母生活的变化，隐约表现了一个破碎家庭的悲剧。该片从头至尾都是小男孩自我讲述的画外音，片尾阴沉的天空、无边的大海、抒情的音乐把观众带入一种深深的伤感之中。这一切都是因为失去了父亲的缘故，原来该片表达的故事背景是英国希尔斯堡惨案。由于管理不当，因此造成球迷拥挤踩踏，连同小孩的父亲在内，96名球迷丧生，另有200多人受伤，成为英国足球史上最惨烈的球迷伤亡事件。独特的叙事视角是该短片脱颖而出的关键。

（三）外视角

外视角为叙述者小于人物，即叙述者知道的比剧中人物还少，这与"全知全能"视角刚好相反。叙述显得神秘莫测，富有悬念，使观众面临许多空白和未定点，能极大地调动观众的参与性。一些实验类短片喜欢采用这一类型。

七、故事人生

希腊哲学家柏拉图在《理想国》一书中讲述一个洞穴的隐喻故事。有一群囚徒被囚禁在一个洞穴里，他们从来没有离开过洞穴。他们手脚被束缚，不能回头，只能看着自己的前方。他们的身后，在这条通道的旁边有一堵墙。外面的人背着各种各样的工具和器械走过这个通道，火的光亮把这些影子照射到囚徒眼前的墙壁上。他们一生都在看着外面世界的影子。这样的空间设计，无疑像极了电影院的观影体验。"电影是什么"一直是理论家探索的问题，电影到底给人类带来什么？是安慰还是麻醉，抑或是对真理的遮蔽？但无论怎么说，电影对我们来说还是很重要的。我们来看看优秀的电影导演对为什么拍电影这个问题是如何回答的。

黑泽明："我拍电影是为了与大多数人建立沟通的管道。我没有口才，只有拍电影才能充分表达我的意念。"

马丁·斯科塞斯："在我的记忆里滞留最深的是儿时父母带我去影剧院的情景。那里以柔软的地毯、座椅、酒吧的香味、银幕的魅力使我获得安全感，能尽情地幻想。我拍电影也许只是为了重新体会当时的感受，并以无拘无束的形式寻找梦的灵感。"

萨蒂亚吉特·雷伊："无法抑制的拍片的欲望推动着我，大众的热情回响鼓励着我，直到今天，我拍电影仍然像第一次执导影片一样乐趣无穷。"

维姆·文德斯："事物在消逝，我们看到了它的消逝，并用摄影机拍摄它消逝的过程，事物虽已消逝，但事物曾经的事实已在摄影机中，未曾消逝。摄影机是记录消逝事物的机器。"

罗伯·格里耶:"现代电影的一个基本特征,即世界被创造在银幕上。"

王家卫:"电影给人最大的乐趣是你可以做好多事情,你可以创造一个世界,安排很多人……像希腊神话一样,放些人上去,看人奔跑、飞行。事实上,你可以跳进角色里去,经历许多生命。"[①]

各种说法耐人寻味,发人深思。正如导演戈达尔说,电影就是每秒24格的真理。电影是导演对世界、社会、人生的哲学思考。电影创作背后有无穷的乐趣,这也是支撑导演们辛苦工作的原始动力。

故事短片是映射现实的镜子,直接或间接反映着社会生活,映射着时代潮流。未来,故事短片创作者需要认识我们的时代,以世界普遍接受的方式,以人作为切入点,以民生为导向,向世界讲好中国故事,展现中国现实。故事短片创作需要百花齐放。可以预见,在相当长的一段时期,故事短片的多种叙事依然会长期并存。我们一方面要积极学习、借鉴、使用世界熟知的叙事方式,以世界话语讲好中国故事,讲好中国人的故事;另一方面也要积极提升自身话语权,为构建世界发展命运共同体贡献中国方案、中国思维与中国智慧。故事短片一直与时代共舞,未来它将一如既往地担负起反应现实生活、映射时代潮流、张扬民族文化和社会进步的历史重任。

---

① 韩小磊.电影导演艺术教程[M].北京:中国电影出版社,2010.

第二讲　情节：剧作的窍门

很多人将剧本比喻成建筑设计图，整体上还是比较恰当的。我们要盖一幢大楼得先有设计图，才能按图施工。但是我们也要看到，建筑设计图一旦设计好了就具有较大的稳定性，不能频繁改动，而剧本在实拍当中进行多次调整是很常见的事。从这个角度来说，剧本和设计图还是有些差别。

宽泛地说，剧本有多种表现形式，文学剧本、分镜头剧本、故事板等等，当然还有比较特别的剧本，只存在于大脑当中的形态。电影一定有一个大概的想法，而这个大概的想法我们可将其视为特殊的"剧本"形态。

电影剧本只是拍摄当中的一个文案，供剧组人员来阅读，为拍摄的方便而创作，它只是电影的半成品。一般而言，剧本不是为了好看，只要组员能够看明白，或者有利于创作，剧本就是有用的。当然，国内还有一类剧本主要是给读者阅读的，强调剧本的文学性，这是一个特殊的现象。无论哪种剧本，其写作都是可视觉思维。如果从现在开始能够用画面视觉思维角度去写本子，你的剧本创作就入门了。本讲我们将探索情节、冲突、细节等与剧作相关的问题。

一、情节与故事

（一）什么是情节

历史上许多大家都对情节下过定义。古希腊亚里士多德说："情节是悲剧的根本，用形象的话来说，是悲剧的灵魂。"[①] 他在《诗学》中明确指出，情节就是事件的组合。文学家高尔基说："情节，即人物之间的关系、矛盾、同情、反感和一般的相互关系——某种性格、典型的成长和构成的历史。"

福斯特则认为，情节是由一系列具有因果关系的事件组成的。

国王死了，然后王后也死了。（故事）

---

① 亚里士多德.诗学[M].陈中梅，译.北京：商务印书馆，1996.

国王死了，不久王后也因伤心而死。（情节）

从上面的两句话中，我们能够体会出，第一句只是陈述了国王死、王后死两个事件，没有强调二者的内在因果联系，而第二句话，不仅陈述了两件事情，而且特别强调二者的内在因果联系，因而构成了情节关系。故事是一个较为完整、具有逻辑和情感发展的事件序列。情节则是构成故事的各个事件和环节的集合，是故事发展和推进的途径。好的情节能够使读者或者观众更加紧张、好奇，带领他们深入想象故事中的世界。

情节是电影中事件的发展，通常由开端、发展、高潮和结局四个部分组成，通过一系列事件和人物关系串联起来，构成一个完整的故事。一个好的情节需要有足够的张力和变化，以便吸引观众或读者的注意力，并激发出共鸣。在一个完整的故事中，情节应该始终保持连贯性、可信度和紧密性，每个情节都应为进一步发展奠定基础。同时，情节还应该彼此交织，并贴合主题，呈现出递增、递减、转折等不同的发展变化，从而使故事推进更加自然、流畅，让人们更加深入地理解和感知故事。情节是电影艺术的核心和灵魂，能够吸引观众的注意力，产生情感共鸣，并传达电影的主题和价值观。我们来看一下短片《车四十四》开头的情节构成。

一辆车行驶在人烟稀少的郊外；

女司机在开车；

乘客们显得很疲倦；

男主在等车；

车来了，男主上车；

男主与女司机闲聊；

女司机叫男主找个座位坐下；

男主坐下后，在车上昏昏欲睡。

我们可以明显看出短片开头的主要事件的内在联系，即事件具有情节关系。情节一定是具有关联性、连贯性的。也就是说，情节是由事件构成，即事件与事件之间，它一定是具有因果联系的。情节的链条，一环扣一环，这就是情节表现的基本特征。上一个事件促使了下一个事件的发生，这个事件又促使下面事件的发生。所以，故事只是情节的简单基石，而情节是故事的最后完成形态。我们在编写故事的时候，一般都是以情节来编织，即由因果关系的事件来结构剧本。黑格尔认为，情节应为"表现为动作、反动作和矛盾的解决的一种本身完整的运动"。按照黑格尔的说法，情节强调变化过程，而且情节与动作是密切相关的。情节的掌握和塑造需要编剧有较强的故事想象力，同时还需要具备一定的结构化思考和良好的叙事技巧，使得设计出的剧情稳定流畅，起伏有致。

（二）三十六种情节模式

剧作到底有没有模式，一般人肯定持反对意见。如果导演是一门艺术的话，那艺术电影核心思维就是创新。既然是创新，何来固定的模式之说，故事短片同样如此。但我们要知道，影视包括短片在内的创作具有一定的特殊性。电影确实是一种艺术，但同时也是一门技术，还是一种商品，又是一种传播媒介。电影受到各种因素的制约，远比单纯的绘画、雕塑等艺术复杂得多。电影是各方面因素制约的产物，我们熟悉的各种类型片即不同的模式。关于戏剧创作，乔治·普罗蒂研究了1200部戏剧作品，提出"三十六种情节模式"，这些模式常被运用于小说、影视等创作之中，主要为以下内容：求告、援救、复仇、骨肉间的报复、逋逃者、灾祸、不幸、革命、壮举、绑架、解释、取求、骨肉间的仇恨、骨肉间的竞争、疯狂、鲁莽、无意中恋爱的罪恶、无意中伤残骨肉、为了主义而牺牲自己、为了骨肉而牺牲自己、必须牺牲所爱的人、两个不同势力的竞争、恋爱的罪恶、恋爱被阻碍、爱恋一个仇敌、野心、人与神的斗争、因错误而产生的嫉妒、错误的判断、悔恨、骨肉重逢、丧失所爱的人等。

虽然我们反对僵化的模式理论，但剧作的确有一定的"套路"，多多研究可以帮助我们打开思路。电影的确在不断重复这些与人类生活密切相关的情节模式，但每个故事的具体情景又是很不一样的。

（三）大情节、小情节、反情节

一说到情节，往往想到的都是大情节。其实情节一般有三种表现类型，即大情节、小情节和反情节。按编剧罗伯特·麦基的理解，大情节主要是因果关系、闭合式结局、线性时间、外在冲突、单一主人公、连贯现实以及主动主人公；小情节则是开放式结局、内在冲突、多重主人公以及被动的主人公；反情节则是巧合、非线性时间以及非连贯现实。大情节是最经典的设计，占电影的绝大多数。小情节是最小主义，情节减少到最低程度。反情节则是反结构，是对常规剧作结构的反驳。

就短片创作而言，大情节主要侧重人与人之间的冲突，主要情节围绕外部的冲突展开，矛盾特别尖锐。主要的商业电影无疑基本都属于大情节。矛盾是什么，冲突是什么，观众看得明明白白的，这是讲故事中最吸引人的一种手段。例如，奥斯卡最佳真人短片《两个遥远的陌生人》中黑人漫画家卡特·詹姆斯从女友住处离开，却一次又一次被路过的白人警察拦截，最后被枪杀。人与人的冲突是人的生死较量，此为大情节。

小情节往往是围绕主人公内部的情感，主人公和他自己内心的一种斗争，内心的一种挣扎，且不一定是一个明确的结局。一些艺术电影，很多情节设计其实都是小情节。矛盾冲突不是那么鲜明，它往往不以情节取胜，更多是展示人物丰富的内心，以及面对困难时人物的挣扎。如第88届奥斯卡金像奖最佳真人短片奖获奖作品《口吃》，主人公有语言障碍，面对网上聊天儿几个月的"好友"，如何大胆地面对，是主人公重大的生理与心理危机。虽然短片没有轰轰烈烈的大情节，但人物依然令人感动。

当然还有一种是反情节，它往往打破常规的情节模式，不按照常规的情节设置去设计整个影片，或者完全用一些细节堆起来，有些后现代风格的影片是反情节的电影。例如，《去年在马里昂巴德》《八部半》《路边野餐》等。在短片创作中，一些实验性质的作品一般可以归为反情节。例如，第61届戛纳电影节获奖短片《下一层》明显不以故事情节取胜，随着每一层的坠落，人们依然旁若无事地大快朵颐，人性的贪婪被揭示得十分深刻。

（四）主要情节与次要情节

故事情节按地位和作用的大小可以分为主要情节和次要情节。主要情节是故事中最为关键和重要的部分，通常与故事的主题、目的和结局密切相关，包括诸如故事的起始动机、冲突发展、高潮和结局等，也就是整个故事的核心内容。次要情节是不那么关键但仍然有一定作用的情节，通常需要为主要情节提供背景或支持，并对人物形象和影片主题的结构作出贡献。例如，人物之间的感情冲突、日常生活片段、环境描写等。主要情节和次要情节之间的关系并非简单的分别，它们往往交织在一起，相互纠缠、相互支撑，共同构成一个完整的故事世界。合理利用和处理主、次情节，能够增强故事的逻辑性、连贯性和吸引力，也更容易引导读者看清主角的处境、思想、内心、意义等深层次的东西。例如，印度电影《地球上的星星》开篇交代主要事件、展示人物性格。我们看到，老师发试卷、男孩伊夏成绩不及格、回家将试卷扔给了狗、试卷被狗咬坏、母亲追问试卷等情节，明显是构成因果关系的事件，因而是情节，是影片开头的主要叙事架构。而其他事件，如回家乱扔书包、洗手马虎、搞坏哥哥的拼图是事件，因果关系构成不明显，目的是展示人物的独特个性。从某种意义上说，电影就是由事件或情节组织而成的一个有机体。

（五）情节提炼

我国编剧理论家汪流在他的《电影编剧学》一书中说："一些故事在伟大的作家手中被改造成情节，这也就是情节的典型化和提炼的过程。"[1] 我们也可以看到早期电影的一些案例。关于情节的核心地位，美国电影理论家希拉·柯伦·博德纳在《纪录片也要讲故事》一书中做了很好的回答。然而长期以来，我们对故事的理解始终有一个误区。一提到故事，大都会联想到离奇的情节、虚构的事件。其原因是没有厘清故事与影视的关系。其实，讲故事是纪录片、故事片都应注重的核心因素。

---

[1] 汪流. 电影编剧学 [M]. 北京：中国传媒大学出版社，2009.

罗伯特·弗拉哈迪的《北方的纳努克》是一个典型的案例。如果考察一下弗拉哈迪的创作历程，我们不难发现该片的故事源头。弗拉哈迪出身于采矿之家，他酷爱探险活动，从小跟随父亲多次搬家，并且多次远征北极从事勘探活动。第三次出征前意外获赠了一台摄影机，通过简单的培训后随即上阵，这次远征拍摄了两万多米的胶片。我们今天无法看到弗拉哈迪这些原始素材。因为他在加拿大多伦多剪辑的时候，一场大火使胶片化为乌有。这无疑对他是一个巨大的打击。从弗拉哈迪的口中，我们能窥见些许样貌。他说："那部电影非常笨拙，不过是一些场景的简单拼凑，没有内在的关联，也没有任何故事线索和任何连续性，这样的东西势必令观众生厌。"[①] 由此推知，初次接触电影摄影的弗拉哈迪，不过是沿用卢米埃尔兄弟开创的旅游风光片、游记片的路线，目的只是满足观众的好奇心。如果这样拍摄电影，正如卢米埃尔所言，电影是毫无前途的。不幸中的万幸，一场大火给了弗拉哈迪一次重新思考的机会。第四次远征北极的弗拉哈迪仿佛脱胎换骨，这一次他把眼光锁定在一个叫纳努克的一家人身上。通过他们一家再现因纽特人曾经的生活方式，以及同自然斗争的精神。全片充满了人类学意义、浪漫主义风格以及人文主义精神。很显然，故事性是弗拉哈迪再次拍摄北极题材的最大追求。

影片前三分之一处可以概括为夏天的故事，主要表现纳努克一家人出场、到码头与皮货商进行货物交易，以及捕鲑鱼、猎海象等事件。这一部分可以看成故事的开端建制，主要是交代人物关系、主要矛盾、时间背景以及空间关系等。影片后三分之二为冬天的故事，主要涉及情节为雪地行雪橇、诱捕北极狐、搭建雪屋、父子游戏、全家起床、准备出征、头狗之争、捕杀海豹、突遇暴风雪、寄居废弃雪屋等。这是叙事的主体部分，是主人公谋求生存所做的努力和不断遭受的障碍，故事的结局很明显属于开放式的。

纪录片创作尚且需要故事性，那故事短片就更需要了。情节直接体现了故事性，也就是说情节是短片创作的奥秘。

---

① 保罗·罗沙. 弗拉哈迪纪录电影研究 [M]. 贾恺，译. 上海：上海人民美术出版社，2006.

二、冲突

（一）冲突与对抗

冲突是文学、电影、戏剧等艺术作品中的核心元素，可以分为内部冲突和外部冲突。内部冲突指的是人物内心世界的矛盾和对抗，外部冲突指的是人物与周围环境或其他人物之间的矛盾和对抗。冲突主要有人与人，人与环境以及人与内心之间三大类型。一个好的冲突应该具有足够的张力和戏剧性，能够引起读者或观众的兴趣和共鸣，产生情感反应和思考。冲突也需要合理地展开和解决，不断推动故事发展，并让人物在冲突中成长和改变。正如电影剧作家悉德·菲尔德所言："戏剧就是冲突，没有冲突，就没有动作；没有动作，就没有人物；没有人物，就没有故事；没有故事，就没有剧本。"[1]

冲突是故事中出现的问题、矛盾和障碍，是推动情节发展的重要驱动力。例如，在一部悬疑小说中，嫌疑人与侦探之间的矛盾即属于冲突。对抗则是指两个或者多个角色在故事中直接相互竞争的过程。这种形式的冲突通常会涉及明确的目标、策略和反应，而最终的胜利者将受到观众或读者的认可。冲突和对抗的存在使得故事更有张力，也更能吸引读者的兴趣。同时，它们也能够让读者更好地理解和感知故事中的道德价值观念、文化内核等深层次内容。剧作就是给观众一个人物，把他的动机和欲求交代出来，然后不断地给他设置种种障碍，让他不断地克服一个又一个困难。这样，情节就逐步铺展下去了。

（二）二难之境

在辩论实践中，有所谓的"二难推理"，即表面上对方有两种选择可能性，但不管选择哪种情况，都令人难于接受，这就使对方陷入进退维谷的困境。大家熟知的女朋友拷问未婚夫的难题："当女朋友和亲妈同时掉进水里，你要先救谁？"未婚夫如选择先救女朋友的话，很明显是不孝；如果选择先救母亲的话，势必暗示女朋友不重要。无论选择先救谁，都会有所失。当一个人面临两个或多

---

[1] 悉德·菲尔德.电影剧本写作基础[M].钟大丰，鲍玉珩，译.北京：世界图书出版公司，2012.

个选项，但每个选项都有不同的风险、代价和利益，并且无论选择哪个选项都会带来某种程度上的不利后果或牺牲。在这种情况下，无论选择哪个选项都会面临痛苦和困难。比如，一个医生需要在拯救母亲和婴儿的生命中作出选择，一个公司需要在保持利润和保护环境之间作出平衡。

从剧作家劳逊的冲突观当中，我们会发现它包括三个方面，即人与人、个人与环境、人与内心。内心的冲突就是理智和情感的冲突，其实理智和情感的冲突，永远是我们每个人都要面对的。如果剧作能够把一个人内心的冲突和外在的冲突交代出来，那这个人物的形象就很鲜活了。将人物编织进进退两难的"二难之境"，人物饱受理智与情感的煎熬，人物自然就更加生动形象。

高明的剧作家都善于将人物置于二难之境，让他备受折磨，从而凸显人物个性，体现创作主题。冯小刚导演的电影《唐山大地震》中母亲也面临两难的折磨。面对突如其来的天灾，在姐姐与弟弟之间只能救一个的时候，到底救谁，对母亲来说肯定是一个艰难的选择。而生活中，我们每一个人往往都会面临理智与情感的冲突。当二者必须作出选择的时候，也就是人物形象打动观众的时候。

短片《车四十四》向我们讲述了一个乘客们的"二难之境"，面临女司机被歹徒欺负，是救还是不救？如果救的话，乘客人身安全有可能受到威胁，毕竟歹徒有凶器，很嚣张；不救的话，乘客又会受到道德的质疑和良心的谴责。于是在"二难之中"，乘客选择的"见死不救"，从而直接导致了女司机将车开下悬崖，与全体乘客"同归于尽"。女司机的行为我们姑且不做深入的讨论，因为这一行为从情感或道德上说是可以原谅的，因为一整车的乘客，都没有伸出援手，她孤立无助。但从法律上讲，女司机的行为无疑有"犯罪"嫌疑。短片改编自真实的事件，"二难之境"给观众极大的震撼，也带来了无穷的争议，发人深省，震撼心灵。

（三）格雷马斯符号矩阵

格雷马斯作为文学理论的大师，对于分析文本提出"符号矩阵"的方法，这是典型的结构主义方法，即从各个单元之间找出彼此的关系。这个方法实用性很强，目的性也很明显。只要准确画出矩阵关系图，情节被剥去粉饰的衣装，所有的信息都一目了然，任何电影、戏剧均可以借鉴。

（四）冲突的要求

一部影片往往需要围绕着一个贯穿冲突展开情节。短片创作中冲突需要明确地呈现给观众或读者，包括冲突的性质、对象、程度，以便引起观众的共鸣和情感投入。也需要与情节和角色的设定相吻合，避免出现矛盾或逻辑漏洞，从而增加作品的可信度和真实性。冲突需要具备足够的强度和紧张感，才能够激发出角色行动的动力和欲望，同时也能够引起观众的关注和期待，也需要得到持续的推进和加强，并被巧妙地安排于情节发展的高潮部分，以便赢得最大的情感效果和观众的共鸣。那么，冲突如何展开呢？一般而言，我们建议要做到"早、绕、饱、巧"四个字。

其一，冲突展开要"早"，即短片开端富有吸引力，最好一出场尽快给观众交代故事冲突。让观众早一点儿进入剧情，有利于吸引观众。其二，冲突发展要"绕"，即发展具有曲折性，主要是剧本的发展阶段，我们要来几个回旋，解决了一个小冲突又来了一个小冲突，以增强情节发展的曲折性。其三，冲突高潮要"饱"，即高潮要扣人心弦，经过发展阶段，最终将主人公逼到绝境，让他退无可退，只能面临最大的危机，高潮就饱满了。其四，结束冲突要"巧"，即结尾巧妙，让观众意想不到。"意料之外，情理之中。"剧作就是和观众"博弈"，有时候我们要照顾观众的思维，"迎合"观众的想法去设计情节，有时候我们要有意避开观众的一般想法，虚构出令人惊奇的故事情节，从而让观众感到"意料之外"，观众就会佩服编剧，获得欣赏的快感。当然，所有的一切都需要"度"的把握，否则编剧就可能是在"炫技"。观众是聪明的，太多的反转、太多的意料之外，也会让观众反感。

三、电影细节

我们知道了什么是情节，那么什么又是细节呢？情节和细节之间有内在联系，但也有很大的不同。电影细节是在电影中呈现出来的一些微小却极其重要的元素，能够为观众带来丰富的感官体验和更深层次的情感共鸣。电影中的细节可以是场景、道具、服装、镜头设置等方面的设计和安排，容易被忽略或者不太显眼，却能够丰富故事情节或表达主题思想。例如，电影中一个人物穿戴的衣着风格可以反映出他的性格特点，电影中某个场景中的物品摆设可以表达一种文化背景，电影中某个画面的颜色调整可以增强情感表达等，特别富有特色的一些细微之处，它就是细节，或者说人物情绪的刻画，细部动作的描绘，它能够构成情节的基本单位。我们写剧本的时候，一定要注意细节。剧本绝对不能写"他是一个美丽的人，他是一个丑恶的人"或"他是一个老谋深算的人"等如此抽象的语言。剧本必须是看得见的、听得到的细节。打一个比方的话，情节就好比整个建筑的一个架构，而细节就好像整个房屋当中的砖块，它是装修。情节是由细节堆起来的，最能打动人的其实不是情节，而是细节。

（一）细节在剧作中的作用

其一，细节能够表达某种思想。即使影片当中有深刻的思想，但导演、编剧不可能站出来直接陈述片子表达了什么。我们一定要把我们这种思想化成观众能看得到的、能听得到的，即换成故事情节、具体的细节去体现。

冯小宁导演的电影《红河谷》展现了中国西藏和英国之间的一场战争。起先英国大兵琼斯以科学考察为借口，偷偷绘制军事地图，途中遇到雪崩，被埋在雪里了。西藏人格桑把他们救出来，非常热情地招待他们。养好病以后，英国大兵琼斯赠送给格桑一个打火机。后来战争爆发，格桑用这个打火机点燃了城堡的大油桶，引爆了火药，和英国士兵同归于尽。轰的一声，所有的一切化为尘土，片尾推镜头寓意深刻，风吹拂着被黄沙掩埋的打火机显然能够表达某种思想。这个打火机曾经是他们友谊的一种象征，但现在它提醒观众思考，这是友谊吗？另外，打火机在那个年代毕竟代表了英国先进的工业文明，与它相对是当时西藏原始的生火工具，或者这个打火机蕴含着"落后就要挨打"的警醒。

其二，蕴含人物情感。《这个杀手不太冷》中杀手莱昂不管走到哪里，总是带着一盆花,即使在逃命的时候也不忘抱着。莱昂打算牺牲的时候,他把那个小花送给了小女孩马蒂尔达。结局,小女孩把那小花埋进大地,让它回归大自然。这样的动作细节设计,使杀手莱昂的性格呼之欲出。吴宇森《变脸》中的男主角为小孩戴上耳机后再进行激烈枪战。客观想一下,枪林弹雨当中戴耳机有啥用,但是这个细节的设计恰恰就体现了这个人物的爱心、细心、良心以及人性的东西。张艺谋导演的电影《我的父亲母亲》里面有很多物件细节,比如,青花碗、发卡两个物件。青花碗可以看成父亲母亲之间的情感纽带。起先母亲动了小心思,用这个碗给父亲做好吃的,可惜父亲没有吃上。后来父亲离开后,母亲追着送饭,摔了一跤,把碗摔碎了,再后来母亲的娘为了留住女儿的念想把碎碗锔好。这个碗无疑暗示了父亲和母亲的分分合合。送碗、摔碗、锔碗,暗示了我的父亲母亲爱情的发展过程。这个碗就不再是普通的物件了,而是象征着两个人之间难舍难分的美好爱情,锔碗无疑是缝合两人关系的形象隐喻。关于发卡也是一样,赠送发卡、发卡丢失、寻找发卡,然后发卡失而复得。这些情节展现的物件细节既串联起父亲母亲的关系,也关联了两人的爱情之路。

其三,表达某种人物的性格。例如,吴宇森的经典电影《英雄本色》中,小马哥经常在出场时咬一根火柴,这个细节对于人物性格的塑造也起到十分重要的作用。这个动作其实是对生活动作的一个提炼。小马哥为什么要咬火柴?有不少的学者对这一行为进行过心理学的分析。小马哥在黑帮毕竟是一个"弱小者",作为一个弱势群体,需要树立自己的自信,这个火柴可以增加自己的自信。当小马哥要与对方拼命时,常常狠狠地一吐火柴,随即就是搏杀。导演这一独特的设计对于人物性格的揭示具有关键作用,也具有艺术表现力。细节直接与人物性格密切相关,同样,在电影《红高粱》中的"我爷爷"在酒坛子里面撒尿的细节无疑让高粱酒别有一番风味,成就了女儿红的口碑。同时,随意撒尿,"我爷爷"粗犷、张扬、不拘小节的性格特征就鲜明地体现出来了。

综上,细节在短片中可以体现人物性格、表达人物情感、提示影片思想。众所周知,主题思想是短片的核心,但主题思想不可能让观众凭空产生,它需要一定的载体或中介，如剧作中的情节、事件、人物形象以及细节等。第58届柏林电影节最佳短片《命中注定》讲述了一个男人刚好和女友分手，在机场候机厅遇到了一名男子。这个男子带有一个神秘的箱子，这个箱子可以预知未来30秒以内的事件。导演给我们展示了预测的几个细节。如候机厅两个陌生人撞到、接住新相识女孩掉下的饮料瓶、为她找到登机牌。这些细节无不显示箱子的神奇功能，但因为箱子只能预览30秒的未来。男子成功凭借箱子的预测获得了女孩的青睐，但30秒刚过，女友焦急地赶到候机大厅，试图挽回失去的爱情。而男主已经毫不知情地登机了。留给箱子的主人一脸困惑，为何只能预测30秒呢？哪怕多1秒，一对情侣的命运就会改变。这也许就是命中注定吧！

（二）什么样的细节才是好细节

细节在电影中十分重要，好的细节应该真实、生动、新鲜、巧妙。首先是真实。因为细节要符合人物性格，人物身份一定得真实，要符合情景规定的要求，要符合心理的逻辑，这样观众才会信以为真，才会觉得它是真实的。其次是生动。也就是细节一定要带有生活气息。编剧如何去发现与人物和情节相关的某些细节呢？那就需要到生活当中去找，也就是仔细观察生活的问题。这虽然是老生常谈，但不认真观察生活，确实很难找到恰当的、令人印象深刻的细节。编剧其实是无中生有，小说也是无中生有，就是故事从无到有，这个能力对于编剧十分重要。再次是新鲜。即首次展现在银幕上的事物，既要模仿也要创新，创新往往就是新鲜。最后是巧妙。细节要设置得特别精巧，出人意料。编剧构思一个场景，什么时间、什么地点、什么样的天气条件等，就是规定情景。在这样的规定情景条件下，会出现什么样的行动，会出现什么样的表情，会出现什么样的细节。细节要在全篇的风格之下，不要太突兀，要服务于叙事的特定节奏。细节是服从于整个情节、整个故事的。

以上简要论述了短片剧本创作中的情节设计、冲突和细节问题。三者均是剧本创作的核心，集中为故事服务。作为短片的剧本，它与故事长片的剧本还是有些不同的。很多时候，短片剧本没有办法长时间地铺展情节、建构冲突。可能剧本一上来就接近高潮，而且一般而言，故事短片场景数也不多。按好莱坞 1 个场景大约 1 分钟算，12 分钟的短片大约 12 个场景。所以，从这个角度来说，短片创作的核心应该是环境气氛的营造和人物形象的建构，我们将在以后的内容中予以论述。

第三讲　人物：短片的支柱

我们都看过不少的电影，也许情节早已模糊不清，但人物形象可能记忆犹新。想想古今中外的小说、戏剧，也是如此，原来我们记住一部小说，主要也是记住了人物。人物是故事情节的承担者，是主题思想的体现者，人物是短片的支柱。好的人物设定可以让观众更深入地了解角色的内心世界，并加深对情节和主题的理解和感悟，可以给剧本带来无限的可能和潜在价值，增强作品的吸引力和竞争力。因此，在剧本写作过程中，需要认真对待每一个人物的设定，尽最大努力使他们真实可信，同时表达作者独特的创作精神和敏锐的艺术眼光。

一般而言，剧本人物写作有两种方式。第一种是先有想法，然后按照想法去创造人物。第二种是创造人物，让人物自然产生需求、动机和故事。无论采用哪种方式，都可能建构生动而独特的人物形象。电影史上经典名片很大一部分也是靠人物形象脱颖而出，征服观众。本讲我们将深入探讨剧本人物的若干问题。

一、人物性格

当我们想到一个电影人物的时候，我们首先想到什么？很明显，那一定是人物性格了。放眼世界，尽管各色人等，肤色、年龄、职业、身份、环境各不相同，即使是双胞胎，相貌是如此的接近，但他们的性格还是有所不同。世界上没有两片完全相同的树叶，我们人类也是。各种人物体现在性格的千差万别上，剧本的目的就是揭示人物复杂多样的性格。

（一）真相与揭示

什么是人物真相和人物揭示？罗伯特·麦基在《故事》一书中是这样说的，"人物真相只有一个人在压力下作出选择时才能得到揭示——压力越大揭示越深，该选择便越真实地表现人物的本性。"[①] "人物揭示就是用对比或反衬来揭示真正的

[①] 罗伯特·麦基. 故事——材质·结构·风格和银幕剧作的原理[M]. 周铁东，译. 天津：天津人民出版社，2014.

人物性格，这是所有优秀故事讲述的基本要素。看似如此，其实本非如此。无论他言说什么，无论他举止如何，我们了解深层人物性格的唯一办法就是看他们在压力之下的选择。"①只有把人物放在压力之下，人物才会揭示他的本质特征。确实，生活中我们偶尔会戴上"面具"，"知人知面不知心"，如何让一个人的本性彻底地揭示出来，就需要将他或她放置在困难、危机当中。"路遥知马力，日久见人心"，一个人如果没有遇到困难或挫折，他的本性是很难揭示出来的。一般情况下，编剧就是设计一个人物，并将他放置在种种困难或危机当中去考验，最终凸显人物独特的性格与本性。电影让观众以虚拟的方式感受平时生活中体会不到的多姿多彩的人生，看电影就是和剧中的人物交流，分享他们的世界，从而扩展自己的人生体验。而且"最优秀的作品不但揭示人物真相，而且还在讲述过程中表现人物本性的发展轨迹或变化，无论变好还是变坏"。②罗伯特·麦基把它叫作"人物弧光"。

（二）动机与欲求

动机是推动角色行动的内在或外在力量，这个力量可以来自个体的需求、兴趣、价值观、目标，也可以来自于外部的奖励、惩罚、压力。动机可以促使人们采取某种行动。欲求是角色想要获得或实现的东西，这些东西可以是物质上的，也可以是精神上的。欲求可以激发人们的动机，推动角色为了实现自己的欲求采取相应的行动。

心理学家马斯洛认为人的需求具有多层次性。他将需求划分为五个不同的层次，分别为生理需求、安全需求、社交需求、尊重需求和自我实现需求。这五个层次从低到高逐渐升级，只有在低层次的需求得以满足后，才会寻求更高层次的需求。并且，每个人的追求都会因性格、文化背景和历史经验等方面的不同而有所不同。这就要求我们在满足基本需求的同时，也注重人的高层次需求，如提供

---

① 罗伯特·麦基.故事——材质·结构·风格和银幕剧作的原理[M].周铁东，译.天津：天津人民出版社，2014.
② 同①

自我实现的机会。虽然人们对于这一需求理论有过一些争议，但不可否认，这对我们了解人物的心理是有很大帮助的。

人的行为是复杂的，但无疑要受到动机与欲求的支配。剧本创作要向观众交代人物的动机与欲求，它往往是人物的主要矛盾，体现着全片主题。人吃五谷杂粮，自然有七情六欲。人是社会的动物，自然有社会性的一面。交代清楚剧本中主要人物与次要人物的动机与欲求，并且让他们不断实现自己的目标，故事就一步步讲出来了。作为剧本创作人，编剧要明晰不同角色行动的动机和欲求。这样人物的行动观众才觉得可信，从而对角色感同身受，认同角色的行动和情感，同他们一起呼吸，一起体验。

（三）障碍与行动

障碍指任何妨碍或阻力，可能会影响我们实现某个计划或目标的进展。而行动则是我们为克服障碍而采取的积极措施。行动通常是为了实现某种目标或满足某种需求而采取的具体行为，包括身体上的行动和心理上的决策、思考等。障碍是影响角色行动的阻碍因素。行动和障碍经常同时存在，并相互作用。角色的行动会面临各种各样的障碍，而这些障碍又会对角色的行动产生影响。有效地克服障碍，可以提高角色的行动效率和成功率。

一个好的故事或剧本需要有情节性的人物行动和障碍，才能引起观众的共鸣和兴趣。他或许会遇到内心冲突、社会压力、物质条件、外部挑战或意外事件。例如，人物想要做某些事情，但他们内心深处存在着一些矛盾的情感；人物受到周围环境或其他人的影响和限制，无法按自己的意愿行动；人物需要某种资源或条件去实现自己的目标，但由于某些原因，这些条件或资源无法得到满足；人物在做某件事情时，遭遇到了外部的阻碍或挑战；人物在执行某项任务时，遇到了预料之外的事件或困难，从而影响了他们的行动和计划等。

人物是剧本主题思想的承担者，往往为了实现某种目标，自觉或被迫采取一定的行动。剧作家的一大工作就是在剧本中给人物设置一个又一个的障碍，让他的生活失去平衡。在失衡的生活中，主人公自觉或被迫地解决一个又一个问题。

在解决困难的过程中，他的性格就鲜活了，人物性格自然呈现出来，主题思想也蕴含在不断解决困难之中。不管他最终成功还是失败，都有意义，这就是剧本讲故事的技巧。

1981年，上海美术电影制片厂制作的动画短片《三个和尚》，现在看来，仍然十分精彩，具有强烈的吸引力。

三人的欲求是喝水，遇到的困难是取水，因为庙在山顶，距离河水很远，他们分别解决了一个和尚挑水的问题、两个和尚抬水的问题，但三个和尚应该怎么办？他们暂时解决不了，因而造成庙里缺水，平衡被打破、危机酿成。剧本为我们设计了失火的重大危机，三人协力救火，最后危机暂时得到解决。但三人如何分工的困难又摆在他们面前，最后他们想出更好的解决办法——合理分工，矛盾、危机完全化解。三个和尚性格各不相同，胖和尚懒惰、瘦和尚奸猾、小和尚可爱，短片将人物放置在庙里失火、平衡状态被打破的重大危机之下，以揭示出他们的本来面目或本质特征。最终揭示出他们的人物真相，展示人物本性的发展轨迹和变化的"人物弧光"。

（四）构建什么样的人物

首先，人物有一个强有力且清晰的戏剧性需求。人物应该有明确的目标和愿望，驱使其在故事中发生行动和变化。每一个主要的角色都需要有明确的性格、态度、目标和需求，以便配合情节发展，并让观众能够快速理解和认同。在短片创作中，人物强有力的、清晰的需求是非常重要的。这种需求可以是一项重要的目标或使命，也可以是某种内心追求、挣扎或欲望。人物的需求应该在故事早期得到明确的确定，它不仅对推动故事情节进展和塑造人物形象方面起着至关重要的作用，而且也能让观众感知并理解人物行动背后的动机和意义。

其次，人物有独特的个人观点。人物应该有个性和独特之处，可以通过刻画其经历、语言习惯、情感状态等方式来体现。好的人物应该呈现出多个方面的维度，如其家庭背景、地理位置、文化偏好和特殊技能等，以帮助更真实、复杂和感人的情节构建。一个拥有独特个人观点的角色可以使故事更加丰富、多元化和引人入胜。这种观点通常是与这个角色自身经历、环境、文化、性格等各个方面紧密相连的。一个角色的个人观点可以反映出他们对事物的看法、态度和行为方式，同时也可以揭示其内心世界的情感和冲突。这样的个人观点可以为情节、推动故事发展带来新的转折点。要避免过分注重单一观点的塑造，应该尝试创建不同类型的、有特殊问题和风格的角色，明确每个角色在故事中的角色和定位，并认真描绘他们各自独特的心路历程和个人观点。

再次，人物有一种特定的态度。人物的行为和决策应与他们的目标和性格一致，并推进剧情发展。在塑造人物时，一个角色的态度是不可或缺的要素。这种态度通常是与角色的行为、价值观、目标和信仰息息相关的。一个角色的态度可以直接或间接地影响故事的发展和情节转折，也反映了他们对周围世界的反应和理解。无论是积极乐观、消极悲观，还是怀疑挑剔，角色的态度都能为其形象刻画增色，同时更好地引导观众理解他们的内心世界。但要注意，一个好的角色是一个经历和心路历程复杂的个体，他们的态度需要与过去和周围世界的情况相互契合，并能真实地表现出来。例如，短片《盖章》，深受大家好评。男主在一家停车场负责盖章工作，他微笑服务，真心赞美每个客户，获得良好口碑，并一举成名。一次拍摄证件照时遇见女主，女主是一名摄影师，为别人拍摄证件照，但从来不笑。男主对她一见钟情，用尽浑身解数，女主依然一脸严肃，男主也困惑了。他也不再对盖章顾客微笑服务了，接着被解雇，丢了工作。一天在广场替别人拍照时，他找回自己的生活态度。他的微笑深深影响了一名中年妇女，让她重拾难得的笑容。结局，男主终于在另一家证件照拍摄公司找到了女主，她满面笑容，男主诧异她的转变，女主向他道出了原委。原来男主先前在广场遇见的中年妇女正是她的母亲，母亲对待生活态度的转变也促使了女主的变化，最终有情人终成眷属。故事虽然老套，但人物的生活态度让观众记忆犹新。笑口常开，以欣赏的眼光赞美生活，赞美每一个人，这一鲜明的生活态度让观众获得强烈的共鸣。

最后，人物应经历过某种改变或转变。人物的经历和心路历程是故事情节推进的重要元素，而一个角色经历过某种改变或转变往往是使故事更为深刻、更有吸引力和启发性的关键因素。人物经历改变可能来自内部或外部的因素，也可能是在特定条件下的反应。不管是哪种情况，这种改变都会引起观众的兴趣和情感共鸣，并带给故事新的势能。人物的改变需要在塑造人物过程中充分考虑角色的个性和背景设定，并且需要让这些改变在故事情节的推进中呈现出合理性。

短片《宵禁》中主人公里奇一开始感受不到生活的乐趣，一时万念俱灰。就在这时，一个电话响起，一向关系疏远的妹妹打来电话，请他照看外甥女索菲娅。里奇被迫开始了照看索菲娅的任务，在与索菲亚的相处中，渐渐感受到了不一样的生命乐趣与价值。当任务完成，里奇再次准备割腕自杀的时候，电话又一次响起……这是一部标准的讲故事的短片，观众很清晰明了主人公的需求以及他对生活的观点和特定态度。关键是人物经历了某种改变，这样的改变是合理的、可信的、有说服力的。这一点很重要，初学剧作者也会重视主人公的改变。例如，写一个学生一开始不爱学习、天天玩游戏，成绩不理想，但最后莫名其妙地彻底转变了。这样的人物设计未免太简单化，没有必要的情节作为支撑，剧情让人觉得不可信。所以，我们要多多借鉴优秀的短片剧本创作，看看主人公如何一步步自然而然地转变。

二、电影动作

动作是指角色在故事中进行的各种行为和活动。它包含了身体动作、面部表情、语言交流等方面，能够丰富情节、表现角色、传递情感和推进故事发展。在写剧本时，如何描述角色出演动作很重要，剧本中的动作需要以简洁、准确的方式来进行描述，越精练越好。电影离不开人物，人物离不开动作。导演希区柯克说："电影就是动作、动作、再动作。"沃尔夫·里拉在《作家与银幕》上说："电影最惊人的特点就是拍摄动作的奇迹，因此，好莱坞就认为在任何情况下电影必须表现动作，这是一个自然法则，而任何妨碍这种运动的追逐动作的东西都是反电影的。"[1]

---

[1] 韩小磊.电影导演艺术教程[M].北京：中国电影出版社，2004.

（一）动作母题

100多年来，电影记录了人类的行为，即动作。我们探究人类动作的母题，即可以探究出电影的动作母题。人类生存无外乎衣食住行，柴米油盐；人的一生无外乎喜怒哀乐，生老病死。尽管在世界上，人们的民族、国家、种族不一样，但人的一生离不开普遍的人类行为。人类为了满足原始欲望和实现人的本性追求所实施的基本行为方式，就叫作动作母题。韩小磊在《电影导演艺术教程》一书中列举了十几种电影动作母题，我们可以列举古今中外的电影名片，为大家提供借鉴。

迁徙:《十诫》《1942》《三峡好人》；

追逐:《火车大劫案》《追捕》《关山飞渡》；

寻找:《偷自行车的人》《拯救大兵瑞恩》《雾中风景》；

求爱:《罗密欧与朱丽叶》《胭脂扣》《山楂树之恋》；

占有:《最卑贱的人》《凯撒大帝》《大红灯笼高高挂》；

夺取:《战舰波将金号》《党同伐异》《智取华山》；

隐藏:《教父》《铁面无私》《无间道》；

偷盗:《偷自行车的人》《疯狂的石头》《盗梦空间》；

探求:《夺宝奇兵》《古墓丽影》《盗墓迷城》；

侦破:《尼罗河上的惨案》《碟中谍》《白日焰火》；

交换:《肖申克的救赎》《美丽人生》《辛德勒的名单》；

报效:《红色娘子军》《焦裕禄》《横空出世》；

复仇:《七武士》《英雄本色》《精武门》；

搏斗:《警察故事》《新龙门客栈》《搏击俱乐部》；

创造:《居里夫人》《莫扎特》《罗丹的情人》。

以上梳理的动作母题，可以为我们设计人物故事、动作时提供借鉴。这只是动作母题的大类型，每个母题下还可以延伸出很多子母题，如求爱母题自然包括很多子类型，如情爱、母爱、父爱、兄弟姐妹等亲情之爱，以及家族情、乡里情、爱国之情等。当然也许这一归纳还不是十分尽善尽美，但无疑会开启我们的心智，启迪我们的智慧。一部电影虽然环境不一样、人物不一样，具体的事件不一样、但无疑它们都有着相似的动作母题。母题是可以重复的，但具体的细节各有各的不同。例如，关于以寻找为母题的电影确实不少，可以找人，如《拯救大兵瑞恩》《三峡好人》，可以找物，如《偷自行车的人》，还可以寻找一种说法，如《秋菊打官司》等。

（二）动作与反动作

动作是主人公为实现自己的欲求或目标，自觉或被迫采取的行为。它是情节的主要线索，也是主题思想的主要体现者。动作可以分成正动作与反动作。正动作是主人公为了欲求主动或被动的行为，反动作就是对正动作的阻碍、破坏。因为只有正动作与反动作互相作用，才能有机地推进故事情节发展。例如，短片《宵禁》，故事开始，主人公里奇浴室割腕自杀是正动作，与侄女相处、相知是反动作。正动作与反动作互相促进、互相影响，共同促进主人公的转变，从而推进事件发展。

（三）主体动作、贯穿动作与局部动作

我们可以按照动作的功能以及在影片的呈现方式，将动作分为主体动作、贯穿动作和局部动作。主体动作即在整个剧本中重要的动作，它们往往涉及故事的核心情节和角色的核心行为，是推动整个故事进展的关键点。贯穿动作渗透在故事的始终，会影响到角色的行为、内心状态和故事情节的发展。它们提供了场景、气氛和心理描写，对于角色的塑造有重要意义。而局部动作通常是短暂的，用来描述人物的细节、动作或表情，以增加角色的真实感和表现力，通常不会直接推动故事进程，但可以让场景更具生动性。例如，上文提到的短片《宵禁》中里奇打算照顾外甥女是主体动作，也是贯穿动作，是主题思想的主要承担动作。而其他的动作，我们可以视为局部动作，包括里奇一开始与外甥女的隔膜、二人关系的转变、妹妹的家庭问题等。

（四）动作节奏

节奏由一系列强度和重复性变化的元素组成，是艺术的生命。人物的动作有一定节奏，动作节奏决定了故事的速度和紧张程度，它受到场景、角色、摄影和音乐等多种因素的影响。节奏包括内部节奏和外部节奏。内部节奏是人物呈现出来的心理感受、情绪变化等内部体验的节奏感，主要指人物表情变化、动作快慢、语言的高低轻重等。外部节奏主要是指出内部节奏以外的其他节奏，例如，镜头转换的速度、音乐等产生的节奏。

例如，陆川导演、姜文主演的电影《寻枪》讲述了警察马山一觉醒来发现丢枪、寻枪、最后牺牲的故事。姜文的表演富有爆发力，动作快慢拿捏得比较到位。开篇，马山在妻子的叫喊声中醒来。昨天妹妹结婚，他喝得大醉，醒来似乎还带有昨晚的醉意。恍惚之间他慵懒地穿着衣服，一边念着儿子的作文，语气随意，一边还表扬孩子写得不错。当他把手下意识地放在枪套上的时候，突然发现枪不见了。震惊、茫然、不知所措。他突然想到枪可能还在床上，于是发疯似的跑上楼，胡乱地翻着衣被，动作快速、慌张。他的妻子不明究竟，随口说了句"神经病"，看来马山确实与平常不一样了。这时，马山看到儿子偷偷拿走了书包，他突然想到了什么，大步冲上去一把夺过儿子的书包，慌乱地翻找着，书包里的物品洒落一地。可以说姜文在这一段的表演动作把握是十分到位的，由刚起床的闲散到发现枪不见了的紧张、慌乱，还有神经质，较好地体现了动作的快慢、张弛，有力地表现了丢枪问题的严重性，给观众留下了深刻的印象。

三、人物设计

短片剧本创作中，人物设计必不可少。如何让人物生动、形象、鲜活、感人，这是剧本创作者需要深入思考的问题。无论是故事片还是纪录片，一般都需要讲故事。王竞在著作《纪录片创作六讲》中提出人物的色彩、重量、势能，同样适用于短片的人物设计。

首先，人物色彩。这里的色彩主要指人物的身份职业决定了人物更能够感染观众。例如，从职业方面看，故事片主人公要选择带"色彩"的人物。电影的人物往往是警察、记者、设计师、画家、黑帮，这类角色更富有戏剧性。职业的色彩感越强，越能激发观众的观影趣味。从人物形象与性格来看，电影更倾向于表现有明显性格特点的人，或有故事的人。例如，日本获得奥斯卡最佳外语片奖的影片《入殓师》主要讲述了大提琴手小林大悟失业后接触到入殓师工作，由起先对入殓师职业的恐惧、误解到最终体会出死亡对于生命的意义及价值。人物特殊的职业是本片的一大"色彩"，该片人物塑造、场景氛围渲染很好地表达了对于人生意义的探索和反思。

其次，人物重量。"重量是一个人物所受到的现实制约和生存压力，通常一个人物现实感越强、越复杂，重量也就越大。"① 例如，电影人物如果是名人或大人物，一个决策可以决定一个国家、民族的命运，他的出现自然会引起观众的关注。当然，如果是普通小人物，尽管职业、性格、外形谈不上色彩，但其身上若有生活的重压，同样也可支撑整个影片的叙事。

最后，人物势能。势能即驱动力、运动趋势及情节事件发展。物体放得越高，越有往下运动的势能。只有人处于失衡的状态，才会激发出人物的动能，即人物内心要有强大的愿望与需求，但务必要有困难与障碍，这样才可以激发人物的生存意志，从而具有了能量。

(一) 斜坡球法则

斜坡球法则本是企业管理员工的一种方法，这里可以引申到每个人的生活状态。生活中我们都有这样的体会，假如把一个球放置在斜坡上，受到地球引力作用，它就有往下运动的趋势。为了防止小球下滑，我们必须时刻给它施加向上的作用力，才能维持小球在斜坡上的平衡。一个人的生活状态同样也是如此，"逆水行舟，不进则退"。这一法则对于剧本人物的创作同样适用。其实，上文多次谈到了困难、危机是我们表现人物本性的一个"斜坡"，优秀的电影都是展示人物平衡的生活被打破，人物没有办法像平时那样，他要么主动，要么被动地为自己生活的再平衡而付出努力和行动。把人物放在斜坡上，就是给人物设计困难、

---

① 王竞.纪录片创作六讲[M].北京：北京联合出版公司，2016.

阻碍失败。压力越大，其前进、向上的动能就会越强。人物设计的斜坡越高，人物前进的动力越强，这是影视故事吸引人的动力之源。

（二）主要人物与次要人物

按体现主题思想的作用和地位来看，主要人物无疑是导演主题思想的主要承担者，他可以是一个人，也可以是多个人。主要人物是故事中最重要的角色，通常受到最多关注和展示。主要人物负责推动故事情节的发展，并承担让观众产生共鸣和感情投入的任务。而次要人物则在故事中扮演辅助的角色，提供支撑和帮助，并通过他们的反应和行动增加故事的真实感和复杂度。虽然次要人物通常没有主要人物那样全面的展示，但他们的出场和行动通常也起到了推进故事情节和塑造故事环境的作用。因此，在塑造人物时需要慎重考虑如何安排主要人物和次要人物之间的分配，使故事更为深刻。

剧本初学者一般只善于设计主要人物，而忽略了主要人物周围的次要人物。人们常说，红花还需绿叶配。次要人物有时候能起到主要人物无法起到的作用。次要人物可以是主要人物的对立面，可以是支持者、同情者，也可以是处于中间状态的人物。次要人物在具体剧本的功能很可能起到活跃氛围、调节气氛或推动情节发展的作用。

（三）人物关系图

人物关系图是一种用于展现故事中不同角色之间关系的可视化表达。它可以清晰、简明地呈现故事中各个人物之间的联系，帮助读者或观众更好地理解人物之间的关联和情感纠葛。在一个人物关系图中，每个角色都有一个节点，节点之间则用线段来表示二者之间的关系。通过人物关系图，读者或观众可以更清楚地了解人物之间的性格、动机、冲突和成长。这种可视化的表达形式使得复杂的人物关系变得更加直观、易于理解，同时也能够帮助作者或编剧快速把握角色关系，进行故事构建和写作。在剧本写作过程中，编剧画出人物关系图将有助于快速设计好人物关系，也有助于梳理剧情。虽然短片剧本人物关系相对不复杂，但简单画出人物关系图还是十分有益的，在此不再赘述。

四、电影对白

电影对白是电影中角色的口头语言表达，是故事情节和角色发展的关键元素。好的对白可以让观众更好地理解人物性格。在电影对白的创作中，需要考虑如何使对话内容鲜活、富有戏剧张力。生活中的絮语属于拉锯式，比如：

今天星期几？

星期天。

吃饭了没有？

吃了。

你喜欢我吗？

喜欢。

如此拉锯式的话语很难称为对白。"对白它不是机械地一问一答，而是能动的连锁反应，是说话者情感的碰撞和思想的交锋。"[①] 电影的语言更多是生活语言的提纯，只有双方互相能动的连锁反应，才能"对"得起来。

电视剧的对白与电影相比更具有对白的核心特征，因为电视剧语言居于核心的地位。电视剧的对话更下功夫，像《铁齿铜牙纪晓岚》中和珅、纪晓岚、乾隆，他们之间的对白就是高智慧的一种碰撞。他们说话往往话里有话，充满"潜台词"，将对话的魅力发挥得淋漓尽致。

另外，生活中我们都有这样的体会，当我们在说话的时候，往往辅以相关的动作，也就是边做边说。初学表演的同学往往只看重剧本的台词，很难做到动作与语言的统一。当意识到动作的时候，可能就忘了对话；当意识到要说话的时候，可能就忘了动作。台词是具有动作性的，台词和动作紧密相连，优秀的演员能够将动作和语言完美协调。中国传媒大学倪学礼教授在超星学术视频讲座中对影视剧对白的功能以及呈现方式有比较深刻的研究。

（一）对白的剧作功能

其一，确定主题基调。开场对白对情绪、气氛、剧情确定了一个基调，开头

[①] 倪学礼. 电视剧剧作人物论 [M]. 北京：中国广播电视出版社，2005.

往往具有某种象征或暗示。演员说话语气轻重舒缓跟现场的氛围密切相关，这样整个剧情会建立一个调子。对白可以表达作者的主题和思想，也可以引导观众的情感与情绪，确定场景的氛围和基调。

其二，呈示性说明。在剧作的时候，不是所有事件、情节都需要完全视觉展现，比如，先行事件完全可以用对白呈现。有些剧情不一定要实拍，可以通过对白把先前发生的事件交代一下。呈示性说明的对话是必要的，但电影的对话还是和戏剧有较大差别。呈示性对话建议要适当控制好数量，如果一部电影的对话大部分都是呈示性说明，那就丢掉了电影的本性。

其三，推动剧情发展。从某种意义上说，对白是动作的一种。一个人物说出的话，可以作为另一个人物行为的激励事件，促使听话者作出一些反应，促使人物接下来的行为，从而推动故事情节往下发展。

其四，塑造人物形象。"言为心声"，语言是心里的声音。一个人身份怎么样，性格怎么样，思想怎么样，从说出的话中就能够很好地体现出来。慢条斯理还是紧张，一本正经还是没有正经地去说话，他的人物性格就很好地体现出来了。电视剧《亮剑》通过李云龙火暴的脾气、直爽的性格、大大咧咧的语言和行动，成功塑造了个性鲜明、嫉恶如仇、有勇有谋的人物形象。

（二）对白的呈现方式

对白在剧本的表现方式有多种，如表里如一，口是心非，投石问路，绕弯子、兜圈子、设套子，各行其道，互不搭调。我们分别做简要介绍。

其一，表里如一。人物的对话是心理的反应，与心里一致，这个人物就显得有点儿浅显，对话也容易沦为就事论事，而缺乏吸引力。但这类台词毕竟还是存在的，如何提高此类台词的对白活力，我们可以从内容和方式上增色。首先，如果话题新鲜的话，观众的兴趣自然会提高。其次，谈话时人物的状态和情绪也比较重要，情绪、氛围到了，台词也就具有了活力。最后，人物的谈话如果说点儿幽默的话，对吸引观众、激发兴趣无疑是有益的。

其二，口是心非。口是心非恰恰能够体现出所谓的潜台词，表面和实质的不一致，即人物真相的问题，具体包括自我解嘲、正话反说、善意的谎言等类型。例如，影片《花样年华》相爱的两个人，一个为有妇之夫，一个为有夫之妇，因爱生情，却不能够在一起，所以他们只是试探，不敢越雷池一步。这样的含蓄台词反而成就了人物性格的深刻性。有时口是心非往往是一个场景结尾部分否定人物开始部分的对话。例如，有人说话听起来好像是表扬一个人，但听到最后，原来不是表扬，是正话反说。

其三，投石问路。电影《远山的呼唤》中，演员高昌健饰演的田岛耕作沉默寡言，因犯案逃避到偏远的乡村，在乡间认识了民子。天长日久，二人产生了情感。但是后来警察找上门来，要带走耕作。离别在即，二人的情感关系要有一个决断，但民子又不好意思开口，那怎么办？后来她假托儿子武志的口，来询问他到底愿不愿意留下来。此为投石问路，也就是试探，假托孩子之口也表达了自己的想法。剧本中没有直接说出她的想法，但观众可以领悟出来。

其四，绕弯子、兜圈子、设套子。很多电影、电视剧的对白很高明，绕弯子、兜圈子、设套子，即高智商的比拼。如前面提到的纪晓岚和和珅两个人都绝顶聪明，你给我设套子，我跟你兜圈子，你给我绕弯子，我又给你设套子。另外，大家十分熟悉的87版的电视剧《西游记》里面的人物也是很鲜活的。你看大师兄、二师兄他们之间其实就很多时候就是绕弯子、兜圈子、设套子，只有沙僧，算是比较老实，最常说的一句话就是"师傅，大师兄说得对"。这样的台词也符合人物个性特征与角色定位。

其五，各行其道，互不搭调。这是很特殊的情况，貌似违反了生活的逻辑。我们看《等待戈多》就是这样一种情况。在等待虚无缥缈的来人过程当中，两个人上舞台时而脱鞋子，时而戴帽子，一个人唠叨到两个人互相唠叨，这都互不搭调，答非所问、反生活、反逻辑。电影当中也存在这种极端的情况，后现代电影的台词也具有这种特征，如王家卫的电影《东邪西毒》，不仅故事晦涩，而且人物的台词有意识地打破了对话刺激反应的常规特征。表面上角色在对话，实质上是自说自话，各行其道。王家卫的电影对话写得像人物独白，给观众一种不一样的感受。

（三）切勿废话连篇

对白写作的原则是设身、处地，即抓住人物性格，进入特定的情景。性格情景是弓，对白是箭。拉满了性格的弓，对白的箭才有力度。好的对白是编剧人生经验和阅历的体现。而在实际操作中，大部分剧本初学者都喜欢大段大段的台词。这主要是没有区别小说、戏剧、电影、电视的差异。正如电影人周传基所言，"电影、电视中的对话应是从动作中产生出来的，而不应是对话产生动作"。[①] 一般而言，影视与戏剧是不一样的。戏剧因为不能够频繁改变场景且固定在单调的舞台上，虽然也能更换背景，但毕竟不如电影那般自由。所以，对戏剧演员而言，表达的主要手段首先是台词，其次才是动作。戏剧演员往往通过夸张的台词、夸张的动作，表现人物的情绪，从而展示矛盾冲突与人物性格。而影视显然弥补了戏剧舞台表演的局限，可以更多地利用动作来展示，减少了对台词的依赖。电影与电视之间还是有区别的。一般来说，电视屏幕没有电影银幕那般大，所以，展示大场面的能力不如电影，而且电视的观看氛围有较多随意性、自由性。电影一般需要在90～120分钟讲完故事，所以，情节自然更加集中，节奏也更快。这就形成了电影主要靠动作，电视主要靠对白的两种不一样的重点表达手段。正如有人开了一个玩笑，说看电视剧，去上个厕所回来，场景中两个人还在那里说个没完，而电影可能已经换了好几个场景了。

对于故事短片的剧本来说，一般只有3～30分钟，没有太多时间可以浪费。要在短时间内讲完故事、讲好故事，达到感人至深、发人深思的效果，人物动作的充分展示就十分必要了。所以，建议剧本写作者要多研究电影与电视的差异，一般也不建议多用台词交代情节，因为电影毕竟是以视觉为主的视听艺术。短片剧本台词最关键的创作原则是写出此情、此景中人物最可能说出的话。当然，台词可以有多种风格，以上只是总体原则而已。

---

① 周传基. 电影·电视·广播中的声音 [M]. 北京：中国电影出版社，1991.

第四讲　结构：吸引力的秘密

结构是一个事物内部成分之间的组织和关系，是一部短片的骨架，好似房屋的框架、人体的骨骼。它不但可以帮助短片更好地组织信息、展现主题、表达情感，而且可以提高作品的观赏性和审美价值。一个有视觉吸引力的剧本，结构的精巧往往是必备元素。尤其是短片剧本，它不可能像故事长片那样层层铺垫情节，只能靠精巧的结构、丰富的主题去吸引观众的眼球。在实际操作中，短片初学者对结构的把握能力往往比较弱。本讲我们将探索剧本的结构问题。

一、三幕式结构

一般来说，剧本结构包括线性结构与非线性结构。线性结构以情节、因果关系、事件时间先后为叙事原则，即一般讲故事电影的常规结构。我们看看影院主流的故事片，明显与实验片、探索片不一样。对于常规结构的故事片而言，创作者心中一定装有观众，随时考虑观众的感受，犹如旋转的芭蕾一般优美而富有节奏感。编剧悉德·菲尔德在《电影剧本写作基础》中确定了一般故事片的常规结构。

三段式的结构已经被证明是比较符合观众欣赏规律的常规结构。其实早在2000多年前，古希腊亚里士多德对悲剧的研究中就提出了著名的三段论，他说，"悲剧是对一个完整划一且一定长度的行动的模仿"，并强调"一个完整的事物由起始、中段和结尾组成"[①]。试想，任何事物的发展不也是经历开始、鼎盛到衰弱的过程吗？可见，三段论本身有其客观必然性。那么剧本如何使用结构吸引观众呢？我们可以归纳几个关键点。

（一）开端建制

开端建制，即在故事片开头大约1/4的时间，主要介绍故事发生的环境，以

---

① 亚里士多德.诗学[M].陈中梅，译.北京：商务印书馆，1996.

及主要人物出场，介绍人物身份、性格，建立电影的主要事件，设立人物主要目标，为第二部分做好铺垫。其中人物的出场是结构中的亮点，要么一出来就先声夺人，要么通过隐晦曲折的方式来介绍人物。在印度电影《地球上的星星》一片中，主人公的出场用了一组镜头，通过轴线上的主观镜头，暗示主人公独特的性格特征。第一个镜头便是一摊不起眼的水面，镜头长时间停留在那儿，接着一个人影出现在水面上，此时观众还不明究竟。接着出现了一个小男孩的反拍，观众这才明白刚才的镜头即为小男孩的主观镜头。这样的处理，使小男孩一出场就与众不同了，因为普通的小孩是不会长时间呆呆地凝视一个不起眼的小水沟。接下来他被老师"抓"上校车，小孩位于前景，十分痴迷地欣赏自己刚才在水渠里捕的小鱼、小虾，而后景里其他同学在打打闹闹，一片混乱。小男孩丝毫不为所动，他依然呆呆地注视着水瓶里的"宝贝"，独自陶醉。观众十分清晰地感受到这个小孩的独特，他是如此细致观察生活、关爱生灵。接下来，导演使用一个一系列动画，展示小男孩眼中的小鱼、小虾丰富多彩的世界，想象丰富，充满了童真、童趣，这就是未来艺术家的天赋。优秀的开端建制往往简洁、明了，几组镜头就能让观众感受到主人公个性的与众不同，成功唤起了观众对人物的认同感，激发了强烈的观影兴趣。

（二）激励事件

激励事件是开端建制部分比较重要的一个事件，因为有了它，主人公才能激发更清晰的动机与欲求。激励事件是剧作家设计一个大事件，这个事件促进或推动主人公完成接下来的一系列行动来达到自己的目标，实现自己的愿望。激励事件可以出现在开头、中间或结尾任何一个地方。短片因为受篇幅所限，所以有时候一开始就是一个激励事件，让主人公一下就失去生活的平衡状态，他被迫或受心中强烈愿望的驱使，为改善失去平衡的状态，不得不尝试作出努力，展开行动。2008年戛纳金棕榈短片《威震天》一开场，单亲母子俩便匆匆收拾行李，通过对话交代他们即将到很远的市区去给儿子过生日。激励事件一直推动着母子俩的行动，直到后面儿子为了"威震天"的玩具偷偷藏起了母亲的钱包而惹出一系列麻烦。如果时长不够，短片的激励事件也可位于开端第一部分即将结束的位置，这时候激励事件就和情节点Ⅰ重合了，这是一种特殊情况。

（三）情节点

情节点，即在开端、中段、高潮之间设计重要事件，这个事件在三部分情节之间起到勾连作用，也进一步激励主人公采取行动，一步步实现自己的目标和愿望。第二部分为发展部分，一般为全片时长的1/2。情节点一般设计两个或两个以上，且情节点Ⅰ在开端与发展之间，情节点Ⅱ在发展与高潮之间。如果没有情节点，故事就没有办法继续往下讲了。正因为有了情节点，才会促使故事进一步往下发展，可见情节点设计的重要性。我们知道情节设计的一个诀窍就是给主人公设计一个又一个的障碍，主人公在实现目标的过程中不断努力、失败，直到高潮时重大危机的出现。短片《米宣的赛拉味》父母饭桌上的争吵是开端建制，交代故事的背景，米宣提出要宣布男朋友的大事是人物行动的激励事件，而米宣离家出走即为情节点Ⅰ，它勾连了开端与发展部分。在发展部分中米宣找男朋友喝酒与父母在家接待邻居来访时空交叉，他们的对话心不在焉、各说各话。米宣喝醉后，男朋友带她到宾馆，途中被警察误会。警察进屋"抓现行"遇到尴尬一幕。综合考虑以上情节，米宣吐男朋友一身就是关键的情节点Ⅱ，勾连了发展与高潮部分。因为吐了一身，男朋友才会洗澡，因为洗澡，才会出现脱光衣服被警察"抓现行"的高潮片段。故事的结局是导演设计的三种比较有意思的结局可能性，有点儿类似于《罗拉快跑》，在传统线性叙事的基础上有了自己的结构创新。

（四）危机高潮结局

故事的高潮是情节、结构的最强音，往往直接体现了人物性格与主题思想。人物动作行动达到最高点，观众的情绪也达到顶点。危机是促使高潮来临的突发事件或意外情况，危机让主人公退无可退，只有迎难而上，主人公或自愿或被迫做最后的挣扎与反抗，这部分也是最吸引观众的部分。危机与第二部分的一个个小小阻碍不一样，通常是主人公遇到的阻碍越来越大，最终最大危机才会出现。可以说一个又一个的阻碍促进了重大危机的产生，主人公解决或应对危机的行动将直接体现他的人物真相以及影片的主题思想。第89届奥斯卡最佳真人短片《校合唱团的秘密》中，指导老师为了使合唱团赢得比赛，私下要求嗓音差的个别学生演唱时只做口型而不发出声音，因而激起了参赛学生的不满。在正式比赛时，所有的学生都只做口型不发出声音以示抗议。这是重大的危急时刻，老师丢脸、无奈，被迫提前下台。危机段落以学生们的团结智慧而胜出，故事到这里，主题也自然表达出来了。

（五）叙事线索

叙事线索可以帮助编剧向观众传递特定的信息，引导他们关注重要的人物、地点和事件。线索可以是单一线索也可以是多线索，多线索叙事可以是不同的故事线在某些关键点上交汇、交叉、纠缠，形成一个整体的、更为丰富和立体的故事，从而增强作品的戏剧张力，加深观众对故事和人物的理解。就短片而言，由于时长和篇幅所限，因此线索往往不多，但也有特殊情况。有些短片也同样会出现几条线索并存的情况。

二、结构技巧

结构是短片创作的关键问题，那么一般故事创作又有什么样的技巧呢？我们将结合常见的讲故事技巧从以下几个方面来讨论：

（一）悬念与惊奇

一部优秀短片往往要靠结构来吸引观众，悬念与惊奇是比较常见的剧作技巧。电影中的悬念是通过揭示一系列悬而未决的因素或事件，引起观众的紧张和好奇心，迫切希望了解答案和结局。通常，在故事发展的过程中，导演会有意识地隐藏某些重要信息或事件，让观众预测可能的结局，以此来增加观赏的乐趣和紧张感。它往往在短片开头或适当的地方设计一个悬而未决的事件，这一事件将激发观众的心理期待。好莱坞的电影很吸引人，其主要法宝就是以主人公的生死作为影片最大的悬疑。

一般而言，悬念主要有三种类型。其一，观众不知道将发生的事，剧中人物也不知道。其二，观众知道将发生的事，剧中人物不知道。其三，观众不知道将发生什么，而剧中人物知道。以上三种情况，悬念的设计均能激发观众的观影兴趣。而电影中的惊奇则是通过突然出现的反转或戏剧性转折，给观众带来强烈的情感冲击和震撼。与悬念不同的是，惊奇更强调观众的意外和出乎意料的感受，往往需要导演巧妙地安排情节的发展，才能达到最佳效果。

希区柯克曾经举了一个经典的案例。他说，假如影片一开场镜头只是展示一张桌子旁边两个人在闲聊，突然桌子下面的定时炸弹爆炸，对观众而言就是惊奇。而如果导演在影片开场给观众展示桌子下面即将爆炸的定时炸弹，将显示定时爆炸时间越来越短与两个人的谈话交叉剪辑，这个时候观众就会被悬念深深吸引，这个炸弹是真的吗？会不会爆炸？爆炸后两人结局如何？这些悬而未决的事件将激发观众浓郁的观影兴趣。我们看看电影《后窗》中扣人心弦的一幕，丽莎·卡罗尔·弗里蒙特潜入疑犯推销员的房间寻找证据，这时疑犯正好回来，摄影师杰弗里斯只能远远地通过望远镜看着自己的女友即将遭受不测，却爱莫能助，这是最紧张的悬念。后来男主报警，警察及时赶到，危机化解，所有人如释重负般畅快。

在剧本写作中，我们有时要给观众惊奇，有时要用悬念勾住观众，使他们长时间沉浸在故事之中，获得观影的快感。例如，恐怖片《异形》中很多地方没有给观众展现异形是什么怪物，而是呈现一种悬而未决的影像，促使观众聚精会神地观影，获得很好的悬念效果。电影《第六感》的结尾处，展现出一个出乎意料的情节反转，原来男主人公在影片开始已经被枪击去世了。这一巨大反转给观众带来了强烈的惊奇，因为观众预先没有心理准备，突然出现而给观众以震惊。

（二）伏笔与照应

伏笔是在故事发展的早期或中期，作者有意识地通过提示，预先揭示后续情节或结局的发展方向。这种手法可以让观众在后续情节发生时更容易理解和接受，同时也能增加故事的悬念和紧张感。照应则是在故事的不同部分之间，使用相同的语言、表现形式或主题来加强故事的连贯性和内在联系。

伏笔和照应用于增强故事的连贯性和可看性。伏笔和照应首尾呼应，这在小说、戏剧、电影中是比较常见的，很显然能够让结构更加紧凑，更加统一成一个完整的有机体。这种手法可以让观众更容易记住和理解故事情节，并帮助导演传达自己想要表达的主题和情感。我国古代戏剧家李渔在《闲情偶寄》说："顾前者，欲其照映；顾后者，便于埋伏。"所谓"草蛇灰线，伏脉千里中"，前有伏笔，后有照应，使故事浑然一体。在电影《肖申克的救赎》中，主人公安迪多次把"希望"这个词挂在嘴边，这种表达方式不仅强调了安迪个人的坚定信念，也暗示了整个故事主题的重要性。

在短片创作中也经常见到此种技法。例如，《米宣的赛拉味》结尾比较有意思，开端，米宣在父母的争吵中不耐烦地宣布自己"和一个男的好了"，于是引发了父女争吵、离家出走、被抓现行的一系列故事。而出片尾字幕时创作者使用开头父母饭桌的日常唠叨、争吵声，父母越吵越来劲。当米宣说她要宣布一件事的时候，父母异口同声地阻止了她："等会儿，我们的事还没有完呢！"短片戛然而止，米宣最终也没有说出她要宣布的事。对比开头，首尾照应，却又有些不同。宣布了交了男朋友的大事引发一系列危机，不宣布呢？也许生活将发生改变。首尾呼应不仅仅让影片有一种回环之美，这里显然还可以让观众体会生活的滋味，有些哲学的思索，也许这就是生活的滋味。生活有多种可能性，生活有多种发展方向。正如结局部分短片向观众展示的三种方式，确实生活具有多种可能性，但我们需要选择，这就是对生活的感悟。塞拉味，法语"生活"一词的音译，即生活的滋味。不仅是父母的唠叨与争吵，还有生活的多种可能性，这引发了观众的深度思考与共鸣。

同样，短片《调音师》也展现了首尾呼应、回环之美。短片讲述了一个伪装成盲人的调音师，以前很多次因此获得了人们的同情，也减少了别人的防备，获得了不少好处。但是高潮部分调音师无意之中卷入了一场家庭凶杀事件，性命堪忧。影片开头与结尾是同一场景，开头能引起观众的兴趣，也是悬疑，最后同样场景的重复，却又是开放式的结尾，没有明确说出故事的结局，引起了观众的不同猜测。有人认为调音师最后死了，因为凶手发现了他的种种伪装，特别致命的是他还带着笔记本，盲人一般是无法写字的，而且片头出字幕时仿佛听到一声高压钉锤的声音。有人认为结尾的台词"我继续装着盲人，若无其事地弹琴的话，她应该不会杀我"。调音师最后的生死成了短片一大悬疑，这也是首尾呼应的妙用。

（三）巧合与误会

巧合是在故事发展的过程中，出现了一些偶然或不可预测的事件，这些事件虽然没有直接原因和结果之间的联系，但它们起到了推动故事发展的关键作用。例如，在电影《阿甘正传》中，主人公阿甘反复地遇到了各种巧合，包括参军、成为跑步冠军、参加反战示威等，这些巧合让故事情节更具有戏剧性和意外性。误会则是指由于某些原因，人物之间产生了误解，导致故事发展的方向出现了偏差或变化。这种手法可以让观众感到轻松、愉悦，同时也能增加故事情节的戏剧张力和难度。例如，在电影《乱世佳人》中，女主角斯嘉丽就因为误解男主角白瑞德的爱情而错失了机会，这种误会引发了整个故事的发展。

俗话说："无巧不成书。"我国传统的说书人喜欢使用巧合，巧合可以使人物事件、情节更加紧凑，毕竟艺术来源于生活而高于生活。误会则是由人物之间认知的误差引起的，往往推动人物心理状态的变化，以及引发进一步行动。人物与人物之间因为知识、认知、经验等差异，对同一对象往往有认知差异，从而出现误会。多伦多国际电影节最佳短片《衣柜迷藏》情节扑朔迷离，亚伦和朋友托尼玩捉迷藏，因为误会，托尼在和亚伦玩"大冒险"的时候被亚伦报复，触电而亡。

巧合和误会都是文学、电影等创作领域中常用的情节元素，用于增加故事的趣味性和复杂度。巧合与误会是常见的结构技巧，在剧情片中使用频率一般较高，但大量的巧合、偶遇也在一定程度上损害了故事的可信度。所以，如果短片是走写实路线的话，巧合数量可以适当控制，以增加情节的自然性、真实性。

（四）突转与发现

突转是情节、情绪、走向的突然转变，使得观众在某个瞬间感到震撼或惊喜。这种变化通常是突然而不可预料的，能够使故事的发展产生质的飞跃。突转是在故事发展的过程中，作者通过改变情节走向或揭示隐藏的真相等方式，让读者或观众感到出乎意料。这种手法可以让故事更具有戏剧性和吸引力，并且增加读者或观众对后续情节的期待和好奇心。例如，《致命ID》涉及11种人格分裂，观众本以为主人公已经解决了所有最坏人格，结局即将大团圆，但突然发现整个案发过程沉默寡言的小男孩才是疑犯内心深处最坏的人格。这种戏剧性的突转会引起观众极大的紧张感。

发现则是故事中角色在一段时间内苦苦追寻之后，获得关键信息或理解自己的真实内心，从而向着新的方向前进。这种发现可以让故事情节更加完整、丰满，给角色以更深入的内心描写，也能够为故事带来更复杂的情绪因素。发现是在故事发展的过程中，人物获得了新的信息或认知，从而使故事发生重大转折。这种手法可以让故事更具有深度和逻辑性，并且增加读者或观众对人物关系和情节的理解和共鸣。

例如，在电影《星际穿越》中，主人公库帕发现了一个未知的时空通道，这个发现不仅改变了整个故事的走向和人物命运，也让观众感到科幻故事的神秘和美妙。奥斯卡最佳摄影奖得主悬疑短片《挖掘》，男主与女主一同开车去郊外挖坑掩埋被他们杀死的保安，最后男主惊奇地发现原来真正的凶手却是他的同伴。男主直到最后一刻才发现女主的真实身份，但悔之晚矣，被女主以铁锹打死埋进自己挖的土坑中，自己挖掘了自己的墓穴。

突转和发现可以帮助作者或导演更好地制造出意外和紧张感，增加故事的深度和逻辑性。突转如果发生在结尾也叫反转，短片创作当中形成了一种类型，即发转片，以结局对开端的反转取胜，获得观众的认可，也是短片的最大亮点。英国获奖反转短片《等待》只有4分钟，一开始观众误认为两个陌生人在一把椅子上等车。老人主动询问怀孕的年轻妇人，交谈中观众获知女人生活不如意，老人不断予以安慰。最后车来了，女人起身准备上车，老人茫然不知所措，女人叫了一声"爸爸，走吧"，观众才恍然大悟，原来老人正是女人的父亲。因为老人患有阿尔茨海默病，他竟然间歇地把自己的女儿当成陌生人。

同样，动画短片《雇佣人生》导演发挥极大的想象，一开始，秃头中年人被许多人服务，观众看到镜子、衣架、桌子、凳子、红绿灯、出租车、电梯都是由人来充当，这个中年人一定很了不起。但是，结局当他安静地躺在老板门口，原来他只是老板房间门口的一个地垫而已，这样的大反转，确实十分高明，将雇佣关系上升到人性与哲学的高度。

故事结局的反转原则是"意料之外，情理之中"。意料之外，观众才会获得一种惊喜，从某种程度上佩服编剧的才能；情理之中，观众最终才会信服，二者要紧密配合，不可偏颇。故事必须建立在真实、可信的基础之上。真实可信不是指机械的、自然的真实，而是观众要信以为真。如果观众对真实性存疑的话，再好的反转、再好的剧作技巧都不会有效果。我们也看到某些狭小空间的电影，也靠突转不断反转剧情，试图以此获得观众认可。电影《满江红》主要场景在狭小的院子里，主要靠故事情节的不断反转。最大反转是秦桧居然有替身，确实让观众觉得"意料之外"。

（五）节奏与张力

节奏原本是音乐中的术语，指音乐中音符的组合。《礼记·乐记》："乐者，心之动也；声者，乐之象也；文采节奏，声之饰也。"后来引申为有一定规律的进程，如昼夜的更替，潮水的涨落，月亮的圆缺，寒暑的交替……一呼一吸、生死之间无不有节奏。节奏，既是客观自然的法则，也是美学的一项原则。在电影中，节奏是故事情节的快慢、起伏和松弛度，这种手法可以让故事更加生动、有趣，并且帮观众更好地接受和理解故事内容。

电影节奏是在电影中情节发展的速度，包括镜头的切换、音乐的使用以及角色的动作等，能够影响到观众对电影的体验和理解。如果节奏过快，观众可能会感到疲惫和混乱；如果节奏过慢，则可能会让观众感到无聊和不耐烦。合适的节奏可以使观众感到紧张、兴奋或感动，将帮助他们完全沉浸在电影的世界中。

张力是指故事情节中的紧迫感和冲突感，通过把人物放置在危险或压力之下，让观众产生焦虑和担忧。这种手法可以让故事更加紧凑、有力，并且增加读者或观众对人物命运和情节走向的关注和期待。

有一种特殊节奏叫停顿。电影中的停顿是指在电影情节发展过程中，出现一段暂时的静止或安静的时刻。这种停顿可以帮助观众更好地理解电影故事和角色的情感状态，从而增强观众对电影的感性认同。停顿的形式可能包括场景、镜头、音乐等不同方面，在电影导演和剪辑师的技巧处理下，能够产生较好的戏剧效果。在电影情节紧张、激烈的部分，一个突然的停顿能够让观众得到放松，并反思前面所看到的场景，同时也可以为后续情节做铺垫。影片《海上钢琴师》展现了钢琴师1900独特的性格以及惊人的钢琴技能，我们来看看琴艺比赛的这个场景。当1900登场演奏钢琴时，导演使用了各种细节展示钢琴师的演奏状态。钢琴师演奏完毕，音乐戛然而止，众人鸦雀无声。此时处于静默状态，是节奏的突然中断。当钢琴师在发热的琴键上点燃香烟的时候，一声清脆的响声一下打破了宁静，众人欢呼雀跃，钢琴师赢得了人生的巅峰。

同样，贾樟柯在《三峡好人》中也善于使用节奏的中断，营造静默的氛围，以突出环境与氛围。例如，韩三明在码头船上找到麻老三——他曾经的"妻子"麻幺妹的哥哥，也就是他的大舅子。但多年未见，加上麻幺妹是被公安解救，二人的关系被证明是不合法的。韩三明一切曾经的亲情荡然无存，反而受到冷落与慢待。这时影片只留下刺耳的轮船马达声。三明拿出带来的礼物，两瓶白酒被高高举起，一切归于静默。烟、酒、茶、糖过去是用以沟通人际关系的礼品，此时毫无用处。无声的时空，仿佛一切都凝固了、停止了，冷酷得令人窒息。同样《小武》中，小武与胡梅梅坐在床上，胡梅梅被歌声感动了，小武无言。他们长时间的静默，此时无声胜有声，含蓄地表现了人物的命运与故事的主题。

节奏和张力都是影响电影观众的情绪和感受的重要因素，合适的节奏和张力相互作用，在电影中能够形成非常强大的吸引力。节奏和张力可以帮助导演更好地控制故事情节，使故事更加生动、有趣、引人入胜。张力与节奏紧密联系，密不可分。一般而言，一部故事片应该按照情节的发展节奏起伏有致，情绪逐层递进，形成张力的不断累积，直到危机与故事结束。

三、反传统结构

以上讨论的都是常规的故事短片电影的剧作结构，常规电影结构一般为线性叙事，也叫传统叙事结构。这种强调情节发展的因果关系，以线性时间展开故事，强调情节、冲突与戏剧性。这样处理是比较能够吸引人的方式，也是观众观影的心理规律。当然，艺术需要创新，创新也是艺术的生命。这种常规的故事结构不是僵死的教条。为了特殊的需要、独特的风格，结构完全可以被打破。

（一）套层结构

套层结构是电影中一种特殊的非传统叙事方式，其基本原理是在电影中嵌入一个含有完整故事线索的子故事。主故事和子故事通常具有相似或相关的主题、情感或者关键元素，它们之间通过交替运用创造了一个类似"俄罗斯套娃"般的效果。在套层结构中，主故事和子故事可以同时在电影中进行，也可以随时在电影中切换。例如，电影《盗梦空间》展现了多个互相独立，但彼此密切相关的情节线，并通过嵌套的方式进行展示。故事情节从逐层进入梦境中开始，设计了现实世界和三层梦境等四个不同的层面。整部电影将主角和他的小队带入这些梦境中，每一层都有各自的特点和难度级别。同时，每一个梦境场景中都设定了重要线索和任务目标，所有的情节线在一个又一个环节中不断糅合、呼应，最终组成了一个完整故事。这种套层式的叙事手法增加了电影的深度和复杂度，观众只有积极、主动地参与，才能理解故事内容，从而获得观影的快感。

（二）环形结构

电影中呈现出的情节、人物或主题在不同时间段内重复出现，绕了一圈又再次回到起点。也就是在故事开始和结束的位置，设置相似的场景或事件，形成一定的呼应关系。但不仅如此，回环的结构不仅仅场景的简单回归，更蕴含了深刻的人生启迪。例如，电影《暴雨将至》由言语、面孔、画面三个故事组成，但这三个故事人物、情节又错综交叉、互相勾连。影片开场，修道院年轻的神父科瑞正在采摘西红柿，远方的天空暴雨将至。经过一系列剧情之后，电影结尾的画面又重新回到科瑞采摘西红柿的场景。第三段故事结尾与第一段故事的开头首尾相接，影片叙事由此构成一个循环往复的环形。电影环形结构利用了时间上的反复或场景的转换，可以同时ละ述多层次的主题意象，并强调生命的循环和时间的探索意义。电影《罗拉快跑》反复展示同一个时间段内发生的事件，既有团块结构又有环形结构。电影展示了女主角罗拉试图在20分钟内完成一系列任务，这些任务包括筹集赎金、阻止未来男友抢劫银行等。然而，每次尝试后的结局都不一样，罗拉不得不反复重来。每个部分都展示了罗拉在相同的时间周期内的不同选择和行动，但它们之间有着微妙的差异。环形结构像是一个人生的隐喻，观众从中不难品味出人生的意义。

（三）团块结构

电影团块结构也被称为模块化剧情，与散文式结构电影类似，它没有连贯统一的情节主线和戏剧冲突，以碎片化的叙事片段组合而成。在这种结构中，电影将全片分解为数个独立而有机的部分，每个部分都可以看作一个独立的小段落，但又同时紧密关联，并最终组合在一起形成完整的故事。例如，电影《城南旧事》这部电影由疯女人的故事、小偷的故事以及宋妈的故事三个独立的故事构成，每个故事之间并没有直接的时间和空间联系。通过将多个独立的故事片段连接起来构建出一个整体，呈现了一个完整的历史时期和群体人物的微观景象，同时也表达了关于人性、命运、亲情和爱情等永恒主题的强烈感染力。然而，在情感关键点上，这些故事有着紧密的联系，它们都传递了20世纪20年代北京城南普通居民的生活与命运。在这些故事中，角色的成长、变化、蜕变和追求展示了生命中的强烈情感和命运的奇妙之处。

（四）复调结构

复调本是音乐术语，"复调音乐"是与主调音乐相对应的概念，指同时存在多个独立旋律的音乐形式。复调不仅适用于音乐领域，也可用于其他艺术形式中，如文学、绘画、电影等。在这些领域中,"复调"意味着同时存在多种不同元素或主题,它们彼此独立却相互关联和共同作用,让整个作品更加丰富、有余味。电影复调结构可以让观众得到全新的体验,感受到故事的纷繁复杂和人性的多面性,也可以深化电影所表达的主题和意义。例如,奥逊·威尔斯电影《公民凯恩》面对凯恩临死前"玫瑰花蕾"之谜,记者探访了"与凯恩接近的人、爱他的人和恨他的人",通过不同对象在时间和空间上不同角度的切入,深度挖掘了凯恩的性格与命运。黑泽明的电影《罗生门》也是一部经典的、具有复调结构的电影。对于武士的死,多襄丸、樵夫、真砂以及武士讲述不同的故事。通过对不同视角的描绘,说法真假难辨,真相扑朔迷离。这种复杂和矛盾的叙事方式展示了人性的一个阴暗面,也从多个侧面探究了人性的本质。

此外,大卫·林奇《穆赫兰道》与昆汀·塔伦蒂诺《低俗小说》等电影结构也比较新颖,故事十分"烧脑",情节扑朔迷离,只能靠观众凭借自己的记忆力重构影片的常规叙事,以此获得特殊的观影体验,获得智力的挑战与释义解谜的快感。短片创作以小巧、灵活、自由取胜,也有不少反传统的作品。奥斯卡最佳真人短片《两个遥远的陌生人》类似电影《罗拉快跑》,讲述了卡特·詹姆斯本打算尽快回家看望自己的宠物犬,却一次次地被警察拦截,如此周而复始地上演,卡特·詹姆斯使尽浑身解数也无法摆脱被警察枪杀的命运。短片《最后三分钟》中,孤独的平凡老人突发疾病,在生命弥留之际,用力触摸神奇的小水晶,就在这颗小小的水晶中,他看见了深深思念的爱妻,也看见了战火弥漫中的生离死别,过去生活的一幕幕浮现在他的眼前。

结构是短片创作中尤其需要注意的问题,好的结构可以为短片增色,不适合的结构只能为短片减分。我们既要掌握常规结构和反常规结构,也要注意结构技法的适度使用。随着观众观影经验的增加,以前让人看不明白的电影结构也逐渐被人熟悉、了解、认同。电影技术在发展,观众的观影能力也在提高。

第二编　前期准备

第五讲　分镜：核心思维

我们知道，视觉叙事早已有之，人类最早就开始用视觉讲故事，从原始绘画到摄影技术的诞生，再到电影的出现，人类一直在视觉叙事方面求新、求变。电影的视觉叙事是其他任何视觉叙事手段不能比拟的，摄影、绘画、雕塑等要么是静态的，要么具有种种的假定性，而只有电影能够逼真地再现运动的时间和空间。电影的诞生无疑将视觉叙事推到了一个崭新的高度。那么，电影如何进行视觉叙事？导演分镜无疑是最为重要的环节之一。本讲我们将探索电影分镜的历史、基本规律以及核心思维。

一、分镜原理

（一）什么是分镜

故事讲述和故事展示有所不同，什么是故事讲述？例如，我们说："他是一个刻苦的男孩，每次上学都不迟到，认真完成作业，每门课程都是满分，大家都十分羡慕。"很明显，这是一个抽象的概括，比如，"刻苦""认真""羡慕"等词语，整个比较抽象，不具体。这只是对这个人大概的印象而已，而什么是故事展示呢？故事展示是具体的、形象的、直观的再现。如上面的话，我们可以用以下4个画面展示：

深夜小屋透出昏暗的灯光；

室内一个专注学习的背影；

墙上一张张"三好学生"的奖状；

一双专注思考的眼睛。

剧本是一部电影的制作蓝图，好的剧本就是用展示性的话语来表述画面。然而，剧作家只是通过文字把故事讲出来，而不是设计镜头。导演分镜就是将故事"格式化"。这里的格式化不是像电脑一样"删除"，格式化更多是比喻媒介的转化。

因为剧本毕竟是文字，而文字是抽象的。分镜就是将抽象的文字转化成画面或场景，这个工作就是想象，分镜是导演替观众的想象。一种表格式的分镜，虽然还是以文字的方式呈现，但毕竟更加强化了文字背后的画面。最关键的是已经将一个个画面按一定的规律组合在一起，也能看到未来影片的镜头数量、组接顺序以及镜头的大概长短，所以，已经和文学剧本有很大差别了，或者说，被导演"格式化"了。众所周知，各门艺术都有自己的语言，如绘画的语言是点线面、图形和色彩，音乐的语言是旋律、节奏、和声等。熟练掌握本门艺术的语言是艺术家的职业特性，而分镜既是电影的一门基本技术，也是导演的一门语言。

分镜是一种通过画面和文字的形式将故事情节分解、组合并呈现的手段，以此帮助导演预先规划电影的每个场景和镜头，包括摄影机角度、景别大小、人物位置等细节。通过分镜，创作者可以更好地掌握整个故事的进程和节奏，避免现场拍摄出现不必要的浪费和遗漏，提高创作效率和质量。分镜头剧本也叫导演剧本，英文为 shooting script，它是文学剧本在纸面上的视觉表述，也是对未来影片的预演。表格式分镜没有固定、统一的格式，一般要写出未来影片场景、镜头、景别、拍法、画面内容、对话、音乐、音响以及镜头长度等内容。但是，客观地说，文字的分镜头脚本，仍有很多局限性，因为文字毕竟还是抽象的，所以最好的分镜表现形态应该是故事板，每个镜头的内容可以直观、形象地呈现，一看就明白。但无论哪一种分镜形式，分镜都是帮助导演生产的一个工具，也是导演案头工作的成果，更是对导演的核心思想、理念、能力的最直接体现。

（二）分镜的发展

电影分镜并不是一开始就有的，历经了不同历史时期若干电影导演的探索。我们知道，电影诞生之初，1895年，卢米埃尔公开放映《火车进站》《工厂大门》时，电影还只是一个画面，没有场景，更没有"镜头"意识。那个时候的电影只是技术。后来，梅里爱把戏剧一套规则引入电影，短片《月球旅行记》中每个镜头就是一个场面，没有景别也没有"镜头"意识，摄影机模拟观众席正中观看，但已开始使用几个场景表达一个故事。1902年，美国人埃德温·鲍特《一个美国消防员的生活》首次以镜头讲述故事，这是一个空前的壮举。"这就意味着一个镜头并不是必须有完整的意义，而是可以通过与其他镜头的组接加以修饰的。"①埃德温·鲍特将实景拍摄的画面与摄影棚拍摄的画面组接在一起，而且没有明显打断行为的连续性。从今天的眼光来看，他只是将动作连续地组接在一起，而真正通过镜头组接来增加电影叙事的戏剧性还是从格里菲斯开始的。例如，电影《一个国家的诞生》中林肯被刺的段落，通过不同视角、不同人物的动作组接，生动展示了场面的紧张氛围与戏剧性。格里菲斯的电影不仅有场面，还有分镜头意识，若干镜头组合成一个场面，更有蒙太奇的组接实践。

现代分镜头脚本的诞生其实不是来自真人电影，而是动画。迪士尼公司既要做故事片，又要做动画。1928年，第一部有关米老鼠的卡通片《疯狂飞机》出现。1933年，《三只小猪》以后，分镜头在动画制作领域被广泛使用。紧接着，真人电影也开始使用分镜头，如奥逊·威尔斯的《公民凯恩》、维克多·弗莱明的《乱世佳人》以及希区柯克的《精神病患者》等作品，当今几乎所有的商业电影都使用故事板辅助拍摄。

二、电影的连续性

（一）什么是电影的连续性

一个短片是由若干的场景、若干的镜头组接在一起的，那么镜头与镜头之间，这些片段的组接如何才能让观众产生连贯而绵延的真实场景的感觉，这就牵扯到电影镜头的连续性。从根本上来说，电影就是为了剪辑而拍摄的。电影每次只能拍一个场景，而每个场景中一般每次很可能只拍一个镜头。不管整部电影的制作规模有多大、多复杂，除个别场景多机位拍摄以外，导演每次仍然只拍一个镜头。摄影师必须记住拍摄的总体目标，即这个镜头必须和其他镜头保持一致，这样才能拼接出一个貌似连贯的真实场景。

---

① 卡雷尔.赖兹，盖文·米勒.电影剪辑技巧[M].郭建中，黄海，译.北京：中国电影出版社出版，2008.

从根本上来说，电影连续性是故事、对话和画面的逻辑一致性，以让观众"信以为真"。举一个简单的例子，在远景镜头中，演员没有戴帽子，然后突然切到另一个镜头，这时他却戴了帽子。在观众看来，这顶帽子突然神奇地出现在他头顶，这就是一个常见的连续性问题。当观众看到某个不接戏的错误时，就会意识到自己是在观看电影，这就从电影的剧情中走出来了。频繁的穿帮将给观众一种不真实的感觉，有损于影片内容的接受度和观众观影时的沉浸感。

（二）连续性的四种类型

电影是一个场景分成若干角度镜头来拍摄，连续性有以下几种类型：内容连续性、动作连续性、位置连续性、时间连续性，下面分别加以分析。

其一，内容连续性。内容连续性与场景内任何可见的东西有关，如服装、发型、道具、演员、背景中的汽车、钟表上的时间。这是场记的主要职责，也是导演与摄影师需要注意的问题。"穿帮"是连续性出现问题，比如，上个镜头胡子在左边，下个镜头胡子突然变成了右边。如果场景背景有钟表，就一定要特别注意，不然，后期交叉剪辑的时候就会发现背景的钟表"时间紊乱"。我们在拍摄短片时一定得要注意接戏，服装要接，道具要接，背景要接，这就是电影的内容连续性。

其二，动作连续性。任何在镜头中运动的物体，在下一个镜头中也必须运动，这是动作连续性。不管是打开一扇门、拿起一本书还是停好一辆车，前后两个镜头中的运动必须无缝连接。所以，动作重叠拍摄是非常必要的。例如，上一个镜头的结尾与下一个镜头的开头，最好要给一定的动作重合，这样就能保证后期两个镜头的组接动作流畅。专业的演员都知道，很多时候，一个镜头要拍摄几遍。那么，演员表演了一遍以后，他应该能够将道具物件原封不动地放置在原来的地方，演员也要准确地回到初始位置，以保证连续几次拍摄位置不能有较大变化。实际操作中，要保证演员踏到正确的位置，就需要在地面做好标记，这样不仅有利于演员每次拍摄都找准位置，也便于摄影师对焦点进行控制。演员也不要退后一整步，而是保持一只脚不动，另一只脚退后一小步，当开拍时，收腿即可能够再次精准地踏到片场标记上。动作连续性最重要的部分是画面方向，包括视线方向、运动方向的匹配。轴线原则是让观众演员的位置与面部朝向不发生迷惑。运动时也要考虑每个镜头中演员往一个固定的方向运动，如几个分切镜头演员都是往屏幕右边运动，假如需要接演员往左边运动的画面，则需要增加没有方向感的镜头，缓解两个镜头巨大的视觉跳跃感，我们将在以后的章节中详细讨论。

其三，位置连续性。大家知道我们的电影拍摄先拍主镜头，就是定位镜头，然后再拍分切镜头、拍细节、拍近景、拍特写、拍过肩、内反拍、外反拍等。定位镜头已经确定了这个演员的位置，那么分切的位置应该保持一致。道具经常遇到的问题，几乎在每一次拍摄中，片场中用到的道具都会被人挪动，每个人都必须关注拍摄开始和结束时道具的位置，否则拍出的镜头就会位置不衔接，那简直就是剪辑师的噩梦。专业演员第一遍拍完了往往会把道具原封不动地放到原来的位置，这是区分一位专业演员和一名业余演员的标准。如果演员在主镜头中把玻璃杯放在了桌子的左侧，但在分切镜头中玻璃杯出现在右侧，一种解决的办法是再拍摄一个演员把玻璃杯推向右侧的镜头。这样可以解决位置的连续性问题，但也有一个缺点，剪辑中必须使用新拍的镜头，可能会给影片带来冗长、节奏变慢等问题。

其四，时间连续性。这并不是说要调整钟表上的时间，保证每次拍摄中都显示大致相同的时间，这是道具连续性，在内容连续性已经提及。时间连续性关注的是一个场景中的时间流。例如，如果在远景中，演员A从演员B身边走开，然后贴近拍摄演员B的特写，当切回到演员A的镜头时，他的动作必须符合时间逻辑。也就是说，如果演员B的特写镜头持续了两秒钟，那么当切回到远景时，演员A不能跑到100米以外的地方去。因为没有足够的时间走那么远，这就是时间的连续性问题。其实我们在实际操作中经常会用到出画与入画，这也是控制时间合理性的一种很好的方式。凡是时间跨度比较大的时候，我们都建议大家要出画，然后入画。这些观众觉得很合理，因为他出去了，省略了时间，然后他有可能走到另外一个场景，自然十分符合逻辑。

很多时候，短片拍摄并不一定是按现实实际情况拍摄的，演员背后紧挨着一堵墙，要想拍摄另一角度我们没有办法在演员与墙之间架设摄影机，那只有让演员远离墙壁再拍摄，如果是小景别，观众几乎觉察不到，这叫作"以假乱真"，但最终的效果要观众"信以为真"，让观众相信场景、道具、表演的真实性。以上四个方面的连续性就显得十分重要。这也是拍摄工作是否细心，是否扎实的体现。

（三）好莱坞三镜头法则

简言之，三镜头法则是电影拍摄中的一种基本原则，即主关系镜头加正反拍镜头。在同一场景中拍摄三个不同角色的镜头，以便更好地呈现人物之间的关系和互动。具体来说，三镜头法则要求先拍摄一张远景，将所有人物都放在画面中；然后拍摄一张中景，突出其中两个人物的情感交流；最后拍摄一张近景，通过对一个人物的特写来表现他的情绪变化。这种拍摄方式可以让观众更加深入地了解人物之间的关系和情景，同时也有助于保持电影叙事的连贯性和流畅性。三镜头法是好莱坞的常规拍摄方法，通过关系镜头交代、正反打拍摄交流的双方，以此缝合观众视线，凸显时空统一，获得沉浸式观影效果。这样的镜头组接也被称为"无缝剪辑"或"零度剪辑"。

在三镜头法则的影响下，对于一个场景的拍摄，一般需要拍摄三类镜头，即客观镜头、半主观镜头和主观镜头。客观镜头从摄影机的任意视点客观展示场景中双方的状态，主要是展示环境氛围，一般为大景别；半主观镜头即过肩镜头，主要展示双方关系、位置；主观镜头即从剧中人物的主观视角来拍摄另一方，便于观众体验人物的内心情感，从而产生认同感。分镜就用视觉讲故事，要随时关注下一个镜头观众想看什么？例如，镜头1中景，一个人在窗子旁边眺望远方，明显这是客观交代一个人在看。观众看到这个镜头，第一反应就是他到底看到了什么。所以，镜头2远景，我们给观众看窗外景象——一望无际的大海。这个镜头是从人物的视线角度拍摄的，即人物的主观镜头。镜头1与镜头2之间十分契合观众的思维规律。接下来，镜头3近景，人物略带忧伤的神情。很明显，这是镜头2给他的反应。这也十分符合观众的观影心理。这三个镜头的组接，将故事缝合在一起，虽然镜头切换了，但观众始终沉浸在场景故事当中。三镜头法则不是凭空出现的，而是电影人长期实践经验的总结，有其合理性与必然性。又如，我们拍摄如下5个镜头：

镜头1：全景，猎人举起枪准备射击；

镜头2：中景，过猎人的肩，远处天空的鸟在飞；

镜头3：特写，猎人扣动扳机；

镜头4：全景，飞鸟突然下坠；

镜头5：近景，猎人满意地笑了。

以上5个镜头也是十分符合观众的心理，即符合三镜头法则。镜头1客观交代环境、营造氛围。镜头2过肩镜头，交代事件的双方——猎人和飞鸟的状态，预示着有事件即将发生。镜头3为关键动作点，用特写展示猎人扣动扳机，制造悬疑。当观众看到这个镜头的时候，最想知道的就是矛盾的另一方天空中的飞鸟到底怎么样了？打中没有？结局如何？镜头4飞鸟突然下坠，即告诉观众答案，解决观众的疑惑。镜头5展示猎人的反应。这就是按观众的心理规律来分镜，也是三镜头法则的体现。

三、分镜的核心思维

整体而言，有两种类型的分镜，即叙述性分镜和表现性分镜。叙述性分镜主要用于叙述整个故事的大体情节和剧情发展，以及角色、场景、道具等元素之间的关系。与其他类型的故事板不同，叙述性分镜更加注重情节的组织和呈现方式。在叙述性分镜中，每一个画面都需要精确地反映剧情，描绘出人物行为、情感和动态变化，同时也要考虑到镜头的把握、视角和配乐等因素，以营造出相应的氛围和情绪。叙述性分镜可以帮助作者规划整个故事的构架，以便后续创作人员更好地理解并实现故事的结构和节奏，通过精心设计，呈现故事情节，可以让观众更加容易地理解和沉浸在故事中。

表现性分镜主要用于表现故事中人物、情感和气氛等方面的情感表现，与叙述性分镜不同，表现性分镜更加强调形式美学的表达和艺术风格的独特性。在表现性分镜中，画面通常更加注重色彩、线条和构图的表现，以营造出特定的情境和氛围。同时，表情、动作、姿态等元素也更加生动、夸张，富有表现力，在视觉上更能够吸引观众的注意力，传递出深层次的情感和思想。表现性分镜可以帮助制作人员更好地把握故事的情感核心，以达到更好的艺术效果和观众体验。简言之，表现性分镜是一种非常重要的分镜类型，可以让创作者通过视觉表达更加深入地传达故事情感和意图，从而打动观众的心灵。

就电影流畅叙事而言，更多是叙事性分镜，分镜的核心思维，即连续性思维。通常不是一个镜头拍摄一个场景，我们需要几个镜头表现一个场景，让观众看不出分切的痕迹。如上所述，好莱坞三镜头法则就是很好的手段，有效地缝合了观众的视线，看似动作的碎片，却能给观众一个整体统一的感觉，观众几乎完全感受不到镜头的切换。导演的分镜是连续性的幻觉，是流畅叙事的关键。笔者认为导演分镜的核心可以从两个方面来观察，即动作分切和关键情绪点，以凸显故事的真实性与戏剧性。

（一）动作分切

就叙事性来说，分镜是将一个场景动作分成不同的板块和部分，通过镜头的组接形成完整统一的动作流。动作如何分切？它本身有一定的规律性，主要表现在以下几个方面：

其一，动作的过程。生活中，很多时候我们往往不太注意观察身边发生的一个个事件。如果我们仔细观察一下就会发现，无论什么事件，它都有发生、发展、高潮、结局等过程，而且更关键的是，每件事情只要我们愿意，都可以将其分成若干时间段，即动作分切。我们以生活中简单的开门为例，这个事件可以分切成走到门口、看见门锁、伸手摸钥匙、拿出钥匙插入、打开门、进门。这些事件太过细小，生活中我们往往不假思索就完成了。但导演要在屏幕上给观众展示开门的事件，就不得不仔细观察我们的生活，这样才会给观众呈现真实的开门动作，让观众"信以为真"。众所周知，电影的拍摄往往是以假乱真，这是电影拍摄的特殊性。我们在银幕上看到的种种真实只是观众的幻觉而已，电影要以假乱真，但务必要让观众信以为真。"每个镜头中的动作必须有继承性，所以，影片中的每一个镜头应该是前一个镜头的必然结果，同时又是后一个镜头应有的前提，也就是说，影片中的镜头之所以成为一个系列，应该是有根据的。"我们可以用7个镜头表现开门发生的故事，如下所示：

镜头1：中景，人物走到门口；

镜头2：特写，门被锁了；

镜头3：全景，人物伸手准备掏东西；

镜头4：特写，钥匙插入门锁；

镜头5：中景，人物推门而入；

镜头6：全景，室内一片狼藉，似乎被盗了；

镜头7：近景，人物惊讶的表情。

以上分镜要遵循电影原则就是日常生活中我们的动作先后以及动作过程。导演只有有意识地观察日常生活的动作，才能很好地将动作在银幕上呈现出来。

其二，动作转折点。一个完整的动作看起来流畅、连续、一气呵成，但我们仔细观察，它是可以分成若干关键动作点的。这往往是转折点，分镜是要找准动作转折的地方。如拍摄一个人转身，当然我们可以一个镜头就全部呈现。但是常规而言，我们往往需要两个镜头表现一个动作。我们可以用两个不同方向、景别表现一个动作，这样有利于顺畅组接。

例如，镜头1，中景，人物背对观众往后转身，当转到动作的1/3或2/3时切至镜头2近景，人物完全转过身来。这样用两个镜头表现的是同一个动作，观众即无法感知到镜头的切换，很好地流畅叙事。为何我们不用一个镜头完全拍完呢？这个问题很有意思，这涉及景别与表达重点的问题。我们知道，中景善于展示动作，近景善于展示面部表情。上面的处理，一定是人物转过来有重要的表情需要观众看清楚，或转过来人物要说话了。所以，人物转身后我们给了一个近景。当然这些处理要结合人物的动作实际与导演的表达重点与方式。也可以反过来，近景人物说话后，中景或全景拍摄人物愤然离去的背影。

其三，动作的顿歇处。这一点是从时间角度来考虑的。一个完整流畅的事件，我们可以将其分成若干段，注意发现有动作过程或动作短时间内暂停的瞬间。这就是动作顿歇之处，就在这里分镜为好，例如，拿筷子吃饭的动作。我们可以看到动作之间的短暂停歇之处，如拿筷子、端碗、扒饭、噎住。只要我们仔细观察生活，就会找到流畅动作背后相对停顿的地方，这样分镜就科学、合理性了，观众也会信以为真。所以，导演和剪辑师要有意识地观察我们的日常动作，记住动作的转折点、顿歇处，就可以快速找到分切点，再使用不同的景别展现，后期通过剪辑，动作自然就合理、流畅了。

（二）关键情绪点

电影不仅要叙事，更要表意，尤其要表达人物的情绪、物件的细节。例如，前面开门的案例中，演员掏钥匙的时候状态是什么？是漫不经心、匆匆忙忙还是犹豫不决？观众最想看的不是一个开门的简单动作，因为开门背后可能隐藏着复杂的心理情绪，他是胆怯还是紧张？他开自家的门还是开别人家的门？这些我们需要在分镜的时候，有意识地给观众展示，对于重要的情绪要给观众留足时间，好让观众体悟。我们来看看电影《英雄本色》中小马哥在落魄中无意间碰到大哥宋子豪的一场戏。看得出来，小马哥的江湖地位此时已一落千丈，导演用移动镜头展示小马哥独自吃着盒饭。大哥宋子豪看到小马哥的落魄景象，心中的兄弟之情油然而生。导演用了几个特写，交代大哥面部情绪。接着小马哥吃饭噎住与宋子豪镜头交替，最后二人握手。分镜要抓住场景中最关键的情绪点，这样便于最大限度地吸引观众的注意，感染观众的情绪，从而达到打动观众的目的。

初学分镜的导演很可能拿到剧本以后就关起门自己研究分镜，这样的做法不太可取。除非你已经经验很丰富了，不用再仔细地研究实际动作。初学分镜者很可能前期做了很多分镜，到拍摄现场才发现自己的分镜与实际很不相符，于是又推倒重来。这主要是因为导演少了一个步骤，即没有充分让演员提前排练。我们建议初学分镜者先指导演员排练，导演在旁边观察，即可熟知演员的动作过程、动作转折以及动作停顿之处，这样的分镜就会有的放矢地找到合理的位置。当然，前期分镜，后期实际拍摄中也是需要不断修改的。导演要保持艺术的敏感性，快速发现、快速拿主意，也需要与摄影师、演员、剪辑师沟通、协调、讨论，从而找到分镜的最佳方案。

四、重点场景分镜

一部故事短片一般 15 分钟左右，以一个场景大约 1 分钟来算，一部故事短片，大约 15 个场景。其中每个场景的地位与作用应该是不一样的，可以简单分成重点场景与过渡场景。过渡场景即过场戏，一般不建议进行复杂的电影分镜，因为它就是一个剧情的转折，是为接下来的重点戏埋下伏笔或做好铺垫，有利于调动观众的情绪，让他们暂时舒缓一下而已。这时镜头简单分，或一个镜头拍摄一个场景也极为常见。而对于重点场景，我们则需要综合考虑各种景别，详细分镜，以交代情节、表现人物、揭示主题。那么重点场景到底如何分镜呢？导演宋崇在超星学习通《宋崇导演教你拍摄微电影》视频中有比较详细的阐述，概括起来，重点场景一般需要分出如下六种镜头类型：

（一）交代环境渲染氛围的镜头

一个场景故事发生的环境是需要交代的，想想没有了环境，观众不知道事件发生在哪里，对电影故事的理解必然受到影响。一般而言，我们可以用大景别交代环境，如远景渲染故事发生的气氛、全景展示环境全貌，为故事发生埋下伏笔。好的远景、全景能很好地渲染接下来的故事，所谓"远取其势"，这个"势"是人物运动的一个趋势，就像物体放置在高处，它就要受到地球的引力，有往下运动的趋势，这也叫作势能，物体放置越高，往下运动的势能就越大。如一个恐怖场景一开始用大景交代恐怖氛围，为人物出场埋下伏笔，做好铺垫。

（二）交代情节的镜头

电影是动作的艺术，电影也是情节的艺术。我们比较一下电影与电视的景别差异，不难发现，电影以表现动作为主。一般而言，表现动作、交流、情节我们使用中景来拍摄。道理很简单，因为中景是从人的膝盖以上去切的，恰好能够把手部动作拍到画面当中，让观众能够看清楚动作。所以，中景是电影表达动作的主要景别。当然，随着电影视觉的发展以及观众观影心理的变化，现在的电影需要不断给观众以刺激，因而近景也大量使用。

（三）交代人物的镜头

交代人物，比如，人物出场镜头、人物反应镜头、人物细节镜头等，若有动作则需要中景，如面部表情重要则需要近景。交代的人物按场景表达重点的需要，一般而言，这一场景中谁是主要表现对象，谁的镜头就越多，景别就越近。如《无间道》天台对决的一场戏，我们看到电影表达的重点是警察和卧底，即刘健明和陈永仁，因而多用特写，而其他人员不是本场戏的重点，因为镜头少，并且最大电影景别没有超出过主要角色。这一点很重要，初学分镜的同学往往喜欢再现细节，无论是谁，动不动就来特写交代情绪，如果所有人物都特写，就相当于没有主要人物，也缺失了场景的主题。当然，如果是双主角，或这场戏双方同等重要，那就特殊情况特殊处理即可。

（四）表现关系的镜头

重点场景不仅要展示单个的人物，而且最好让观众看出人物与人物之间的位置关系，因而过肩镜头就出现了。过肩镜头，其实就是从轴线的斜侧方向外反拍，一个镜头拍摄到两个人，便于一个镜头呈现二者的关系。一般以中景或全景来展现。过肩，其实按摄影机与被摄对象的远近，以及展现多少环境，可以是"过肩"，一般为近景；也可以"过头发"，一般为特写；还可以"过臀部"，一般为中景；极端的时候也可以"过人"，即全景拍摄。这些都是展示人物关系的过肩镜头，重点在于给观众呈现人物关系。

（五）表达心理和情绪的镜头

随着剧情的发展、情节的推进，重点场景中人物心理与情绪自然是表达的重点，我们一般可以近景表现人物心理或对话，也可使用特写表现人物情绪。情绪即人物的喜怒哀乐，它是人物面部醒目的表情展示，必要的时候要留足够的时间。

初学分镜者对每个镜头时长把握不准，不知道要留多长时间。其实一个镜头要留多长，只是有一个大致的说法，比如，远景、全景要留长一点儿，小景别的近景、特写可以短一点儿，主要原因在于远景、全景人物小，事物多，不留长一点儿观众看不清楚，而小景别的画面物体放大后自然要少一些，所以，可以短一点儿。但这并不是不变的教条，目的不一样，表达重点不一样，以及短片风格、节奏同样影响着每个镜头的长度。所以，后期剪辑的时候才能真正确定镜头长度。另外，为了表达电影需要，特写也可留稍长一点儿时间，以加深观众深刻的心理感受。

（六）表现重要细节的镜头

看电影与看戏剧不一样，戏剧只是固定在剧院的一个位置，永远只是一个景别，电影可以给观众呈现不同的角度和景别，特别是特写、大特写等细节。细节可以是物件细节、动作细节，也可以是情绪细节。物件细节、动作细节主要是让观众看清楚重要的道具和人物行动，它可能是故事的关键点，可能是一个发现。而情绪细节则是演员面部的特写与大特写，主要交代演员的情绪以及心理。当前，电影普遍使用两极镜头，即远景、大远景展示环境与近景，特写展示心理镜头比较多。这打破了传统所有景别不要跨级跳跃的规则，即"远—全—中—近—特"，按级别依次组接，观众才会觉得视觉流畅。但是现在，这样的电影规则早已打破，两极镜头组接已被普遍使用，如张艺谋导演的《我的父亲母亲》大景展示环境后直接切近景展示人物情绪。为何现在电影要使用两极镜头组接？一个重要的原因是，现在的电影观众受到无数电影、电视、游戏的视觉刺激，不采用两极组接就很难吸引观众的注意。两极镜头组接，景别大开大合，从视觉上会刺激观众的情绪，提升观影的兴趣。纪录片《人类》记录了不同肤色、种族、性别、年龄、职业的人，在镜头前诉说自己的情感故事。导演大量使用航拍地球外景，美轮美奂的人类生存环境的大景与人物采访的特写结合在一起，让观众在巨大的视觉落差中既感受到人类心灵世界的丰富多彩，也感受到人类赖以生存的地球环境的美好，给观众别样的审美体验。

奥斯卡获奖短片《挖掘》开头的片段，使用简洁的分镜，有力地交代了故事起因——二人到郊外掩埋藏在汽车尾箱的尸体。这个片段不仅仅是叙事，有几个镜头交代重点细节，即人物重要情绪，有一种悬疑效果。

镜头1：航拍，远景，交代故事发生的环境——城市、黑夜预示故事发生；

镜头2：缓推，特写，卫生间，人物洗去手部的血迹，暗示刚刚杀人，悬疑；

镜头3：缓推，全景，卫生间，人物洗手，交代人物与环境；

镜头4：过肩拍摄，卫生间近景，展示人物内心、神态；

镜头5：后拉，卫生间，特写装水，交代动作，因为要到沙漠，需要淡水，为接下来的情节做铺垫；

镜头6：缓推，客厅，全景，男人边走边穿衣服，展示人物动作和环境，准备外出；

镜头7：缓推，客厅，中景，男人看表，并往楼下瞧；

镜头8：俯拍，客厅，全景，男人主观视角，一辆车开到；

镜头9：楼下，中景，男人拎着两瓶水向车走去；

镜头10：车上，近景，交代女人出场；

镜头11：楼下，中景，男人准备上车，看向后备箱；

镜头12：楼下，特写，后备箱，男人主观视角，悬疑；

镜头13：楼下，近景，男人若有所思的神态，交代人物内心；

镜头14：车上，近景，女人的反应镜头，内心；

镜头15：车上，特写，男人放好瓶装水，交代动作细节，意味着要去郊外沙漠；

镜头16：车上，近景，过肩拍摄男人上车，两人对视，交代两人位置关系；

镜头17：车上，特写内反拍，交代男人神态情绪；

镜头18：车上，特写内反拍，交代女人神态、泪水、情绪；

镜头19：楼下，全景，后拉，车启动，两人出发。

五、继承与创新

以上简述了分镜的基本规律以及好莱坞的三镜头法则。流畅叙事无疑有其现实与内在合理性,这与观众的视觉心理的规律密切相关。好莱坞的电影分镜就是尽量让观众感受不到镜头切换,让他们始终陶醉于画面。正反打的核心即在于此。特别是大量的商业电影,目标就是让观众入戏,"不要出戏"。试想,假如我们打破这一分镜规律会出现什么样的结果?

例如,镜头1,中景,一个人在窗子旁边眺望远方。镜头2,我们不是从主观视线去拍大海,而接了一个人推门进来。这从某种意义上就打破了观众的固有思维,迫使观众思考,这个人是谁?来干什么?某些艺术电影分镜给观众怪怪的感觉,就是有意打破简单常规的正反打的镜头规则,从而树立自己独特的分镜模式。

王家卫的电影《东邪西毒》中黄药师与盲武士。对话的拍摄方式整体上还是按照三镜头法则来分镜的,因为三镜头法则最符合观众的观影心理规律,但王家卫在具体操作中也有自己的创新。一开始,镜头1特写,交代事件是喝酒,接下来,镜头2的镜头很短,镜头3的镜头却很长,这又打破了三镜头法则互相来回切换的普遍做法。镜头3主要给了梁朝伟饰演的盲武士,梁家辉饰演的黄药师在说话时却没有画面,观众只能听到他的声音,营造一种"另类"的感觉。此外,两人的对话没有眼神的交流,不仅是因为一个角色是盲人,即使是正常视力的角色,王家卫也故意打破传统电影的一般规律。难怪有人说,王家卫的电影对白不是对白,反而像独白,自说自话,极大地表现了人物关系的疏离与内心的孤独。接下来,镜头4简单交代两人位置关系,镜头5盲武士离开,镜头6盲武士的背影。以上三个镜头组接也没有考虑动作的连续性。镜头7和镜头8武士离开,同时用他的独白,交代盲武士当时的视力就有障碍。镜头5到镜头8都是展示盲武士离开,动作明显具有跳跃性。

综上,导演不同的分镜思维可以形成自己的风格,特别是艺术电影,导演要有自己独特的分镜思维,但是我们要对此综合考虑。观众的观影规律还是最重要的,我们首先要让观众看明白、大致了解故事,再考虑体现导演独特的风格。其次要全盘考虑，才可决定分镜是否要打破规则，或多大程度上打破，可以说完全打破三镜头法则是不可能的，那只会出现观众完全看不明白故事的情况，这是当前观众的观影规律决定的。当前好莱坞主流大片在保证流畅叙事的同时，某些场景也积极尝试打破传统。导演分镜需要考虑以继承为主还是以创新为主，从而确定自己的导演风格。

第六讲 故事板：从文字到影像

故事板，英文名称"Storyboard"，有时译为"故事图"，其核心就是分镜。就拍摄短片而言，分镜主要有两种表现形式，即表格式与故事板。表格式分镜又称分镜头剧本，是导演分析研究文学剧本后，将其"翻译"成画面的结果，是影片拍摄的蓝图。一般来说，表格式分镜主要是文字表述为主，而故事板则主要以手绘画面为主，相比表格式的分镜头剧本，无疑更加形象、直观。当然不是每个导演在开拍前都做好了故事板，但是做好了故事板将可能节约大量中期拍摄的时间，事半而功倍。电影故事板就像建筑师的设计图纸，其地位越来越凸显，特别是主流的商业电影制作，没有它将无法建立起电影的摩天大厦。本讲我们将探索故事板的奥秘。

一、故事板

（一）故事板定义

故事板是一种将故事情节分解、计划和呈现的工具，通常由一系列画面和文字说明组成，用于帮助创作者规划电影、动画、游戏等作品的每个场景和镜头。故事板文学剧本的"视觉化"是电影制作前期非常重要的一个环节，用于预览整个电影故事的基本框架和细节。镜头既简单又复杂，导演要清楚通过镜头告诉观众什么？关键是观众的注意力是否始终被电影一个个镜头牢牢抓住，一场戏是否成功就看他是否以合适的景别、角度完美地抓住人物动作与情绪的细节。

从故事板发展史上讲，故事板最先使用在动画制作领域，后来才广泛使用在广告以及真人电影制作当中。实际操作中，不同的摄制组对于故事板绘制有不同的做法。比如，商业电影一般对拍摄时间、拍摄周期要求比较严格，大都需要提前绘制故事板，也有摄制组部分绘制故事板。哪些场景需要优先绘制呢？一般而言，有特效、特技、大量群众演员、需要复杂调度场景，以及影片开头与结尾的场景需要优先绘制故事板，因为这些场景要么需要后期特效制作，要么中期拍摄过于复杂，要么场景是影像风格与影片基调的集中体现，需要提前准备故事板方案，以最大限度地节约时间和成本。而一些小制作的摄制组，特别是艺术电影，往往以导演临场发挥为主，习惯上不用绘制故事板。针对故事短片创作，我们建议大家优先使用故事板。因为这样既可以熟悉故事板绘制流程，又可以为今后拍摄"大片"积累经验。实际上，绘制故事板越来越成为电影制作的必要工序。

故事板无疑是相当个人化的工作。一般而言，如果导演本人十分擅长绘画的话，故事板可以是导演自己来画。历史上，希区柯克就是十分善于绘制故事板的导演。他经常说："他的电影在还没拍摄之前就已经完成了。"[1] 他也很少在拍摄现场观看取景器，因为拍摄的画面就是他绘制的故事板，几乎没有改动。但是现实中，导演自己会画的可能性不太大，除非导演本身就是美术师出身。通常的做法是导演出方案、构思，然后再由专门的故事板画师来进行视觉呈现。在实际操作中，故事板也可由摄影师、美术设计师合作完成，但无论何种方式，故事板一定是导演的主要职责，是导演分镜思维的直观体现。

通过网络渠道可以搜索部分电影创作的故事板，与最终成片比对，我们可以看出，除个别景别、顺序有变动以外，很多影片的故事板与最终成片基本一致。故事板对于电影创作具有十分重要的意义。故事板画面有多种表现形式，最常见的是绘画草图，也可以使用照片、电脑场景、人物等模型。不管采用哪种形式，故事板基本功能是一样的。

（二）故事板功能

故事板是视觉叙事的一种重要工具，用于展示和规划一个故事，以及电影、动画或游戏等作品的情节、场景、角色和动作等要素，可以帮助创作者设计和编排作品，让故事更加生动、有趣，并提高制作效率。

首先，故事板有利于确定最佳的镜头组合顺序。电影故事是一种时间控制的

---

[1] 史蒂文·卡茨.电影镜头设计——从构思到银幕[M].井迎兆，王旭锋，译.北京：北京联合出版公司.2015.

艺术，也是一种确定镜头组接的艺术。相对于表格式的分镜头表，故事板无疑更加形象、直观，它是电影拍摄前的视觉预演。通过故事板，导演、摄影师、美术设计师以及其他主创人员可以形象、直观地讨论，便于确定最佳的拍摄方案。通过绘制故事板，创作者可以规划整个故事的情节走向，确定每个场景的内容和顺序，也能够帮助作者确定镜头切换的速度和方式，以及让剪辑更有节奏感。

其次，故事板有利于节省制作的时间和金钱。故事板类似于前期剪辑，在纸上预演可以有效地避免失误，有问题立即弥补。"磨刀不误砍柴工"，在短片创作中导演提前绘制了故事板，将有效提高中期拍摄的效率。在实际拍摄中现场琐事太多，导演很难有时间处理每个细节问题，提前准备故事板无疑会加快进度，节省时间。这样可以最大限度地减少实拍的重复次数，缩减开支，节约成本。

再次，故事板有利于直观呈现重点场景的视觉特效。故事板通常是包含人物、道具和背景等元素的草图，可以帮助导演引导角色的表情、动作和姿态等。特别是在商业电影制作中，一些重点场景（如飞车、爆炸）以及一些特效场景（如烟火、模型重点场景）或需要后期数字合成、遮幕镜头等，这些场景要么不可能重复拍摄，要么拍摄难度较高，要么具有较大危险性，一般在正式开拍之前都需要绘制故事板进行详细的视觉预演，以便达到满意的效果。

最后，故事板是团队各部门有效沟通的工具。故事板在电影、动画等创作领域中被广泛应用，它能够帮助创作者更好地掌握故事的画面和节奏，避免不必要的浪费和遗漏，提高创作效率和质量。同时，故事板还可以让导演、摄影师、美术设计师和制片人之间保持紧密的沟通和协调，从而保证整个项目的顺利进行。故事板不仅可以定义整个作品的视觉风格，为后续的中期拍摄、后期制作等环节提供依据，也可以与其他创作人员或客户进行沟通和交流，对作品的方向和构思达成共识。

总之，故事板让创作者可以更好地规划和呈现故事情节，提高创作效率和质量，并促进团队协作和沟通。如果没有故事板，各部分之间的沟通协作只能依赖导演的语言表达。很明显，语言表达缺乏直观形象性，有时还可能造成误解。绘制故事板后摄影部门、美术部分、灯光部门、录音部门将分头行动、各司其职。

有效地实现导演的预定目标。一个有效的故事板可以帮助导演确定镜头的机位、景别、光线，也为各部门创作提供参考，有利于各部门开拍前提前准备。

二、画面要素

故事板十分重要，那么，如何绘制故事板？一幅故事板画面里包括了哪些元素？故事板看似复杂，其实也简单。一般而言，故事板的一幅画面包括如下四个要素，即人物、摄影机、光线与文字说明。

（一）人物

故事短片是讲故事的艺术，人物是短片必不可少的要素。虽然并不是每个镜头都有人物，但有人物的画面一定占绝大多数，这样电影才能叙事。要绘制故事板，我们得先学会画人物以及人物的动作、表情。初学短片创作的导演，如果人物绘制能力不强的话，可以用简单的图形代替，比如，圆形是脑袋、方形是身体。哪怕画成"火柴人"也是有用的。故事板只是短片创作中的一个中介，一般而言，只是供摄制组交流、沟通使用，美观与否问题不大。只要摄制组成员能够有效沟通，故事板的作用就达到了。当然，在绘制的时候，还是要简单设计基本的道具，因为人物离不开场景，所以场景中一般会有物件存在。如果能由绘画功底较强的插画师担任最好，没有的话，只能靠短片导演自己摸索、解决。

（二）摄影机

故事板需要考虑的第二大要素就是摄影机，主要表现在故事板绘制中导演要思考每个画面的摄影机角度，如高度，有平拍、仰拍、俯拍；方向，有拍摄人物的正面、侧面、背面，还是斜面；以及景别，包括远景、全景、中景、近景、特写，这些是导演与摄影师的基本功。电影是以视觉为主的艺术，故事板是电影的视觉预演。电影是画面与画面的组接，景别交叉，视线匹配等规律需要导演全方位考虑，同时还要考虑摄影机是否运动。故事板绘制没有固定的模式，关键是要摄制组成员看明白。导演史蒂文·卡茨在其著作《场面调度——影像的运动》一书中提供了一些基本运动指示标记可以参考，如人物运动的箭头画在画内，在人物初始位置和结束位置分别空心与实心画出人物的运动，中间是箭头表示运动轨迹。摄影机的运动可以在画外用箭头表示。人物运动也可用空心箭头表示，摄影机的运动由实心箭头表示，具体细节可由导演自己摸索，但要能够让摄制组成员理解，便于沟通交流。

（三）光线

光线是绘制故事板需要考虑的第三个要素。众所周知，电影是光线的艺术。没有光就没有画面，导演在绘制故事板的时候要有意识地考虑光线，包括光线的性质、位置、类型以及气氛，如人物、物体明暗对比等。只要场景有硬光，就要考虑光源的方向，如顺光、侧光、逆光有不同的表现功能。一般而言，侧面有利于展现物体的立体感，也具有明显的明暗效果。故事板画师要和导演密切合作，较好地反应导演的意图，体现光线氛围。如果场景照明复杂，可以在故事板上画出灯位图与照明效果。此外，为了视觉美观，更为专业的故事板画师还需要为故事板草图最后上色定稿。而针对故事短片，一般可以不用上色，毕竟故事板只是电影制作工作的中间产物、工具而已，片子才是最终的目标。

（四）文字说明

故事板第四个要素是文字说明，文字说明主要用来描述每个镜头的内容、对白、音效、音乐等，以及它们在整个故事进程中的位置和作用。虽然目前故事板的样式各种各样，但必要的动作细节和主要的对话需要在故事板呈现，以补充、交代信息，丰富画面内容。必要的文字信息主要是简要描述一下画面人物动作，也可提醒拍摄的方法，对话不必按剧本全部写出，但人物关键的对话可以附在画面下面。

故事板在电影拍摄、广告、动画制作中广泛使用。一般而言，常用故事板可以分为以下两类：一是生产性故事板，二是介绍性故事板。生产性故事板在影片生产过程中帮助工作人员做取景、场面调度以及安排镜头等。介绍性故事板用来说服客户或者对已有的计划、方案进行评估。介绍性故事板因为是给客户看的，通常需要做得精美一些，而生产性故事板则怎么有用怎么来，不必纠结于是否好看。也有把故事板分成三种类型的。一是剧本式，用于在创作中详细表达创意。这个一般是画面加表格的形式，内容比较详细。二是提案式，在广告拍摄中便于和客户沟通，可以画面精美一些，文字说明较多，目的是便于客户了解创意。三是导演式，短片创作的故事板，一般是导演式，不求"好看"，但求"有用"，主要是主创人员沟通、协作，以画面为主，文字说明不必太多。

三、绘制原则

以上讨论了故事板单幅画面的主要构成要素，接下来我们讨论故事板的绘制原则，在绘制中要关注如下几个原则，即构图原则、透视原则、画面组接原则，我们详细讨论。

（一）构图原则

电影画面构图是指在电影制作中，通过选择和安排画面元素的位置、大小、比例、形状等因素，来达到表现主题、情感或视觉效果的目的。故事板的绘制也是一张白纸，可以是墙上。短片故事板也可是普通A4纸，确定每个画幅的大小，即画框宽高比。电影的画幅经过很多变化，早期的电影胶片标准尺寸是4∶3，即1.33∶1，符合黄金比例，曾经称霸整个电影界，乃至后来的电视屏幕也为4∶3。高清电视出现后，16∶9被定为高清电视的国际标准，也就是1920×1080的分辨率。20世纪60年代，电影出现了1.85∶1的比例来拍摄，到了80年代则是2.35∶1，即遮幅宽银幕。这个画幅有更宽的横向视野，比较有利于表现大场面和运动场景。针对短片创作，我们建议在故事板的绘制时考虑画面的宽高比，建议至少16∶9，即1.78∶1，或直接宽银幕2.35∶1，这样更有利于表现运动，视觉上也更像主流的电影画幅。2.35∶1，如果人物放置在画面中间的话，两边还有不少空间可以展示环境，它的构图与4∶3是很不相同的，这是导演在制作故事板的时候需要考虑的。假如我们用普通A4绘制故事板的话，可以在网络搜索相应空白故事板模板，打印后再绘制，这样会比较方便，也可通过常见的分镜故事板绘制软件直接生成、打印空白的模板。在绘制中要注意以下几个关键点：

首先是三分法。黄金分割是一种数学比例，通常用"黄金比例"或"黄金分割比例"来描述。其比例约为1∶1.618，也就是说，将一条线段分成两部分时，较长的部分与整体长度之比等于较短的部分与较长部分之比。当我们把一条线段三等分的时候，很容易就得到黄金分割点。三分法比较广泛地使用在电影构图当中。虽然电影艺术需要创新，我们也看到不少电影有意识地打破三分法构图法则，但是从视觉习惯以及美学意义上，观众倾向于三分法构图画面。如地面与天空三分法，人物位于三分之一处，即黄金分割点上。大量的商业电影以讲故事为主，基本都是三分法构图，不少的艺术电影，因为要考虑观众的观看体验，也需要使用三分法构图。所以，三分法虽然听起来有些老套，但这是人类几千年的视觉习惯，有它合理性的一面。针对短片创作的初学者，如果在短片形式上没有特殊的需求，建议优先使用三分法绘制故事板的每一个画面。

　　其次是画面布局。一幅画面的布局主要是要在空白的画面中设置好主体、陪体、背景、前景、后景等。众所周知，摄影是做减法，因为现实世界已经摆在摄影师面前，他要做的就是选取局部形象，凡是与主题相关的就保留，与主题无关的一定要排除在画外，此所谓摄影的方法。而绘画呢？绘画是做加法。画师面对一张白纸，需要加上点、线、面以及色彩，所以，绘画是做加法。那么，在故事板的绘制中，我们应该如何布局呢？大家知道，每个画面都有表达的重点，即这幅画面给观众看什么，这个画面主题是什么？那个最能体现一幅画面主题思想的人或物就是画面的主体。我们最好将其放置在0.618黄金分割点或趣味中心上。接下来，有些物件可以帮助观众认识、了解人物，理解主题思想，起到陪衬、解释、说明主体的作用，我们把它叫作陪体。如学生背的书包、放牛娃的斗笠、士兵的枪。这些物件往往与主体关系最近，也是除主体之外，最能体现画面主题思想的元素。此外，主体之前的景物叫前景，位于主体之前，是最靠近摄影机的景物。位于主体之后的叫后景，在后景之后为背景，比如，天空。前景能增加画面的纵深感，使二维的绘画表现三维的立体感。背景、后景能很好地展示主体所处的环境。在电影拍摄中，环境其实十分重要。专业地看电影不仅仅是看故事情节，还要多多关注画面环境元素，它往往暗示了故事发生的背景以及主题信息，因为电影毕竟是以视觉为主的艺术。那么，我们在绘制故事板的时候，导演要有意识地考虑环境元素，从而更好地表达主题。

最后要注意画内和画外。故事板的绘制构图不仅要考虑画面内部，即人物与画面布局，还需要考虑画面内外。有些故事板画面如果只是截取局部画面的局部，为了让摄影师便于取景可以画出大范围的画面，并框选需要拍摄的部分给摄影师参考，也可以为美术设计师进行场景设计提供帮助。一些运动镜头，如推拉镜头，则要在画框中画出起幅的整体画面，再框选出落幅画面。

（二）透视原则

透视原则基于人眼对物体远近关系的感知方式，通过绘制的过程，使得作品能够在平面上呈现出立体的效果。简言之，透视是一种用来在平面上呈现三维立体效果的艺术技巧。它通过调整画面中物体的大小和位置关系，使得远处的物体看起来比近处的物体小，并且在水平线以上或以下的物体会因为远近不同而有不同程度的收缩或拉伸。透视技法常常被应用于绘画、建筑设计、电影制作等领域，能够提高作品的真实感、立体感和空间感。

其一，线性透视。线性透视的原理基于人眼对物体远近关系的感知方式，即离我们越近的物体看起来越大，离我们越远的物体看起来越小。线性透视是一种绘画技法，用于创造具有三维感的图像。此外，线性透视还涉及使用对角线和水平线来创造一个"消失点"。通过正确运用线性透视技法，艺术家可以创造出逼真的三维效果，使观者感觉到画面中的物体具有深度感和立体感。

一点透视也被称为中心透视或单点透视。它是基于我们在观察三维物体时所产生的影像，通过将这些影像用线绘制在平面上，再按一定规律排列起来，从而形成具有深度感和空间感的画面效果。一点透视的原理是以一个单独的消失点为基础，从不同的角度将线条或物体投影到平面上，并利用消失点作为参考调整大小和长度比例，以呈现出远近关系和逼真感。在一点透视中，透视点通常被设定在画面中心位置，且画面元素随着距离透视点的远近而逐渐缩小，同时也会有水平线和垂直线被拉长或缩短的现象。一点透视适用于表现正对观察者的场景，例如，建筑物正门或人物正面。一点透视是视觉艺术中非常重要的一环，可以帮助创作者更好地表现主题、情感和想法，同时也可以提高作品的艺术价值和观赏效果。

两点透视也被称为二点透视。它通过两个透视点来控制画面元素的缩放比例和位置，使得画面在平面上呈现出更真实的立体效果。在两点透视中，通常会有两个透视点，相互垂直，位于画面的左右两侧，画面元素沿着这两个方向逐渐缩小，同时也会有水平线和垂直线被拉长或缩短的现象。在两点透视中，与横向消失点平行的直线都指向同一个消失点，而与垂直消失点平行的直线则不会汇聚到任何一个消失点上。通过调整这两个消失点之间的距离和位置，可以创造出具有真实感和立体感的画面效果。两点透视适用于表现一个角度斜向观察的场景，在外景拍摄中，当摄影机从3/4角度拍摄一个物体或街景，构图出现两个消失点时为两点透视。

三点透视也被称为三维透视。它通过三个透视点来控制画面元素的缩放比例和位置，使得画面在平面上呈现出更真实、更复杂的立体效果。在三点透视中，画面元素沿着这三个方向逐渐缩小，同时也会有水平线和垂直线被拉长或缩短的现象。三点透视是视觉艺术中的高级技巧，需要较强的绘画技能和空间想象力才能应用得当。它可以帮助创作者表现更加真实和生动的空间感，提高作品的艺术价值和观赏效果。三点透视是各种透视里面视觉冲击力最强的一种透视。在三点透视中，有三个消失点。其中两个位于作品左右两侧的同一水平线上，称为横向消失点；第三个则位于作品下方，称为垂直消失点。通过调整这三个消失点之间的距离和位置，可以创造出具有真实感和立体感的画面效果。当拍摄非常高或非常低的物体时，可看到三个消失点，即为三点透视。

其二，空气透视。空气透视是一种表现三维空间深度和远近感的技巧，也被称为大气透视。它指的是由于光线在通过空气时会受到散射而导致的一种视觉效果，即远处的物体看起来较为模糊、颜色较浅、对比度较低，且背景中可能出现一些湛蓝色或灰色的色调。一般而言，空气透视通过将远处的物体渲染成更浅淡、更灰暗的颜色，在颜色上增加冷色调，从而使具有距离感的真实感渲染出来。此外，在空气透视的背景中可以增加非常轻微的云雾和霞光效果来强化透视感。在故事板绘制过程中要有意识地使用空气透视，可以利用空气透视来创造出更真实的距离感，让画面获得较为鲜明的透视感，以增强画面的真实感，使画面更加生动、自然。列奥纳多·达·芬奇的很多画作就十分注意空气透视的表现。我国水墨山水画也十分注意空气透视，通过墨色的浓淡干湿表现山林的"平远"关系，尤其是在宋代绘画中被大量运用。

电影是将三维的影像压缩到二维的平面之上，观众之所以看出立体感、空间感，完全在于视觉的幻觉。在实际拍摄中，我们从斜面去拍摄人物即可增加对象的立体感。在故事板绘制当中，掌握基本的增强透视的方法将有利于画出具有立体感、真实感的画面，更有助于展现最终的电影镜头效果。我们在绘制过程中还可以考虑让前后的对象部分重叠，从而增加画面的透视感，也可使用镜头的景深。景深即画面纵深清晰的距离，或画面从最近清晰点到最远清晰点的距离。在故事板绘制中使用大景深表现纵深空间，还可以使用前景突出画面透视感，也可使用广角镜头夸张纵深的距离，以突出透视感，在此不再赘述。

（三）画面组接原则

分镜的核心思维就是动作分解和关键情绪点的捕捉。这就要求我们在绘制故事板的过程中注意前后镜头的组接，镜头组接即蒙太奇。一般而言，蒙太奇分叙事与表意两大功能。叙事即用镜头组接叙述一件事情。表意即通过镜头组接表达创作者特殊的主题意图。对短片创作而言，叙事性组接是首先要考虑的事情。

其一，叙事与节奏。故事板的核心作用就是尽量做到对动作的合理衔接，达到流畅叙事目的。所以，在绘制故事板的时候，要特别留意事件或动作的过程，有意识地进行动作的合理分解。再考虑整个场景中哪些信息是关键信息？哪些细节需要给观众展示？或人物有哪些关键情绪点，需要用小景别，如特写、近景展示出来。这样，故事板的分镜思路基本就有了。当然，在具体绘制过程中也要考虑事件发展的起伏、动作的抑扬顿挫，这就是节奏。一般而言，故事片的分镜要适当考虑每个镜头的长度，以控制叙事的节奏。

其二，戏剧性。假如同一个剧本给不同的导演去拍摄，估计最终的成片也是很不一样的。因为每个导演视觉化剧本的思维不一样，具体的分镜一定会很不同。但不论采用何种思维，一般而言，需要尽量突出场景的戏剧性。戏剧性，简言之即冲突。故事板绘制中如何展现矛盾的双方，把主要镜头给谁？景别如何取舍？这些都是需要导演考虑的。一句话，故事板需要在绘制过程中时刻考虑戏剧性，这样故事表现会呈现更大的张力。可以说，导演绘制故事板的核心就是要找到一个最有利于展现故事冲突、展现矛盾、吸引观众的镜头叙事方案。从这一点来说，场景气氛的营造往往是关键。

四、动态故事板

以上所说的故事板主要是指通过手绘而成的纸上故事板。在实际操作中，还有一种更加形象、直观的故事板，即动态故事板，这种故事板以动画的形式制作而成，它是视觉预览过程中不可或缺的部分。动态故事板需要使用分镜故事板绘制软件或普通剪辑软件来实现，它是动态的、生动的视觉预览工具。它利用专业软件导入故事板素材，通过横移、变焦、剪辑等各种手段将图片变成可连续展示的图片序列，即视频，还可以配上音乐、演员对白画外音，辅以对白字幕，可电脑反复修改，以达到最佳效果。动态故事板无疑比纸质的故事板更加形象、更加直观、更加生动。它就像简单的动画一样，还讲究视听效果。动态故事板大大提升了故事板叙事的流畅性，便于确定每个镜头的位置与时长，但动态故事板无疑比纸上故事板更费时、费力，一般只有复杂的场景或确实需要动态故事板时才使用。

五、辅助软件

目前，绘制故事板的软件很多，较为常见的有 Toon Boom Storyboard Pro、Storyboard quick 和 Storyboarder。三种软件功能大同小异，均能实现故事板绘制。其中，Toon Boom Storyboard Pro 使用较多，结合了绘图、脚本、摄影机控件、动画创建功能和声音，广泛地应用于动画片、电视剧、电影等各行各业，受到了一致的好评与喜爱，可以输出故事板 JPG 图片和 PDF 格式文档，方便打印，也可以制作成 MOV 高清视频格式的动态故事板。软件本身支持中文，国内能找到很多教学视频，目前最新版本为 Toon Boom Storyboard Pro 20。

  Storyboarder 也能较好地支持中文，不仅能够如 Toon Boom Storyboard Pro 手绘故事板，而且尤其适合手绘能力不强的导演。软件为用户提供了各种人物角色的建模，用户可以很方便地设计人物面部装饰、身体姿态、动作，如站立、卧倒、跑、跳等。身体模型中也可自行调节人物动作，如头部、手臂、身体、腿部的三维旋转。这样可以方便地设计出人物动作。软件同时也提供了一些道具，是目前针对绘画能力不强的摄制组很好的解决方案。人物面部还可以做修饰，每个模型有多个调节关节，可以更方便地实现自己的修改。另有不同灯光设置，便于准确设计人物光效。

  当然，软件只起辅助作用，对于手绘能力强的导演完全可以自己绘制，绘画能力不够的或不愿意手绘的则可以选择修改人物模型。但是分镜的核心思维需要导演自己去把握，软件只是工具而已。作为故事短片的创作者，有必要未雨绸缪，提前熟悉故事板，这样有助于电影人更好地讲述故事，也有利于做大、做强影视产业，从而真正做到用世界语言讲好中国故事。

第七讲　开拍之前：凡事预则立

电影是集体劳动的成果，一般而言，电影摄制组会十分庞大，由很多人共同参与。按具体分工，一般摄制组由导演组、制片组、剧务组、摄影组、美工组、录音组、后期组等部门组成。每一组又可以分成很多具体的职务，如导演组具体职位有导演、副导演、场记、执行导演等，以导演为核心，为导演服务，主管短片的艺术质量；制片组具体职务有制片人、制片主任、统筹等，主管短片拍摄进度安排；剧务组具体包括剧务主任、剧务、剧务助理，主管后勤保障；摄影组的具体职位有摄影师、副摄影师、机械员、灯光师、灯光助理等，掌管摄影机及画面视觉呈现；美工组的具体职务有总美工师、服装、化妆、道具、造型师、布景师等，主要负责场景设计、化服道等；录音组主要有录音师、录音员、吊杆员等，主要负责影片声音收录；最后还有后期组，包括剪辑师、特效师、作曲、混音师等，主要掌管后期电影三次创作。此外，不同摄制组还有监制、出品人、顾问、特技人员、艺术总监等职位。

摄制组职务类型众多，人员十分庞杂。团队成员之间需要做好信息共享，加强交流与合作，互相支持和协助，避免产生误解和冲突。一个高效协作的摄制组团队可以提高整个影视作品制作的效率和质量，从而使得影片获得更好的呈现效果。导演是作品的创作者和艺术决策者，通过创意和想象力，将原著或剧本转化为视觉上的表现形式。导演是整个制作团队的指挥和统帅，担任着指导、组织、协调、把控艺术风格、呈现故事情节等多方面工作的任务。导演是一个摄制组的灵魂和核心，他的能力与工作表现将直接决定影片的质量。

短片创作虽然短小，但也需要一个团队的努力，一般而言，人数3~15人，具体职务主要有导演、制片、摄影、演员、剪辑等。其中，录音、灯光、美工以及化服道比较容易忽略。目前普通的单反、微单画质都较高，但作为单反自带的机内录音效果还是不理想。实践中，初学的短片摄制组录音品质较差、化服道比较随意、灯光使用不到位以及基本忽略了美工对于场景的设计，这无疑会大大降低短片的品质，需要创作者一开始就重视起来。

如何拍摄出一个符合技术专业规范的镜头是每个短片创作需要考虑的问题。一般而言，短片创作者要注意画面的清晰度、锐度、对比度、饱和度、镜头对焦、曝光，以及画面的帧速率和分辨率是否符合要求，摄影机移动是否流畅、稳定等。只有对这些因素综合考虑，才能评价出电影画面的技术水平和制作质量。本讲主要讨论开机之前短片创作者需要关注的几个关键问题。

一、摄影机

《论语》中说："工欲善其事，必先利其器。"短片拍摄之前需要熟悉拍摄的工具或"武器"。当前，各种型号、档次的数字电影摄影机，以及单反、微单已广泛使用。相比传统的胶片摄影机，数字电影摄影机可以更加快速、方便地获取、处理和分享视频素材，并且拥有更高的分辨率和色彩深度等技术优势。数字电影摄影机广泛应用于电影、电视、广告以及短片创作当中。大型数字电影拍摄机有ARRI、RED ONE、索尼F35等。

ARRI摄影机是由德国生产的高端电影摄影机品牌。该品牌的摄影机在电影、电视和广告等行业中广泛应用，以其出色的画质、可靠性和灵活性而受到赞誉。ARRI摄影机系列包括ALEXA、AMIRA等型号，适用于不同的拍摄需求。RED ONE是由美国公司RED Digital Cinema开发的一款数字电影摄影机。这款摄影机于2007年发布，曾经引领了数字电影拍摄的潮流，被广泛应用于电影、电视和商业广告等领域。RED ONE采用红外滤光片和CMOS传感器等技术，能够以高分辨率和高帧速率拍摄视频，并且支持RAW格式的无损录制，使后期处理更加灵活。目前，RED Digital Cinema已经推出了多款更新的摄影机型号，包括RED EPIC和RED DRAGON等。

索尼是一家全球性的电子产品制造商，也生产数字电影摄影机，有CineAlta（VENICE）等型号，广泛应用于电影、电视剧、纪录片等领域。这些摄影机使用索尼独有的Super 35mm CMOS传感器技术，以高分辨率和良好的低光性能拍摄视频。此外，索尼数字电影摄影机还具有便携性和灵活性等特点，适用于各种不同的拍摄需求。

Blackmagic 摄影机是由 Blackmagic Design 公司生产的高端数码摄影机，包括多种型号，如 URSA Mini、Pocket Cinema Camera 等，每个型号具有不同的规格和功能。这些摄影机通常具有高分辨率、高动态范围、高帧速率等优点，并支持 RAW 格式视频录制，可提供后期制作灵活性和高品质的图像效果。除此之外，Blackmagic 摄影机还配备了高品质镜头、独立的音频输入、丰富的拍摄模式，以及易于定制和升级的软件系统，让摄影师可以更加自由地创作。

佳能电影摄影机系列包括 Cinema EOS 和 XF 等型号，采用 Super 35mm CMOS 传感器技术，支持 RAW 格式录制，同时提供高分辨率和良好的低光性能，具有可更换镜头、多项手动控制等特点，满足专业用户对拍摄过程的精细控制需求。松下生产的数字电影摄影机系列包括 Varicam 和 EVA1 等型号，这些摄影机采用松下独有的 Super 35mm MOS 传感器技术，支持高分辨率和无损 RAW 格式录制，并且提供灵活的色彩空间和动态范围选择，使得后期调色更加方便。如佳能 C500、C300 以及松下电影摄影机 AU-EVA1MC 型号可供选择。

佳能的单反相机采用佳能自主研发的 CMOS 传感器技术，支持高分辨率和高速连拍，并提供丰富的手动控制选项，满足用户对于摄影过程精细控制的需求。而佳能微单相机 EOS R 相比单反相机更加轻巧、便携，同时保留了高画质和丰富的手动控制选项。在小制作中，如学生短片创作，较多是用数码单反相机与微单，如佳能 EOS 5D Mark IV（5D4）、5D Mark Ⅲ（5D3）、6D、70D、80D 以及索尼 a7R V 等，这些设备档次、价格、使用范围不一样，可供不同的创作组选择。佳能 5D Mark IV 是一款全画幅单反相机，搭载 3000 万像素的 CMOS 传感器和 DIGIC 6+ 图像处理器，支持高分辨率的静态图像和 4K 视频录制。该相机还具有速连拍、更广的 ISO 感光度范围、快速自动对焦等功能。索尼 a7R V 是一款索尼公司于 2022 年推出的全画幅无反光镜相机。它搭载了 6100 万像素的 Exmor R CMOS 传感器，支持无损 14 位 RAW 格式以及 5.5 级的内置防抖系统。该相机还具有连拍速度高达 10 帧 / 秒、快速对焦和实时跟踪等功能，可在不同场景下实现高质量的静态和动态拍摄。它还支持 4K 视频录制，并具有 S-Log3 和 HLG 等多种视频模式。

（一）传感器

在摄影领域中，传感器是摄影机或相机用来捕捉光线，并将其转换成数字图像的关键部件，通常位于相机的图像传感器模块中。根据不同的应用需求和技术水平，传感器可以采用不同的类型和规格，最常见的包括 CMOS 传感器和 CCD 传感器两种。传感器画幅指相机传感器的大小，通常用来描述相机的成像面积大小。在摄影领域中，传感器画幅的大小与图像质量、景深、视角等因素密切相关。

常见的传感器画幅包括全画幅（Full Frame）、APS-C、M43 等，其中，全画幅相机传感器尺寸最大，为 36mm*24mm，可以提供更高的分辨率和更广阔的视角，同时价格也相对较高。APS-C 画幅相机传感器尺寸一般为 22.2mm*14.8mm，比全画幅小，但价格相对便宜，适合入门级和中端用户使用。M43 则是一种较小的画幅规格，适用于需要轻便、灵活的摄影需求。

分辨率是照相机或摄影机在制作图片或视频时能够捕捉到的像素数量。通常，摄影机分辨率越高，所拍摄的图像或视频就越清晰、细节就越丰富。摄影机的分辨率由水平和垂直像素数目组成，例如，1080p 表示水平像素数为 1920 个，垂直像素数为 1080 个。常见的高清（HD）视频分辨率有 720p 和 1080p，其中 720p 指 1280 像素 × 720 像素，1080p 指 1920 像素 × 1080 像素。4K 分辨率是 3840 像素 × 2160 像素，8K 分辨率是 7680 像素 × 4320 像素。除了像素数量之外，摄影机的传感器大小、镜头质量、拍摄环境等因素也会影响图像和视频的质量和清晰度。

（二）帧速率

帧速率是视频中每秒钟包含的静止图像的数量，通常用"帧/秒"（fps）来表示。例如，电影的标准帧速率为每秒 24 帧，而电视标准帧速率为每秒 25 帧（PAL 制式）或 30 帧（NTSC 制式），电脑屏幕的则为每秒 60 帧以上。高帧速率即高刷新率，成为很多电脑游戏玩家的热门话题。帧速率越高，视频中展现的动作就会越流畅，但需要更多的存储空间和处理能力。在摄影和视频制作中，选择适当的帧速率取决于拍摄对象、使用场景和输出目的等因素。例如，如果需要拍摄快速移动的物体或运动员比赛等，可以选择更高的帧速率来捕捉更多的细节。而对于一些正常场景的记录，较低的帧速率就足够了，也有助于减小文件。

实践中，使用高帧速率拍摄的电影可以达到每秒120帧，这种技术最初被用于3D电影制作中，以减少眼睛疲劳和模糊感。然而，近年来越来越多的电影制片人开始尝试在非3D电影中使用高帧速率拍摄，以提供更加清晰、更平滑和更真实的影像效果。电影拍摄中使用高帧速率可以更好地展现快速运动、激烈动作和特殊效果。但是，由于观众已经习惯了24帧的画面，高帧速率电影可能会让人感到不自然。因此，在使用高帧速率拍摄时需要考虑如何平衡画面与观感之间的关系，以达到更好的视觉效果。目前，一些知名的电影作品，如《阿凡达2》《霍比特人》等，已经开始采用高帧速率拍摄技术。李安的《比利·林恩的中场战事》《双子杀手》也采用了每秒120帧的高帧速率进行拍摄，以呈现更加细腻、真实和明亮的画面效果。这种技术也引发了一些争议，但总体来说，《双子杀手》在技术方面的创新还是得到了普遍认可和赞赏。

摄影机快门是控制摄影机曝光时间长度的部件，通过控制快门速度可以改变拍摄的效果。在单反相机和摄影机中都有快门，不同类型的摄影机对快门速度范围的设定可能会存在差异。具体来说，快门速度表示单位时间内快门打开的时间长短，通常用秒来表示。例如，1/60表示每秒打开快门1/60秒，而数字越大快门速度就越慢，曝光时间就越长。通常情况下，选择合适的快门速度取决于所需的拍摄效果以及被拍摄物体的运动状态。例如，在拍摄快速运动的物体时，需要更高的帧速率和更快的快门速度来避免运动模糊；在拍摄室内场景时，则可以选择较慢的帧速率和较长的快门速度来获得平稳的画面效果。一般，摄影时最佳快门为帧速率2倍，如每秒25帧，则摄影最佳快门为1/50。每秒30帧，则摄影最佳快门为1/60。

除了影响图像的清晰度外，摄影机快门也可以用于制作特殊效果，例如，高速摄影、延时摄影等。高速摄影通常是通过调节帧速率来实现的。数字电影机可以拍摄各种不同的帧速率，例如，24fps、30fps、60fps 等。进行高速摄影时，摄影师通常会使用较高的帧速率和快门速度来捕捉高速运动物体的瞬间状态，并且配合光线、色彩等其他参数来达到所需的效果。延时摄影就是通过控制快门和帧速率等参数，以及使用特殊的设备来实现时间间隔拍摄的一种摄影技术。在延时摄影中，摄影师可以准确地控制时间间隔，捕捉到日常生活中肉眼无法察觉的变化，例如，开花、云彩流动、星光轨迹等。延时摄影通常需要使用延时控制器、稳定器、遥控器等专业设备来实现。通过这些设备，摄影师可以将拍摄间隔精确控制，并且可以遥控摄影机进行拍摄，从而获得更加稳定和清晰的画面效果。延时摄影已经广泛使用在影视创作之中，2022 年，英国广播公司的拍摄的纪录片《绿色星球》首播，该片使用了最新的延时摄影技术，将丛林、沼泽里的植物争夺生存阳光与生存空间的植物竞争生动形象地呈现了出来，给观众一种极大的视觉震撼。延时摄影技术超越了人类眼睛的极限，展示肉眼看不到的神奇的"植物大战"，堪称视觉奇观。

（三）色彩空间

色彩空间指摄影机所使用的颜色编码系统，不同的颜色空间有不同的色域和颜色深度，主要有 SRGB、Rec.709、AdobeRGB、DCI-P3 等。其中，Rec.709 是一种广泛应用于高清电视和视频制作的标准色彩空间，使用 SRGB 的 gamma 曲线。DCI-P3 是数字电影制作中经常使用的色彩空间，比 Rec.709 要宽广得多，可以显示更多的颜色。这些不同的色彩空间都有着各自的适用场景和优劣势，选择合适的色彩空间可以帮助电影制作者获得更好的图像品质和表现效果。

编码格式是指将摄影机捕获的图像数据压缩成数字文件的方式，如 RAW、ProRes、DNxHD/DNxHR、H.264/H.265、CinemaDNG 等。其中，RAW 是一种无损压缩的图像格式，可以保留所有的图像信息和动态范围。RAW 格式需要后期通过专业软件进行处理和转换。ProRes 是由苹果公司开发的一种专业视频编解码器，可以在保留高质量图像的同时实现较小的文件大小，便于后期剪辑和调色。

H.264/H.265 是一种常用的视频压缩格式，具有高压缩比、广泛兼容性等优点，在网络传输和存储方面应用广泛，大部分单反、微单相机使用此编码，但不太适合后期大范围调色。CinemaDNG 是由 Adobe 公司推出的一种无损压缩的 RAW 图像格式，适合于数字摄影机和数码胶片摄影机的拍摄。选择合适的编码格式可以满足不同的制作需求，并提高工作效率。

（四）焦点

焦点是摄影机镜头所调节的成像清晰的区域。在拍摄过程中，摄影师通过对焦来控制拍摄画面中的焦点位置和清晰度。对焦、变焦和调焦是摄影机镜头在拍摄过程中常用的三个技术手段。对焦是指把摄影机镜头聚焦在被拍摄物体上，使其成像清晰。一般情况下，摄影师通过调节摄影机镜头的对焦环来实现对焦操作。变焦是指通过调整摄影机镜头的焦距来改变画面中物体的大小比例，从而达到视野范围的扩大或缩小。常见的镜头有定焦镜头和变焦镜头两种。调焦是指通过调节摄影机镜头调焦环的对焦距离来确保被拍摄物体始终处于相对清晰的状态。通过这些技术手段，摄影师能够更好地控制画面的清晰度、大小比例和焦点位置，实现更好的画面效果和视觉传达。

在拍摄纵向运动的对象时，由于景深范围的影响，被摄对象很可能走出景深范围。所以，摄影师需要配合人物运动，不断调节镜头调焦环来保持被拍摄物体在整个运动中始终处于相对清晰的状态，这就是跟焦。跟焦需要摄影师具备一定的技术水平和经验，能够快速、准确地进行调节，从而捕捉到高质量的运动画面。在电影拍摄中，跟焦是一项重要的技术手段。跟焦操作通常由专业的跟焦手来完成，他们负责使用跟焦器和摄影机上的标尺等设备来控制镜头的对焦距离，从而实现画面中被拍摄物体的清晰度。

跟焦器通常由摄影师或摄影组的跟焦手使用，用于实现精准的对焦控制。它可以通过旋转手柄来移动镜头的对焦环，从而保持被拍摄物体始终处于清晰状态。跟焦手需要具备精准的手部协调能力和丰富的经验，能够根据摄影机镜头的变化及时调整对焦距离，并保持对被拍摄物体的稳定追踪。在拍摄快速移动或被摄对象相对于摄影机纵向运动的情况下，跟焦更是必不可少的技术手段。除了跟焦手外，现代电影制作中也出现了一些自动跟焦技术，如使用电子传感器和计算机来实现镜头的自动对焦跟踪。这种技术虽然可以提高生产效率，但在需要更高的精度和专业性时仍需要借助跟焦手来完成。

（五）辅助设备

监视器：一种用于拍摄现场的实时监控设备，可以帮助摄影师实现对画面的实时监控和调整。它可以在拍摄过程中显示镜头画面的细节，帮助摄影师精确调整曝光、色彩和对比度等参数。同时，配备了大屏幕，使得监视者可以更加清楚地观察画面细节，同时也方便多人合作。

防抖设备：最常见的是稳定器，如三脚架、斯坦尼康、手持稳定器等，可以帮助摄影师在拍摄运动场景或需要持续稳定镜头的情况下获得更稳定的画面。目前，微单商家纷纷运用机身防抖技术，如索尼a7r IV是一款全画幅无反相机，具备5轴防抖功能。防抖系统能够检测相机在水平、垂直和旋转方向上的微小晃动，并通过移动相机传感器来消除这些晃动，从而获得更加稳定的画面效果，提高图像稳定性和清晰度，让摄影师可以更加自由地进行创作。

摄影滑轨：一种用于实现相机平移运动的摄影器材。它通常由一条直线导轨和一个可调节滑块组成，相机可以通过滑块在导轨上平移，帮助摄影师拍摄出更流畅、更具有艺术感的画面效果。相比手持拍摄或固定镜头拍摄，使用摄影滑轨可以实现更平稳、更连贯的运动画面。可以让摄影师轻松地在不同高度和角度拍摄，创造更多样化的视觉效果。滑轨还可配备专业的控制装置，如远程控制和设置自动运动轨迹等功能，可以帮助摄影师实现更精确的操控。

摇臂：由一条伸缩臂和一个平衡器组成，可以帮助摄影师在拍摄时保持稳定的画面，并获得更多样化的角度和距离。可以帮助摄影师在行走或移动中对被拍摄物体进行平滑的跟随拍摄。这种方式可以创造出流畅、自然的画面效果。可以将相机和镜头抬高到空中，拍摄出令人震撼的高空画面。这种方式在拍摄城市、景观、运动等场景时非常实用。一般大型摄制在拍摄某些场景时使用摇臂；对于短片创作而言，可以考虑简易的摇臂，可参考网上购物平台选购。

航拍无人机：也称为航拍飞行器或者空中机器人，是一种可以搭载摄影机或其他传感器的无人机，通过遥控或自主导航进行飞行和拍摄。航拍无人机可以用空中俯瞰、追踪、跟拍等多种角度拍摄，呈现出更加生动、震撼的画面效果。航拍无人机通常配备了稳定系统，能够保持相机平稳运动，减少震动和抖动，提高画面质量。部分航拍无人机配备了高质量的摄影机，可以拍摄高清、4K分辨率以上的影像，相比传统的航拍方式，如租赁直升机或飞机，航拍无人机的成本更低，同时操作更灵活。但是也需要注意遵守法律法规和安全规定，以确保无人机航拍的安全性和合法性。

一般而言，电影正式开拍之前，摄影师拿到摄影机要进行试拍，以最快的时间熟悉摄影机的操作与不同特性。在进行试拍时，摄影师需要注意摄影机的各项参数、模式、画质等设置是否正确，并检查设备状态是否良好，如电量是否充足、镜头是否清洁、储存卡空间是否充足等。了解试拍场景的光线状况，根据实际情况来选择最佳曝光和白平衡设置，避免过度或不足曝光导致的画面失真或色彩不自然。在预览场景和构图后，选择合适的对焦方式和变焦倍率，确保画面清晰锐利且焦点准确。根据实际需求选择不同的滤镜，如ND滤镜、偏振镜等，调整画面亮度、对比度、色彩等特效。根据场景需要选择不同的摄影机运动方式，如稳定器、三脚架、推车等，以达到稳定、流畅的画面效果。如果需要录制现场声音，需要测试麦克风是否正常工作，并根据实际需要选择不同的录音模式和设备。在进行摄影机试拍时，摄影师需要细心、耐心地调整各项参数和运动方式，确保画面质量和效果，为后续的真正拍摄做好准备。

二、拍摄场地

电影拍摄场地是电影拍摄中非常重要的一环，一个好的场地能够为电影的拍摄和表现增色。短片拍摄一般是实景拍摄，可以带给电影更真实、更自然的感觉，可以为电影制造出真实的生活场景和背景。在选择短片拍摄场地时，需要考虑剧情需求、预算、时间、设备、人员等多方面因素，并且在实际拍摄过程中灵活调整，以达到更好的拍摄效果。

（一）选景

选取合适的拍摄场景是短片制作中非常重要的环节。首先，需要根据短片剧本的需要来确定场景。根据故事情节和角色关系，选择符合剧本要求的拍摄场景。其次，选择合适的场景可以为短片营造出更好的氛围，比如，可以使用颜色、光线等手段来营造出剧情所需的情感和气氛。再次，在实际拍摄中，需要考虑场景建设的成本。如果预算有限，可以选择一些便宜、易于搭建的场景，或者利用现有场地进行拍摄。为了避免不必要的麻烦，拍摄前应获得拍摄地点的相关许可，并落实场景。如果全组人员都准备好了，却被告知不能拍摄，那将是摄制组最大的"灾难"。最后，在选取场景时，还需要考虑到拍摄的便利程度。对于制作团队而言，选取便于搬运、布置道具和设备的场地是非常有必要的。

总之，选景的核心是短片主题的需要，好的景对短片的艺术质量十分关键。在电影拍摄中同样如此，塔可夫斯基的《镜子》《牺牲》《潜行者》等影片的外景有力地展现了"塔式"电影的意境。《镜子》充满雾气的、朦胧的乡村外景，《牺牲》中父子俩在静默中种下的小树，《潜行者》中废弃的、杂草丛生的工厂。还有陈凯歌《黄土地》中苍凉、厚重、缺水的黄土地，贾樟柯《三峡好人》城市拆迁后的废墟等。优秀的电影无不精心选择外景，不仅增加画面意境，而且有力地突出表现了影片主题，彰显了导演影像的风格。短片创作中，也有不少创作者热衷于狭小空间叙事或废墟美学体现，这无疑是很好的开始。

（二）勘景

在拍摄前，制片人、导演、摄影师等人员要到实际场地进行勘查。这个过程的目的是确定最终的拍摄方案，并确定需要的设备、道具和人员等资源。在勘景时，需要做以下的工作：考察环境、交通、光线、录音等因素，了解场地内部结构和特点，以便下一步的布置和拍摄。根据勘查结果，制定出合适的拍摄方案，包括拍摄角度、镜头运动方式，以及画面的配乐、配音等方案。根据拍摄方案，确定需要的设备和道具，并检查现场是否有已有的资源可以使用。根据拍摄方案，合理安排时间和进度，避免出现不必要的延误。在勘景时，需要全面考虑各种因素，在制定出合适的拍摄方案的同时，充分利用现有资源和时间，以确保最终的拍摄质量。

（三）美术设计

电影美术设计负责为电影制作提供场景、道具、服装等视觉元素，并营造出符合电影故事背景和情感氛围的视觉效果。首先，根据电影剧本和导演的意愿，确定整部电影的美术风格和特点，并将这些理念转化为可执行的美术方案。其次，根据电影剧情和美术概念，设计和建造适合故事背景的场景。这包括实地选址、场景搭建、布景和照明等工作。最后，根据角色设定和剧情需要，设计和制作符合角色特点、时代背景和电影情感氛围的道具和服装。

电影美术设计在电影制作中起着至关重要的作用，它能够通过精心设计细节，营造出符合电影剧情和氛围的视觉效果，从而提高电影的艺术价值和观赏性。电影《大红灯笼高高挂》借鉴了中国传统文化和风俗，并注重细节和色彩的运用，尤其是电影中的场景布置、服装设计和道具选择都非常考究，体现了导演对于中国传统文化和民俗的深刻理解和创意表达。

电影《英雄》的美术设计也非常出色。该片采用了中国传统文化元素和美学理念，并将其与现代电影技术相结合，创造出了独具特色的视觉效果。电影中的场景、服装、道具等方面都充满了中国韵味。在色彩运用上，《英雄》采用了不同颜色的组合，以不同主角的视角来呈现不同段落的故事，表现了不同的情感和意义。特别是电影中大量运用慢动作的舞武效果，更增强了作品的唯美感和视觉震撼力。

三、电影演员

电影演员是电影中的重要角色，通过表演来诠释剧本中的角色，向观众传递电影故事的情感和内涵。演员的表演能力直接影响到电影的观赏性和艺术价值。电影演员是电影制作不可或缺的一环，他们通过精湛的表演技巧和专业素养，为电影创造了一个个栩栩如生的角色形象，丰富了电影的内涵和魅力。

（一）演员选择

导演在进行演员选择时通常会考虑以下几个方面：导演需要根据剧本中所设定的角色特点和情感特征等要求，来筛选适合扮演该角色的演员。演员的演技是否能够符合电影所要求的标准，是否能够把自己所扮演的角色形象完整地呈现出来。演员外貌是否符合角色要求，包括肤色、身高、体型、面部特征等方面。演员是否有合作意愿，是否能够适应导演的工作风格和要求，以及是否能够与其他演员协调配合。演员选择对于电影制作来说至关重要，导演需要在多个方面进行权衡，以确保选出的演员能够契合剧本的要求，并为电影制作带来更好的效果。

对于短片创作，由于短片时间较短，通常只有几分钟到十几分钟的长度，因此角色要求比电影相对较少，演员的表现也更为简洁、明了。相对于电影来说，演员的演技水平要求可能会稍微降低一些。同时，由于短片制作相对来说预算较小，服装、化妆和道具等方面的条件可能比电影略有限制，演员的外貌条件要求也可能会相应放宽些。另外，对于短片来说，演员的知名度和市场价值并不是最为关键的考量因素，演员的艺术才华更为重要。短片拍摄中演员的选择相对来说可以更加灵活，演员的演技、个人特质以及是否适合角色都将成为导演考虑的重点，而不像电影那样需要同时考虑演员的票房号召力和商业价值。

试镜是电影、电视剧等影视作品角色招募过程中，对演员进行面试和表演测试的环节，通常由导演、制片人、编剧等人员组成的评审团进行观察和评估，以确定最终选择哪位演员扮演该角色。试镜内容一般包括演员的自我介绍、针对角色的表演、配合其他演员模拟片段等，目的是找到最适合该角色的演员，并确保该演员能够胜任角色所要求的技能和特点，如演技、外貌、语言等。试镜是影视制作过程中非常重要的一环，其结果直接关系到影视作品的质量和观感效果。4K高帧速率下一切化妆"原形毕露"，所以，短片创作者对演员的选择要格外留意演员的"上镜头性"。试镜需要用摄影机拍摄演员的不同景别，特别是近景、特写，以便于观察演员在镜头中的面部效果。演员可以分成内部条件和外部条件，一般而言，优先考虑内部条件，即演员的性格、气质符合剧本角色要求。

（二）演员排练

演员排练可以帮助演员更好地理解角色、熟悉剧本、提高表演水平，并为最终成功地完成作品打下良好的基础。演员需要认真阅读剧本，了解剧情、角色设定和对白等内容；需要深入挖掘自己所扮演的角色，了解角色的性格特点、心理状态以及与其他角色之间的关系等信息。演员需要分析剧本中每个场景的背景和情感变化，以便更好地把握表演节奏和情感转换。同时，演员应反复练习台词和动作，以确保能够流畅、自然地表演出来。演员还需要在排练过程中与其他演员进行互动、配合，在表演中不断调整、改进自己的表演方式，以达到最佳表演效果。

导演要对每个角色进行细致的分析，并向演员提供相关信息和指引，以便演员更好地理解角色性格、行为和情感。要针对不同场景、情境下的表演技巧进行指导，例如，呼吸控制、动作配合、情感转换等。演员排练也包括导演或其他演员与演员之间的情感交流，以增进彼此之间的理解和默契，使表演更加自然、流畅。演员排练也有助于导演了解演员，建立信任，找到人物性格的塑造方法；有利于导演现场构思、发现动作单元，完成动作设计；导演要留意演员走位、动作、情绪以及交流，为分镜拍摄做好准备。导演在排练现场一般要少说话、多行动，让演员体会。此外，还要注意排练可能暴露演员缺点，应及时弥补，问题大的重新选派演员。排练初期可不用摄影机，后期务必用摄影机进行观察。

四、拍摄计划

拍摄计划是电影或视频制作中制订的详细计划和时间表，以确保拍摄进度和质量。拍摄计划通常包括以下几个方面：前期策划、制定预算、制定时间表、策划拍摄地点、安排人员、准备器材等。拍摄计划是电影或视频制作中非常重要的一环，可以帮助制片方更好地组织和控制拍摄过程，确保拍摄进度和质量，并为最终的作品打下良好的基础。

（一）短片预算

用于制作短片的经费，其预算规模因具体项目而异，但通常比长片低得多。一般来说，短片预算包括如下几个方面：一是制片人费用。短片的制片人负责整个制作流程，包括制订计划、招募演员、寻找场地、策划宣传等。制片人需要进行领导和管理，并获得相应报酬。二是摄制成本。短片摄制成本通常为预算中最大的开支。它涵盖了所有与取景、灯光、摄影机等相关的物料、设备和工作量。此外还有人员费用，如摄影师、助理摄影师、灯光师、音响师等。三是场地与装置。根据剧情和要求，可能需要租用特定的场地和装置，例如，录音棚、照明设备等。四是后期制作费用。这包括编辑、音频和视觉特效处理、音乐创作、混音和配音等后期制作阶段的费用。五是宣传与推广费用。短片制作完成后，需要进行宣传和推广，例如，发布预告、举办首映式等，这些活动也需要一定的经费支持。

总之，短片预算是由多个因素组成的，包括制片人费用、摄制成本、场地与装置、后期制作费用，以及宣传与推广费用。在确定短片预算时，必须考虑到目标观众、剧情需求等多重因素，并根据实际情况和可行性制订合理的预算计划。

（二）拍摄日程

拍摄日程是在规定的时间内完成影片制作所需要的活动安排和时间分配。拍摄日程通常由导演、制片人和第一助理导演共同制定，以确保影片按计划完成。

拍摄日程要综合考虑各种因素。首先，对剧本进行深入的分析，确定场景、角色、服装、化妆、道具、音乐等要素，为后续工作打下基础。其次，选择合适的场地和设备，并在拍摄前进行准备和测试，确保一切就绪。最后，根据剧本需求、场景顺序、拍摄地点、演员可用时间等因素，制订详细的拍摄计划。根据拍摄计划，安排每天的拍摄进度，包括拍摄场景、镜头数、灯光、音响等。根据拍摄计划，安排演员、摄影师、灯光师、音响师、化妆师、服装师、道具师等人员的进出时间，以及根据拍摄计划和拍摄素材，安排后期制作的时间表和进度。

当然，按照"墨菲定律"，无论提前设计如何周密，理论上都有出差错的可能，所以，在确定拍摄日程时一般需要预留一些机动时间以应对各种不可预测的因素，如天气、场地、演员健康等问题，以及技术要求与创意需求之间的平衡。因此，拍摄日程的制定需要经验丰富、细致认真的专业人士参与。以下为拍摄日程安排注意事项：

其一，第一天拍摄计划要宽松些。第一天大家彼此还不熟悉，导演、摄影师、演员、灯光、道具之间还需要磨合，所以，第一天给大家适应的时间，也避免第一天如果没有拍好，会损害大家的积极性，影响短片整体的创作质量。

其二，把重要的场景放后面。第一天拍摄不仅要内容少一点儿，难度低一点儿，先拍过场戏和不重要的戏。重点戏、需要丰富表情的戏，待大家彼此熟悉了、拍摄协调了之后再进行拍摄，这样有利于更好地呈现作品，提高创作质量。

其三，注意那些特殊场次。对于短片而言，一般不需要考虑演员档期，但也会遇到某些演员因个人问题会影响拍摄进度。所以，制片人和导演要合理安排拍摄日程，注意拍摄场地、演员是否有空闲，以及天气、季节等因素。例如，如果需要拍摄雪景的话，就需要抓住冬天下雪的时候及时拍摄，否则一旦过去可能就没有了。

五、拍摄方法

电影摄影有单机拍摄和多机拍摄两种不同的拍摄方式。单机拍摄指使用一台摄影机进行拍摄，对于电影摄影而言，通常使用单机拍摄的方式逐一拍摄每个镜头，以达到导演或摄影师所期望的效果。在单机拍摄时，摄影师需要根据剧情、角色与场景等因素调整光圈、快门、ISO、焦距等参数，以便准确地捕捉到所需画面。多机拍摄则是同时使用多台摄影机进行拍摄，各个摄影机捕获不同的视角和画面，从而更全面地呈现拍摄对象的情况。在电影摄影中，多机拍摄主要应用于某些特定场合，如在大型战争场面、追逐和具有激烈动作的场景中使用，以便同时捕捉多个角度的画面。在电影摄影中，单机拍摄和多机拍摄各有优缺点，具体使用哪种方式取决于导演或摄影师的创作需求以及拍摄场景的具体情况。实践中，电影的拍摄技法可以分成三种，即主场景法、重叠法、自由变形法，下面分别简要介绍。

（一）主场景法

主场景法即主镜头加备选镜头，主要适用于可以重复的电影拍摄，主场景拍摄通常采用多角度、多景别来呈现出不同的效果。这是最为保险的拍法，一般不会出现后期动作无法衔接的情况，因为有主镜头作为最后保险。在主场景拍摄过程中，需要根据导演的意图和剧情要求，灵活运用各种拍摄技巧和手法，使场景更加生动、丰富和具有感染力。

首先，先拍主镜头。主镜头是指将整个场景或动作完整地拍摄下来的一种镜头，通常用于建立场景和人物关系，为后续的特写、中景和近景等镜头打下基础，同时也方便后期剪辑。在电影制作中，主镜头通常是制作一个场景中最重要的镜头之一，因为它决定了场景的整体视觉效果和展现方式。主镜头拍摄要视具体场景的情节复杂性，有时一个主镜头即可拍摄。比如，两个人在桌子旁边聊天儿，位置没有发生变化。如果场景本身较复杂，一般要将一个场景的动作分成若干情节单元，每个单元可以拍摄一条主镜头，这样可以确保镜头语言更加丰富。初学拍摄的时候，很多导演或摄影师将一个场景拍摄一条主镜头，这样还是有点儿单调。

其次，再拍备用镜头。电影开拍之前要做好分镜，能做成故事板最好，这样在拍片现场就能做到心中有数，每个主镜头下需要备选镜头，如近景、特写，可以完成一边的全部拍摄再转到另一边，如两人对话。当然这是常规做法，主镜头加备用镜头比较保险且广泛适用。但是也有例外，导演吉姆·贾木许的《天堂陌影》(1984)几乎每个场景都用固定机位拍摄一个主镜头，给观众一种特别的感觉。场景与场景之间用黑屏组接，镜头冷静、客观，静观的味道十足。影片展示了三个年轻人的孤独之旅，以及人与人之间无聊、寂寞、空虚的疏离感，今天看来也十分具有吸引力。

（二）重叠法

重叠法的主要使用范围是场景不能多次重复，如在纪录片拍摄中，我们不能像故事片拍摄一样可以让演员对同一动作多次重复表演。所以，应提前分镜，做好动作分解。摄影师要在人物动作停顿之处，利用不同的机位、不同的景别拍摄，然后再拍下一条，一般三个镜头表现一件事。远景、全景定位、中景动作、近景表情、特写细节的拍摄方法，关键是在拍摄中连续的三个镜头起始位置，演员动作要重叠，以备动作剪辑衔接。

例如，拍摄倒水喝这个普通的动作，可以将倒水的完整动作分解成"拿水壶—倒水—拿起水杯—喝水"等动作过程，按动作过程一次拍摄镜头，注意每个镜头的动作要留有衔接的空间。

镜头1：中景，演员拿水壶；

镜头2：特写，水被倒入水杯；

镜头3：中景，演员拿杯子（镜头1后半段）；

镜头4：近景，喝水。

重叠法也是电影拍摄比较常用的方法。以前电影是胶片拍摄，因为胶片昂贵，所以导演摄影需要最大限度地控制耗片比，以节约成本。因此，要想做好分镜，最好提前排练，时机成熟了再逐条开拍。拍摄娴熟的导演可以做到"一条过"，且最终成片素材质量较高，极大地减轻了剪辑师工作的劳动强度，方便素材整理与后期剪辑。

（三）自由变形法

在一些拍摄时间有限的情况下，很难多次重复，又没有做详细的分镜，对于拍摄技术娴熟的摄影师，可以采用自由变形法。如对话场景拍摄，第一次拍摄，跟着对话走，拍摄正在说话的人，拍摄说话人的表情、动作。第二次拍摄，跟拍不说话的那个人。第三次拍摄，临场发挥。时而拍说话人，时而拍不说话人，偶尔拉回来拍全景。有手持稳定器最好，可以方便快速操作，而不至于太晃动。很明显，第一次拍摄抓住场景动作的主人公，拍摄核心事件与人物。第二次拍摄主要在于拍摄与主人公相对的另一个角色的反应,后期可以交叉剪辑。第三次拍摄是尽量弥补第一、二次拍摄的不足,随机发现细节和有价值的可拍点,利用变焦镜头快速后拉或摄影师退后确定机位,快速抓拍大景,反之,摄影师向前或镜头快推,找好机位快速抓拍近景、特写等,这样通过三次拍摄基本能够展示事件过程、人物状态与细节,后期通过剪辑就有可能重新组接,多角度展示事件和人物。很显然,自由变形法属于摄影师的高级技巧,主要适用于不可多次重复的场景或有经验的导演和摄影师。

以上,我们介绍了三种电影拍摄方法。一般而言,我们建议初学者优先使用主镜头加备选镜头的方法,这样最为保险,不至于陷入动作后期无法衔接的困境。当然,多次重复拍摄需要提前做好分镜或故事板,需要将重点场景的过程分成若干动作单元,也需要演员多次重复表演,这无疑会增加演员的负担,多次机械重复也减少了表演的趣味性。初学者在拍摄时还是要综合考虑实际情况,有效使用三种拍摄方法。当然,以上介绍的电影拍摄方法主要立足于分镜的拍摄,即一个场景用不同的机位、景别展示,这样镜头语言更加丰富。但是,所有的规则如果有必要,都可以被打破。电影作为艺术,创新是本质的追求。但一般而言,分切式拍摄还是较为普遍的拍摄方法。

另外,作为导演或摄影师,应注意景别大小决定场景中谁是核心,或重点表现谁,这样有利于抓住场景的主要核心与功能。注意全景展现环境、中景展现动作、近景展现神情、特写展现细节。作为一出戏的摄影师,要随时记住各种景别的功能,拍摄到足够多的细节。特写镜头因基本不能展现环境,可以事后补拍,一般不会穿帮。在拍摄完事件后,导演就可以让演员、工作人员、无关人员先行离场,摄影师再单独补拍物件细节。

短片开拍之前,准备工作多而杂,也十分烦琐,需要各创作人员格外细心、小心、谨慎做事。开拍前做足功课,拍摄时就会做到得心应手,凡事预则立,不预则废。

第三编　中期拍摄

第八讲　画面：视觉叙事

什么样的画面才是好画面？这是比较有趣的话题，似乎每个人都有不同的答案。从技术上说，一般而言，好的画面必须满足焦点准确，曝光合适，构图有意味，运动平、匀、稳、准等要求。从艺术上来说，那就不一定了，所有的规则在艺术思维下都可以被打破。《美国纽约摄影学院摄影教材》针对图片摄影曾提出了好照片的三大标准，即主题鲜明、主体突出、画面简洁。这三大标准对电影画面创作依然有效。一个画面或镜头是否优秀，要看表达主题的需要，形式不可喧宾夺主，形式一定是为内容服务的。本章将从下面几个角度解读电影画面的视觉叙事奥妙。

一、摄影镜头

20世纪20年代，电影导演吉加·维尔托夫曾经提出了电影眼睛理论，其核心观点就是摄影机主体论。他认为摄影机类似于人的眼睛，具有人的生命，主张用摄影机的眼睛去观察丰富多彩的生活。我们知道，电影的镜头是人眼功能的延伸，摄影镜头既类似人眼，又和人眼有着很大的不同。《持摄影机的人》是维尔托夫电影眼睛理论的实验之作，该片运用不同于以往的方式记录了苏联时期敖德萨的城市生活，也是纪录影像形式的大胆尝试。定格、二次曝光、多画面分割、快进、慢放、倒放等特技带给人们全新的"电影眼睛"的独特体验。

（一）焦距

焦距是指镜头的光学中心到底片或传感器上的距离，通常用毫米（mm）表示。如50mm、35mm、135mm。传统上一般将50mm作为标准镜头，但近年来，电影摄影界将40mm作为35mm摄影机的标准镜头，因为它的视场角更接近人眼水平视角30度40分。小于40mm为广角镜头或短焦镜头，大于50mm是中长焦镜头。焦距直接决定镜头的视场角，即镜头的拍摄范围或能力的大小。广角镜头可以获取更广阔的视野，而长焦镜头则可以聚焦于远处细节，使被摄物体更为突出。我们可以将门框比喻成镜头的光孔，当靠近门口的时候，看到的外面的范围就广，这时离门口的距离也短，也就是广角镜头。反之，当远离门口的时候，观看到外面景物的范围自然就缩小了，这类似于长焦镜头。

广角镜头视场角大，可以拍摄更宽广的视野，因此，适用于拍摄大场面。广角镜头具有极大的景深和透视效果，如在实际拍摄场景空间狭小、达不到主题表达的需要时，可以尝试采用广角镜头，夸张原有的空间感。但广角镜头的画面特点也容易产生失真现象，如桶形畸变、鱼眼效果等。一般而言，广角镜头是不适合拍摄人物的，因为人物会产生不自然的夸张变形。用广角镜头拍摄人脸的话，一般会丑化人物。如在喜剧片中我们经常可以看到人脸靠近广角镜头的巨大变形，除此之外，一般是很难看到用人物用广角镜头拍摄。但是，在一些艺术电影拍摄中，摄影师有意识地使用广角镜头可以增强画面的独特视觉效果。例如，导演王家卫的御用摄影师杜可风在《堕落天使》中大胆使用了9.8mm的超广角镜头拍摄人像。超广角镜头画面扭曲、变形、夸张的视觉效果，表现了1997年之前的香港命运以及港人精神的不确定和动荡漂泊、迷茫无根的内心状态。

长焦镜头视场角小，可以放大物体，能够使真实距离的主体看起来更近，适合拍摄需要近距离观察但又不便靠近的主体。与广角镜头相反，长焦镜头具有浅景深和削弱透视特效的特点。长焦镜头的景深趋向于聚焦区域，背景模糊而主体突出。电影拍摄中有意识地使用长焦镜头远远拍摄人物，人物和背景之间的距离看起来会大大减弱。

对于纵向运动的物体，广角镜头会加速对象的运动，长焦镜头则会减弱对象的运动。因为拍摄纵向运动的物体给观众的运动速度感，不是主要由物体本身的运动速度决定的，更大程度上是由物体在画面中的大小变化的速度决定的。如用广角镜头拍摄拳击比赛，当拳头向镜头打过来时，拳头在画面中会急剧变大，这就突出这一重拳的力度和速度，加上音效，镜头动感、力量感十足。另外，用长焦镜头拍摄远处迎面走来的一群人也会出现奇特的效果。由于长焦镜头压缩了纵深的距离，如现实生活中1分钟，这群人往前走了10米，而用长焦镜头拍摄，感觉这群人只是往前走了1米。这样，画面上就出现人物仿佛在原地踏步、一直走不到镜头面前的错觉，凸显长焦镜头的特殊视觉效果。

（二）光圈

光圈是摄影镜头透光的阀门，也指镜头所能够通过的最大光线通量，通常用f/数字表示，例如，f/1.8、f/2.8、f/4等，f数越小，光圈越大，光圈越大，通过镜头的光线就越多。在短片拍摄中，光圈是最常见的调节参数之一。一般而言，没有特殊的需要，不建议短片摄影师随意使用镜头的最大光圈与最小光圈，因为按镜头的成像质量曲线，一般光圈位于最大或最小时成像质量均有所下降。短片摄影中，为最大限度地保证拍摄镜头的质量，要尽量选择最佳光圈，一般标准镜头最佳光圈为f5.6、f8。当然，针对不同的镜头会有具体的差异。一般而言，在最大光圈以后隔2～3档为最佳光圈，成像质量最好。也可查看官方给定的不同镜头的MTF曲线图。曲线越靠近1，说明镜头传输光学影像后越不失真；曲线越平直，越说明边缘与中间具有较好的一致性，整体成像质量就较好。

（三）景深

景深是照相机所能记录景物的最近清晰点到最远清晰点的距离。被摄物到前清晰点的范围叫前景深，被摄物到后清晰点的范围叫后景深。影响景深最直接的因素是光圈。在短片拍摄中，景深的使用十分广泛。不过，一些人没有区别景深与焦深，或二者混用在一起。很明显，景深与摄影机前的实际景物相关，景深范围一般用米来表示。焦深是焦点深度的简称，是针对摄影系统内成像介质，如胶片或传感器与镜头位置所容许的误差，也叫镜头与底片的容差。简言之，焦深是机器决定的，景深是人眼决定的。

电影拍摄中景深是较常见的调节参数。景深的大小通常由几个因素决定，包括光圈大小、焦距长短和摄影机与被摄对象间的距离。光圈是影响景深的直接因素，大光圈景深浅，而较小光圈景深大。较长焦距会产生较浅的景深，而较短焦距会产生较大的景深。主体与摄影机的距离近则景深浅，当主体距离摄影机更远时景深会大。如果要获得小景深，则需要尽量使用较大光圈，让更多的光线进入摄影机。使用较长的镜头焦距，并靠近主体拍摄。如王家卫的电影《蓝莓之夜》利用小景深表现主人公内心的状态，是对人物关系、心理的视觉化呈现，给人深刻的印象。

反之，如果要获得大景深的拍摄镜头，则要尽量使用较小光圈，选择较短焦距的镜头，增加相机与被摄主体间的距离。如奥逊·威尔斯的电影《公民凯恩》大景深能很好地展示位于场景纵深的不同人物的状态，不仅能很好地体现场景空间的完整性、真实性、同一性，还能引发观众的联想与思考。前景中，凯恩的母亲在签署协议；后景中，小凯恩浑然不觉其命运即将改变，他还是无忧无虑地玩耍。大景深将同一场景的不同元素前后并置，直接展示有意味的两个或两个以上的事件，呈现真实的生活场景，引发观众的联想，这被电影理论家巴赞称为景深长镜头。

在实际拍摄中如何最大化地获得镜头的最大景深，除以上基本技法而外，还需要准确确定超焦点距离。超焦距能够在保证整个场景都具有相对清晰度的同时，可以帮助摄影师获得更广的视野和更好的细节展现，是一种非常实用的技术。计算超焦距的简易公式：$H=(f*f)/(Nc)$（H 为超焦距，f 为镜头焦距，N 为光圈值，c 为弥散圈直径）。如果嫌技术麻烦，可以使用流行的超焦距计算 App 可方便、快速地计算出镜头不同状态的超焦距。实际操作中还可以利用景深的三分法原则，一般来说，前景深都小于后景深。拍摄前摄影师关注所有要表现的景物范围，对焦在纵深景物的前三分之一处可以获得最大景深。

此外，在电影摄影中还经常使用镜头内部区别调焦拍摄，即在一个镜头拍摄中，随着表达重点的转移而改变焦点进行拍摄。这样就实现了在一个镜头内部表达两个镜头的作用。如我们用小景深拍摄演员 A 与演员 B 一前一后站着对话，当需要表现前一个演员 A，我们就将焦点聚焦在演员 A 脸部。如随着剧情需要，演员 B 是表达重点时，只需改变焦点变成演员 B 清晰、演员 A 模糊即可，镜头不用切换。

二、画面布局

拍摄一个镜头一定要有主题，即这个镜头给观众看什么，主题是我们进行画面布局需要考虑的因素。一个画面由主体、陪体、前景、后景、背景等部分组成，其中主体与背景必不可少。主体是一幅画面中最能表达主题思想的那个人或物，主体可以是一个人也可以是一群人。它在画面所有对象中居于核心地位，没有它，主题思想的表达就不充分，因而不可缺少。陪体是陪衬主体，起到解释、说明主体的作用。有了陪体，主体的身份、职业、状态更加鲜明，如放牛娃的斗笠，学生的书包、士兵的枪。陪体不一定都要有，但有了，主题思想会更加突出。前景与后景是以物体离摄影机的距离来确定的。前景即位于主体之前，最靠近摄影机的部分。在电影拍摄中巧妙设置前景可以暗示时间、地点。如电影《城南旧事》中拍摄一群骆驼在街上穿行，用了老北京典型的水井做前景，暗示故事的发生地。后景是位于主体之后，介于主体与背景之间的景物。背景则是画面最后面的部分，一般以天空为背景，当然也可以水面、草地、墙壁等为背景。背景的设计往往是美术设计需要着重考虑的问题。优秀的电影背景都十分有意义，它和主体共同表现镜头的主题思想。后景、背景也可以叫作环境，它是人物活动的大背景，巧妙设计环境可以体现地域特色、时代氛围、主题思想。

电影中出现的所有元素一般都会具有特殊的作用，如果一个物件可有可无，一般不建议放在场景当中。例如，短片《两个遥远的陌生人》，剧中漫画家卡特·詹姆斯一次次时空穿越回到故事起点，但每次都难逃警察的击毙。很明显，短片隐喻美国社会根深蒂固的种族问题，映射美国警察制度的弊病，再俯拍大景中的字幕，警车停处后景有"禁止停车"的标志，前景警车车门上"礼貌、敬业、尊重"的宣传标语，一切都构成奇妙的反讽。

又如电影《钢的琴》，开头夫妻俩准备离婚，摄影师使用仰拍，男女主人公背后的遮阳棚一边完好，一边破损，恰似二人不一样的"天使的翅膀"。葬礼上的演唱一场戏中，主体身上黑色的衣服，两栋工厂冷却塔高高耸起，既展示了故事的背景，也暗示故事的发生地。整个场景带有黑色电影的幽默特质，工业、死亡、葬礼、怪诞的事件，仿佛一首告别的"挽歌"，为接下来的剧情发展做了铺垫。

（一）主体突出

优秀的电影画面一定有一个鲜明的主题，体现主题最直接的是主体。让主体从画面背景中脱颖而出是需要摄影师着重思考的问题，主体突出是电影画面的基本要求，那么，在实际拍摄中我们可以通过什么办法来突出主体呢？

首先，利用视觉中心、几何中心和意味中心。按照三分法原则，即黄金分割率，把一个矩形的长和高分成三等份，这时出现四个交叉点，这四个点就是观众的视觉中心。把主体巧妙地放置在这四个位置，就能够吸引观众的注意。在实际拍摄中，主体的位置优先选择视觉中心。随便看看主流的商业大片，主体的位置基本都是符合黄金分割律，这是摄影构图的基本功。另外也需要注意几何中心，即画面对角线的交叉点，这也是观众注意力集中的地方。如一群小孩围绕一名老师做游戏，即可将老师放置在画面的几何中心。此外，还有意味中心，除几何中心、视觉中心之外的所有区域都是意味中心。意味中心一般是为特殊的目的，打破三分法构图原则，以达到特殊的主题表达需要。这主要在一些实验电影或艺术电影当中偶尔出现。如电影《一个和八个》画面构图打破常规，人物被放置在边角不起眼的位置。怪异的构图主要突出现场情景与人物的特殊心理。画面不和谐、观众心理也不自然，但有导演对人物环境的特殊设计和美学追求。

其次，使用对比。在电影画面构图中使用明暗光线、冷暖色彩、虚实动静，以及物体的多与少，将主体与背景形成强烈对比，可以有效地突出主体。例如，暗的背景下明亮的主体肯定会吸引观众的注意；背景是冷色调，人物为暖色调；背景为虚，主体为实；运动的主体呈现在不动的背景之上；线条影调多变的主体衬托在简化、单调的背景上，反之亦然。这些都是对比突出主体的方法。

再次，利用线条。线条具有指向性，可以吸引观众的视线。在电影拍摄中可以选取有指向性的线条，将主体放置在线条汇聚点上。由于线条的指引，观众的视线沿着线条的引导自然就会发现主体，因此主体就更突出了。

最后，利用框架。如上文提到过前景，通过遮挡和覆盖背景的部分，使整个画面看起来更加具有空间感和纵深感。在实际拍摄中前景往往就像一个画框，可以引导观众进入画面并关注重点，人物也自然突出了。

（二）画面简洁

画面简洁是突出主体的较好方式，也是摄影镜头是否达标的判断标准。一般而言，如果画面色彩驳杂、景物杂乱，主体一定不会突出，画面的主题表达也就不会鲜明了。所以，一般而言，好的镜头画面背景一定是简洁而单纯的。众所周知，绘画是在做加法，在空白的纸上增加点、线、面以及色彩等，而摄影是做减法。场景已经呈现在眼前，摄影师只需要用取景器"框取"局部形象。与主题无关的对象，可有可无的范围，尽量不要框选，以最大限度地做到画面简洁，这是专业摄影师与一般拍摄者的最大区别。一般摄影者拍摄时往往只注意主体，而专业的摄影师不仅要看主体，更要看背景。背景的作用在专业摄影师那里会得到更有效的利用。那么，如何做到画面简洁呢？

首先，寻找简洁的背景。电影的拍摄需要摄影师、美术师对背景、环境进行设计。对于短片创作而言，虽然不可能像大片那样去"造景"，但基本的环境布置是要考虑的。让背景尽量简单、单纯，也可使用灯光影子隐去繁杂的物体，也可使用拍摄角度，如仰拍以天空为背景、俯拍以水面为背景等，背景自然简洁。

其次，考虑景深。当前不少摄影爱好者都喜欢使用大光圈、长焦拍摄，目的就是最大限度地虚化背景，获得最小景深，从而让主体突出、画面简洁。在生活中，选择单纯的背景还是有些难度的，不得已只好求助于镜头。但是对于电影拍摄不可能全是小景深的画面，其他的背景简洁的方法作为专业的电影摄影师更需要考虑。

最后，如果以上方法均不奏效，或拍摄时忽略了背景的杂乱，那唯一的办法只能靠后期制作了。短片后期制作可以利用剪辑调色软件调光、调色，如压暗背景、提亮主体，或重新剪裁画面，重新构图。也可使用剪辑插件模糊背景画面，但是操作不好，可能会失真。最好的方法是前期就注意画面简洁。

画面简洁不仅是突出主体，使主题鲜明，而且背景简洁特别是背景大面积的空白将有效地增加画面的意境和韵味。空白可以被用来创造平衡、强调主体或向观众传递情感。利用空白，可以使图像更加引人注目，视觉上更让人赏心悦目，例如，单一色调的天空、水面、地面、草地、墙壁，以及虚化的背景等。我们知道，画面构图太满、景物太多，观众往往没有思考的空间，也不会引起联想和想象，反之，如果画面简洁，空白区域较大，观众短时间内即可看清画面，因而有时间产生联想，激发想象，从而体味镜头的意境。简言之，一幅画面，留白越少，画面越写实；留白越多，画面越写意。

（三）希区柯克法则

在《希区柯克与特吕弗对话录》中，希区柯克谈到了一个画面布局的重要法则，即画面中物体的大小往往取决于它的重要性。电影镜头与我们日常生活中的场景有着一些不同。电影中选择特殊的角度将某些物件放大突出显示，将有利于突出主题。我们在电影中经常看到这样的镜头，如生活中手枪是较小的物体，但在具体的电影拍摄中，为了突出它的重要性，可以以枪为前景，使用广角镜头放大枪在银幕上的形象，从而突出现场危险即将来临。人物位于后景的话，因为透视原理，人物会显得十分渺小，从而凸显出被害者的无助。这是画面布局中较为重要的法则，能够以鲜明的、独特的画面，给观众以"震惊"。例如，希区柯克的电影《夺魂索》，布兰顿和菲利普用绳子勒死了戴维，将戴维藏在大木箱里，并且将藏尸体的箱子当餐桌，邀请戴维的家人、未婚妻、同学等前来赴宴，想想都令人毛骨悚然。这个秘密会不会被发现，如何发现？结局如何是影片最大的悬疑。导演在很多场景将大木箱置于十分显眼的位置，勾起观众的高度关注。电影画面是有意味的形式，不仅叙事，更要表意，即表达主题。画面布局的核心就在于如何鲜明地表达主题。

三、摄影机位

摄影师在拍摄中要问自己：我的摄影机应该架在哪里？这个问题看似简单，其实并不简单。高明的摄影师心中一定会装有三个关键词——方向、高度、距离。拍摄方向即对象摆在摄影师面前，应该正面、侧面、背面还是斜侧面拍摄。高度，即摄影师相对于被摄对象眼睛的视平线，可以仰拍、平拍、俯拍。距离，指摄影机离被摄主体的远近，可以有不同的景别。远、全、中、近、特等各种景别如何框取？它的内在依据是什么，有何表达重点？作为电影摄影师，要时刻牢记这三个核心关键词，这样才能在各种纷乱的拍摄场景中，第一时间找好机位，开始拍摄。

（一）方向

首先，正面拍摄通常能够突出主体的面部细节和特征，可以强调对称性，图像看起来更加平衡、和谐。正面拍摄最好的优点在于让观众可以快速认识一个人，因为观众一下就看清了他的脸。脸是人类情感的直接流露，喜怒哀乐均显示于脸上，但是正面拍摄不利于表现景物的透视感，人脸立体感也不强，面部比较扁平。正面拍摄有利于观众与被摄对象的交流，所以，当面部表情重要时，需要忽略主体立体感，优先选择正面拍摄。正面拍摄，观众能够醒目地看到被摄对象的面部特征以及神情，有利于观众认识和接受被摄对象。很多纪录片拍摄人物面部即采用正面拍摄，也有不少影片聚焦于角色的正面人脸。如电影导演张艺谋拍摄的《大红灯笼高高挂》第一个镜头是人物出场，大学刚读半年的颂莲与母亲对话，颂莲作出人生重大选择——"给人当小老婆"。母亲没有出镜，只是画外音。整个场景，摄影师直接对准人物正面脸部进行拍摄，主人公面部先入为主，一下将人物拉进观众。

其次，侧面拍摄可以更好地呈现被摄物的形状和轮廓，特别是当被摄物具有强烈的侧向线条或形状时。在侧面拍摄时，由于光线以及明暗的变化，因此可以突出被摄物的立体感，使其更加生动并且有质感。在对话拍摄中能较好地表现物体的"动作线"，也有效地表现了人物之间的"交流线"，形成画面内人物之间的交流。当然，侧面拍摄的画面缺乏明确的方向性，物体的立体感也不是很强。

再次，斜侧面拍摄被摄体，对象的大部分脸部能够很好地展现，立体感最强。由于斜着拍摄，因此被摄物更加生动并且有质感。斜侧面拍摄通常会为画面增加一种动态感，也可以创造不对称之间的视觉张力。所以，斜侧面拍摄成为很多新闻采访镜头的首选，既可以展示部分人物面部，又可以体现画面立体感。在电影拍摄中，这个机位也十分常用。因为电影是二维的平面展示三维的现实，所以我们在画面上可以感受到三维的幻觉，侧面拍摄可以增加画面透视，将有利于为观众展示逼真的、有深度的空间。

最后，背面拍摄使观众看不到人物的面部，观众只能通过他的背影间接揣摩人物内心。这样的画面就具有较强的"借实写意"效果。同时，由于只能看到被摄物的后面，因此可以创造一种神秘感，也能造成悬念。如生活中经常看见长发飘飘的俏女郎，俗称"背影杀"，这是因为背影会勾起观看者的想象，激活悬念。在恐怖片中，背面拍摄让观众有很强的参与感，因为观众的观看方向与剧本人物一致，观众对剧中人物的处境、内心就会有极其深刻的体会和认同，因而感同身受，身临其境。恐怖片背面拍摄什么时候最能够吓到人？如果背影给观众恐怖的感觉，加上紧张的音效，对象转过来是一副恐怖的面孔，这是吓不倒观众的，因为观众有了心理预期。而如果一个美好的背影，加上优美的音乐，人物突然转身，拥有一张恐怖的脸，这个时候才是最能吓倒观众的，这叫作"惊奇"，是好莱坞恐怖片的常规做法。

综上所述，作为摄影师，需要考虑拍摄方向，看看这个镜头需要给观众看什么，面部表情还是人物立体感与场景空间感，以及镜头是否含蓄、写意，这样我们就能很快确定好拍摄方向了。

（二）高度

高度即摄影机相对于被摄对象视平线的高度，可以分成平拍、仰拍、俯拍。三种高度能有效地体现摄影师的拍摄意图。一般而言，平角度拍摄使得被拍摄物与观众的视线处于同一个水平面，更能够传达真实感和亲近感。如果被摄物具有对称结构，平角度拍摄就可以强调其对称性，并让人感受到一种安静、平衡的美感。如果使用长焦镜头结合平角度拍摄，就能有效地夸张拥挤、堵塞等视觉效果，如街上来来往往的人群、车流，可以极大压缩纵深空间，夸张拥挤的程度。

仰拍可以净化画面背景，突出、强调主体。仰拍突出被摄物的高度，适用于的场景较广泛，例如，对建筑物、桥梁、树木等高大物体的拍摄。仰拍也可以给人以一种庄严肃穆、神圣的感觉，在视角上仰拍时，有利于强调高度和气势，增强视觉冲击力，还能够赋予画面一定感情色彩或突出被摄对象给人的压迫感。如短片《车四十四》中，以乘客的视角仰拍打劫的歹徒，不仅可以让背景更加单纯，还能够突出歹徒对乘客的压迫感。

俯拍可以给人以一种居高临下的视觉效果，有利于展示环境，也可以展示地面的图案，表现景物的造型美。在电影拍摄中，俯角度拍摄的画面比较压抑，有时具有贬义，常使被摄人物显得渺小、孤独或处于劣势的心理地位。例如，《万箭穿心》中结尾对主人公的大俯拍，观众目睹女主人公最后的选择，宝莉上了建建的破面包车，还没出小区就熄火了，宝莉不得不下来推车，她狠狠地踹了破车一脚并大骂，破旧的面包车终于在宝莉的助力下打着了火，宝莉上车，车缓缓地驶出小区，结局令人唏嘘、感叹。

摄影高度以被摄对象的视平线高度来确定，荷兰式倾斜角度，即相机绕着垂直轴倾斜，使拍摄的画面呈现出倾斜的效果，可以创造出一种不平衡、紧张或戏剧化的视觉效果。它突破了传统的水平摄影界限，给人一种不寻常或不稳定的感觉。如香港功夫打斗场景就喜欢采用这种倾斜角度营造大战来临之前的危险与紧张氛围。

（三）距离

摄影师可以通过两种方式选择不同的景别。一是距离，距离近则被摄主体成像大、景别小；距离远则被摄主体成像小、景别大。二是焦距，镜头焦距越长，画面景别越小，镜头焦距越短，画面景别也越大。景别可以分成远景、全景、中景、近景、特写等。虽然对景别的划分有不同的说法，但万变不离其宗，一般而言，都是以人物大小与人物身体的几个关键部位作为取景的依据。如远景人物不超出画幅高度的 1/2，全景展示整个人体，中景展示小腿以上，近景展示胸部以上，特写为肩部以上，如果局部再放大为大特写，腰部为中近景，大腿以上又被称为"牛仔镜头"，在美国西部片经常使用。那么，这些景别取舍的依据是什么？每种景别的核心原理是什么？下面我们分别讨论。

其一，远景是表现广阔场面的影视画面，指将摄影机或相机放在距离主体较远的地方进行拍摄，通常呈现出一种广阔的画面视野，可以看到物体或者场景的整体轮廓和周围环境的背景。远景经常用于电影、电视剧等大场面的拍摄，例如，风景、战争、街道、人群等，通过营造震撼性和宏观效果来强化情感表达和氛围渲染。例如，电影《可可西里》远景、大远景居多，有力地展示了可可西里无人区自然环境的严酷，凸显"生命禁区"。远景也常常被用于过渡镜头，使得观众能够更好地了解场景之间的空间关系，提升电影叙事的连贯性。远景的拍摄要尽量形成统一色调，使画面看上去和谐，避免色彩驳杂、毫无美感。

其二，全景可完整地再现被摄体和场景的全貌。全景镜头又称为"定位镜头"或"总角度镜头"。全景拍摄通常用于展现较大场景的时候，如室内景观、运动场面等，在一些电影中也会用于传达某种意境。同时，全景也可以在过渡镜头中起到连接不同场景的作用，为故事叙述提供平滑的过渡。如果说远景是环境重要，人物不重要，人物是环境的组成部分，那么全景就是人物和环境都重要，主要展示人物和环境的关系，为接下来人物的行动做好铺垫。

其三，中景环境展示降到次要地位，人物情节和动作重要性凸显。中景适用于人物肖像、情节等场景的拍摄，可以给予观众一个更为直观和真实的动作感受，使得故事情节得以更好地推进和展现。因为中景从小腿以上去框取画面，所以刚好把人的手部拍在画面当中，手是人们很多动作的直接表现。中景在电影、电视剧短片拍摄中十分常见。

其四，近景可以更加突出人物的面部表情、内心世界等，使得观众能够更好地理解和感受到人物情感和内心的变化。近景广泛应用于影视拍摄中，适用于人物情感戏剧化表达的场景。通过近距离的拍摄，可以让观众更加贴近角色，感受到故事中人物的喜怒哀乐。电影当中很多对话，如果没有明显动作，拍成近景就是比较恰当的选择。

其五，特写通常用来突出被拍摄物的某个细节或特征，可以让观众更加贴近被拍摄对象，感受到其生动的细节，强化本质的作用。特写可以通过刻画角色的神态、表情、手势等细节，突出人物情绪。因为特写基本不展示环境，所以也常被用作转场因素，缓和两个场景转换的突兀感。特写是逼近人物的心灵，所以，不能随意使用特写，除非人物有重要的情绪流露。

整体而言，景别的选择是自由的，也是不自由的。因为每一种景别都有表达的重点，除非摄影师要故意打破景别的法则。一般而言，远景、全景出气氛，所谓"远取其势"。"势"即预示了事物的运动趋势，远景、全景拍好了将有利于故事气氛环境的营造。中景拍动作、表现人物交流，人物形体、姿态更重要，我们可以叫"中取其形"。近景拍人物内心状态、神态，所谓"近取其神"。而特写主要拍细节、人物情绪，突出人物的内在本质。我们可以叫作"特取其质"，好的特写一定展示人物最本质性的精神。知道景别的核心原理将有助于摄影师在各种景别之间游刃有余，为我所用。从世界电影史上来看，卓别林是默片时期对景别最有研究的导演之一，他说远景适合喜剧，特写适合悲剧。比如，卓别林表演一次摔倒，如果用远景，观众只会为人物滑稽的动作而发笑。但如果用特写拍摄演员摔倒后悲伤的脸，观众就再也笑不起来。在演员痛苦的表情中，观众自然感受到"悲剧"的元素。卓别林也正是把他的发现用在了自己的电影实践中。

四、固定镜头

固定拍摄是拍摄中摄影机位、镜头光轴、镜头焦距三者均不发生变化，所拍摄的镜头就是固定镜头。最直接和最显著的标志就是画框的位置相对不变。通过保持画面静止的方式来表达一段时间内的变化。与移动画面相比，固定画面更加静态和稳定，适合用于表现静态画面中的微小变化。

（一）构图法则

摄影构图是指在摄影过程中，通过选择、组合、排列视觉元素的方式，达到有意义的画面效果和主题立意的视觉表达。摄影构图包括诸如对焦点、曝光、光线、颜色、线条、形状以及空间等方面的选择和安排。良好的摄影构图可以使画面更具吸引力和感染力，让观众更容易地注意到画面中的主题或含义，并能增强美感和情感效果。具体构图样式主要有平衡式构图、对称式构图、变化式构图、椭圆形式构图、水平线构图、垂直式构图、对角线构图、三角形构图、"S"形构图、九宫格式构图、向心式构图、放射式构图等，这些基本来自绘画的构图样式，作为电影摄影师是需要理解并有效利用的。

首先，对比与节奏。对比是突出、变化、产生新的含义。可以利用明暗、虚实、疏密、大小、形状、色彩、动静，以及点、线、面对比，通过对比可以突出事物的性质和特征，增强画面视觉冲击力。节奏是构图元素有规律地交替。在生活中，形状、线条、影调、质感重复出现，并伴有一定的时间间隔，都会形成节奏，给人一种强烈的秩序感。

其次，对称与均衡。对称是画面平衡的方法，给人庄重、稳定、安宁、和谐之感。对称具有左右、上下、辐射等样式，如北京故宫是十分典型的对称建筑，给人以庄严、肃穆之感，象征皇权的威严。与对称的物理要求不同，均衡是一种心理体验，体积和重量是重要参数。均衡只是观众心理的一种感觉，一种视觉上的稳定感。可以通过分配画面的各种元素，在视觉上产生稳定、和谐之感。

最后，多样与统一。这是形式美法则的高级形式。"'多样'体现了宇宙中各种事物的千差万别，'统一'则体现了事物的共性与整体联系。"[①] 多样性体现在艺术作品中的各种形式、风格和表达方式上的个性特点，统一性意味着在多样性中寻找一种内在的和谐、平衡或一致性。多样性为艺术作品注入了丰富性和创造性，而统一性使作品具有内在的协调和意义。它们共同构成了艺术与审美领域的丰富性和复杂性，多样性与统一性相互影响、相互补充。各种元素有机组合使画面多而不杂，整体而不单调，既丰富又单纯，既活泼又有秩序。

（二）静观美学

固定镜头有着独特的表现，东方电影表现尤为突出，形成了一种静观长镜头的美学。我们在侯孝贤、杨德昌的电影中可以经常看到。如《童年往事》《悲情城市》《牯岭街少年杀人事件》《一一》等电影，摄影机几乎很少运动，导演大量使用固定拍摄的模式，冷静地观看平凡的生活，达到一种冷眼看待人生、超然的生存哲学，这和东方的"物我同一"理念一脉相承。静观美学的电影鲜明地体现

[①] 徐希景. 大学摄影 [M]. 北京：高等教育出版社，2015.

了东方美学特色，但是静观美学的镜头，如果观众没有被静观哲学吸引，往往就会觉得较为沉闷。特别是在好莱坞大片的视觉刺激性下，静观美学的受众越来越少。摄影机不动的话，导演需要尽量挖掘镜头内部人物的运动，以最大限度地打破静观的缺陷，演员的调度就体现出来了。如电影《一一》中简南峻和洋洋父子俩出席小舅子阿弟的婚礼时二人一脸郁闷，毫无喜庆之气，身后与众宾客打打闹闹、乱成一团，父子俩仿佛置身事外。一个固定长镜头展示了丰富的生活，观众之所以不觉得沉闷，主要在于导演对镜头内部演员的丰富调度。相反，陈凯歌在《黄土地》中表现顾青初到翠巧的家里，翠巧的爹与作为"公家人"的顾青"话不投机半句多"的谈话，以及两人相对固定的位置，更加增添了现场的沉闷和压抑。当然，这正是导演有意为之的特殊追求，正因为这里的压抑、沉闷、毫无生气，才与后来顾青回到解放区火爆热烈的腰鼓阵进行强烈的对比，主题也自然蕴含在二者的巨大反差之中。

五、运动镜头

固定画面有其独特的优势，但事实上主流的商业电影还是以运动画面为主，因为观众视觉上对运动的物体很感兴趣。运动镜头是指摄影机的光轴、焦距或位置发生改变的拍摄方式。运动镜头可以呈现出拍摄物体的速度、力度及运动轨迹等元素。运动镜头还常被用于表达角色情感的变化，营造紧张的氛围，加强观众的代入感。运动镜头分为推、拉、摇、移、跟、升、降、复合运动等。

（一）推、拉镜头

推拉镜头是一种常用于电影、电视剧等视觉媒介中的特殊拍摄技术。它通过改变摄影机或相机的焦距，实现对拍摄物体在视野内从远到近或从近到远的聚焦过程，以达到突出画面某一区域的效果或者在不同主题之间进行场景转换的目的。有两种方式的推拉，一种是改变焦距，一种是改变机位。变焦推拉与移动机位推拉二者在实践当中是有一定区别的。变焦的推拉由于改变焦距，因此镜头透视感发生了变化，观众视觉上有些不习惯，因为人眼是不能变焦的。而移动的推拉符合观众走进、远离一个对象的生活体验，因而显得更加真实。

推镜头画面不断接近被摄对象，可以增强画面的动感，并且通过拍摄对象的追踪与移动来营造出电影氛围，从整体环境中突出出来，令观众更清晰地关注主要视觉元素，同时强调画面中难以忽视的部分，使得观众更关注特定的场景或情节。拉镜头通常指将摄影机沿着线性方向远离被拍摄对象并拍摄物体的方式，具有很强的空间展示效果，可以造成远离感，赋予画面抒情色彩。例如，塔可夫斯基《乡愁》结尾缓慢的拉镜头。起幅是俄罗斯的田园，人物、狗、房屋、草地仿佛故乡美好的家园，当镜头缓慢拉出来，观众看到了整个场景周围的意大利教堂，仿佛牢笼一样，将美好的故乡包围起来，飘飞的雪花增加了场景的严寒酷冷，草地上的圆形水潭与背景醒目的圆形构成巧妙的呼应，其主题不言而喻。

（二）摇、移镜头

摇、移镜头是指摄影机机位不变，镜头光轴作上下、左右等方向的均匀摇动。摇镜头可以缓慢、平稳地移动摄影机，让画面看起来更具有质感，可以强调某个事件或情节中的重要性。快速地摇，即甩镜头，用于营造情感上的紧张氛围。移镜头是摄影机随着拍摄对象的移动而发生的动态变化，可以通过多种手段实现，例如，前进、后退、斜向等，移镜头具有展示效果，通常被用于强调画面中某些重要的细节或人物，或突出他们的身份或情感状态。例如，《三峡好人》开头，导演使用几个摇镜头拼接成一次缓慢的摇镜头效果，镜头徐徐展示船上的三峡移民，他们背井离乡，但生活依然继续，打牌的打牌、聊天儿的聊天儿，没有看出太多离愁别绪，原来他们才是"三峡好人"。他们是电影故事发生的大背景。摇镜头的结尾落在韩三明身上，韩三明却一脸愁容，与三峡移民形成鲜明对比。整个摇镜头也是一次寻找，在众多的人中寻找出电影的主角，或电影的主角在众多人物中显示出来，人物一出场就凸显其独特性，这是电影的习惯做法。

摇镜头与移镜头有时画面效果的差异不是十分明显。当摄影机摇很大幅度，或移动很长距离，我们会发现摇镜头的起幅和落幅的人物方向有明显改变，但当摄影机移动较短的距离，摇较小的幅度，要判断是摇镜头还是移镜头则十分困难。

在实际拍摄中，我们可以使用摇镜头模拟出移镜头的效果。例如，在丛林、沙漠背景变化不太明显的场景中，如果要拍摄移镜头，没有轨道就比较困难，我们可以使用摇镜头，让演员围绕摄影机跑圈，用长焦弱化背景，即可拍摄模拟的移镜头效果，如果加上逆光、前景，这种奔跑穿行的速度感将十分强烈。此种做法已被很多导演采用，如黑泽明《罗生门》、张艺谋《我的父亲母亲》等电影中经常可以看到人物逆光奔跑的炫酷镜头效果。阿巴斯《橄榄树下的情人》拍摄也是如此，出身贫寒的侯赛因爱上了同来拍片的演员塔赫莉。拍片工作已经结束，侯赛因紧跟着回家的塔赫莉，他必须抓住最后的机会向心爱的姑娘表露心声。这一场景导演原计划用较长的推轨镜头跟拍两个演员，但因为距离太近、人员太多，演员们有点儿不自在，于是导演让"所有人退到50米外"，"我们离得越远，表演就越好"[①]。

（三）跟、升、降镜头

跟、升、降都是改变摄影机机位。跟、升、降指摄影机跟随并拍摄一个正在移动的人物或物体，在画面中展现出其前进方向、速度和移动过程中的追踪感。跟镜头一般可分为前跟、后跟和侧跟三种情况。跟镜头还可以增强观众的代入感和参与感，让他们在观看画面时仿佛置身于其中。如李安《饮食男女》中的厨师救场是郎雄饰演的朱师傅人物能力的集中展示。摄影师紧跟在他后面拍摄，朱师傅边走边看，解决宴会后厨遇到的烹饪问题，尽显大厨风范。跟镜头让观众走进紧张、繁忙的后厨现场，突出参与性，给观众身临其境的现场感。升镜头指将摄影机沿着垂直方向快速移动或抬升，从低空或低角度俯瞰场景或人物，以展现出全貌和景深感，并营造出一种高于现实、神秘、庄严的视觉效果。例如，当主角经历沉重打击、信心崩溃时，可以利用升镜头来突出其孤立无援、绝处逢生的境况；又比如，当电影要刻画大气磅礴、宏伟壮观的场面，如山川河流、城市建筑等时，可以使用升镜头将其放大展示，使之充满视觉震撼力。反之，降镜头指将

[①] 阿巴斯·基阿鲁斯达米.樱桃的滋味：阿巴斯谈电影[M].btr,译.北京：中信出版社，2017.

摄影机沿着垂直方向快速移动或下降，通常是从高空或高角度向下俯瞰场景或人物，以展现出全貌和局部特征，并营造出一种亲近、真实、紧张的视觉效果。降镜头也可以用于展现生活中平凡场景的细节和情感，让观众更加亲近真实而感同身受。升镜头类似于拉镜头，降镜头类似于推镜头功能。通常，升、降镜头需要借助大型摇臂、无人机方可完成。

（四）复合运动

我们关注摄影机与主体的前后移动，自然会找到四种复合运动情况。其一，主体往摄影机方向运动，摄影机向前运动，此时主体在画面的大小会加速变大，画面视觉冲击力最强，例如，在动作片需要夸张动作力度时可以考虑；其二，主体往摄影机方向运动，摄影机向后运动，此为前跟，能友好地拍摄主体的面部表情、动作细节等，具有展示效果；其三，主体背向摄影机方向运动，摄影机采用前移拍摄，此为后跟，画面有伴随和尾随深入的效果，在恐怖片中经常使用；其四，主体背向摄影机方向运动，摄影机采用后移拍摄。此种方式不常见，主体会加速变小，环境展示会越来越多，常用于表达意境，长于抒情。

还有一个经常被大家提起的技术——希区柯克变焦，又叫作滑动变焦，这是电影拍摄中一种很常见的镜头技法。就是在改变镜头焦距的同时，让摄影机做相反的运动，如摄影机一边变焦往前推，一边位置往后移动，反之亦然。这样使得镜头中的物体在画面中的大小始终保持不变，只改变背景的大小。《迷魂记》中的这一个镜头大获成功，滑动变焦很快成为电影制作中的流行元素。因为它诞生于希区柯克的电影，而且经常被希区柯克用来强化恐怖的心理表现力，希区柯克变焦很适合营造恐怖、扭曲、压迫、紧张的镜头氛围。当然，在实际操作中一边改变焦距，一边做前后位移比较麻烦，可以前期拍摄正常变焦推拉镜头，后期再利用剪辑软件做相反的放大或缩小也能够模拟出移动变焦效果。如果有无人机就更好办了，只需前期拍摄无人机接近或远离对象的镜头，后期利用软件相反地放大或缩小画面，这样模拟得更加逼真。

另外，《重庆森林》王家卫利用前期电影拍摄及后期技法，给观众呈现了不同于人眼的运动镜头效果。看看林青霞饰演的角色在重庆大厦里穿行这一段，林青霞在前面跑，摄影师杜可风在后面追拍。据说当时他们并没有获得管理部门的许可，因为是偷拍，所以保安用警棍追着拍完了这场戏。画面动荡不安，虚虚实实，朦朦胧胧，反而成就这出戏，成为王家卫电影的独特标志，获得广大文艺爱好者的追捧。按杜可风的说法是，这是利用停格加印、抽格、增格、叶子板开口角度残影（即控制快门）得到的，按现在数码摄影的说法，利用慢快门追随拍摄，在运动间歇抽帧，让画面具有卡顿感，在需要观众看清人脸的地方加帧，让重点画面更清楚一些，这样就能实现王家卫式的镜头效果，表达动荡孤独的人物处境与寂寞空虚、茫然失落的情绪。

第九讲　声音：听觉设计

一、声音属性

人为什么要有两只眼睛，两只耳朵？这个问题看似简单，实则比较复杂，不是一句话能够说清楚的。但至少有一点是清楚的，两只眼睛可以方便地感知三维空间，因为现实世界是三维的，两个眼睛的视觉差便于判断物体距离的远近，同样，两只耳朵也方便人们辨别声音的空间位置。声音是由物体振动产生的声波，下面我们探讨几个声音的物理属性。

第一，频率。频率表示每秒钟内声波震动的次数，单位为赫兹（Hz），人类可以听到的频率范围一般在20Hz～20000Hz。据了解，女声高音频率范围为220～1.1KHz，男声低音频率范围为80～358Hz。频率越高，音调越高，频率越低，则对应着更低、更深沉的声音。

第二，振幅。振幅是指声波的振动幅度，表示声音的大小或响度，单位为分贝（dB）。声音振幅越大，对应的响度就越高，人耳对于声音响度的感知也会更强烈。声音振幅的计算方式较为复杂，需要考虑声音信号的测量标准、参考值等多种因素。在实际生活中，我们通常使用音量大小来描述声音的响度大小。

第三，波长。波长是指声波的一个周期所对应的长度，单位通常是米（m）。声音波长与声音的频率有关，频率越高，对应的波长就越短。声音波长计算公式为：$\lambda = v/f$，其中 λ 代表波长，v 代表声速，f 代表频率。在常温下，人类能够听到的声音波长范围也比较广（17m～17mm）。

第四，速度。速度指的是声波在特定介质中传播的速度，通常用字母 v 来表示，单位为米/秒（m/s）。声音在不同的介质中具有不一样的传播速度，在固体材料中，声音的传播速度普遍要比气体和液体更快。在空气中，声速约为340m/s，同时，温度、压强、湿度等环境因素也会影响声音的传播速度。

第五，相位。相位是指声波的振动状态相对于某一参考点所处的位置。在声波传播中，由于声压随时间的变化呈正弦曲线，所以可以用角度来描述不同时刻的相位差。声音的相位也会影响到不同信号之间的混合和干涉，例如，在环绕立体声系统中，通过操纵不同扬声器的相位差来控制声音的方向和延迟，从而达到更加立体、真实的空间效果。

此外，音高、音量和音色是描述声音特征的三个重要心理属性。音高指的是声音的频率，即振动的快慢。音量指的是声音的响度或强度，即声音的振动幅度。一个相同音高但不同音量的声音会听起来有着截然不同的效果。音色指的是声音的质感或独特性。它是声音各部分的调和，赋予声音特定的风味。相同音高和音量的两个声音，如果它们的音色不同，那么我们就能够分辨出它们来自不同的乐器或人声来源。

二、声音感知

（一）双耳效应

人两只耳朵位于头部两侧，各自接收到相同声源发出的声波时，声波传播过程中会受到头部和耳廓的阻挡和衍射，导致每只耳朵接收到的声音存在微小差异，这种差异被大脑所感知和处理，从而使我们能更好地分辨和定位声源的位置、距离、大小和方向等信息。这个现象也被称为空间声音定位的基础。

声音通过传入双耳的时间差、相位差、声压级差和音色差来辨别声源方位的效应称为双耳效应。左右耳之间有一定的距离，当声源从特定的方位传来，达到左右耳的时间有一定差别，也会产生相位差。同样，声音达到左右耳朵的压力是不一样的，也会造成音色的改变，这些差别虽然比较微弱，但耳朵都可以很好地感知。

（二）鸡尾酒会效应

在嘈杂环境中，人们依然能够通过集中注意力，将感兴趣的声音过滤并分辨出来的一种现象。这个概念源于鸡尾酒会时，人们坐在嘈杂的场所中，仍然能够区分开谁在说话。在鸡尾酒会效应中，人们可以根据自己的兴趣、需求和经验来选择关注某些特定的声音，并忽略其他很多无关的声音。这是因为人类大脑具有强大的抑制机制，能够抑制掉非目标信息，从而只专注于目标信息。此外，"成年人的耳道平均直径为7~8mm，长度为2.5~3cm，其形态及属性有助于接纳语言范围内的频率，它也会除去或者弱化那些最有可能干扰话语理解的声音，尤其是那些低音频率声音"。① 不过，在极端嘈杂的环境下，即使是鸡尾酒会效应也难以发挥作用。

（三）掩蔽效应

当一段声音很响时，会掩盖其他相对较弱的声音，使人无法感知这些较弱的声音。这种现象可以发生在频率、时间和空间三个方面。首先，在频率方面，如果两个声音同时出现，其中一个的频率比另一个高得多，那么人很可能只能听到高频率的声音，而听不到低频率的声音。这是因为高频率的声音会引起耳蜗上端的神经元兴奋，从而抑制掉低频率的声音的信号传输。其次，在时间方面，如果两个声音同时出现，但是它们的时间差非常短，人的听觉系统可能只会察觉到其中一个声音，而忽略掉另一个声音。比较弱的声音被较响的声音所掩盖，使人听不到。最后，在空间方面，人的双耳接收到来自不同方向的声音。如果某个声源位于另一个声源的反向位置，人的听觉系统可能会将后者掩盖掉。

（四）多普勒效应

当声源和听者之间相对运动时，所发出的声波频率会发生变化，这就是声音的多普勒效应。如果声源向听者移动，那么听到的声音会比实际频率更高；如果声源远离听者移动，那么听到的声音会比实际频率更低。举个例子，当救护车开过我们身边时，听到的警笛声会随着救护车的靠近而变高，当车辆开过后远离我们时则会变低。

从原理上讲，当声源向听者移动时，前方会形成一个压缩区域，也就是正弦压缩波，它使得每个声波振动周期的时间缩短，从而导致峰值之间的距离减小，频率增加，音调变高；反之，当声源远离听者移动时，声波通过造成一种稀释效

---

① 米歇尔·希翁. 声音[M]. 张艾弓, 译. 北京：北京大学出版社, 2013.

应，也就是正弦扩张波，使得每个声波振动周期的时间加长，从而导致峰值之间的距离增大，频率降低，音调变低。

三、电影声音

电影声音是电影中用于传达剧情和情感的要素。在电影制作中，声音与图像同样重要，不仅能够营造场景氛围、表现人物性格和情感状态，制造悬念和惊悚感，也能直接引导观众的情感反应。因此，在电影制作中，需要运用各种技术手段来处理声音的录制、剪辑、混音和特效制作，借助声音元素来创造视听上的享受和震撼效果。20世纪60年代，加拿大的罗伯特·默里·谢弗将"声音"（sound）与"风景"（landscape）两个英文词合成一个新的单词——"声音图景"（soundscape），也称为"声景"。"声景"一词随即引起了理论家的关注，"所谓声景，指特定区域能为人感知的所有声音""声景也包含了可以听到动静但看不见物体的那些声音。可以说，声景就是特定地域的所有声音的总和"。[①]

（一）声音的构成

人声：电影中的人声是演员通过对白来传递角色的言语、情感和性格等信息。人声通常是电影中最重要的声音元素之一，它的清晰度、音量、语调、节奏和感情表达等方面都能直接影响观众的理解和情感体验。为了保证人声在电影中的质量和真实感，需要进行专业的录音和后期处理，以达到最佳的效果。电影中的人声可以分为对白、独白和旁白。

音乐：电影音乐作为一种独立的声音元素，常被用来增强场景氛围、表现人物情感和性格、制造悬念和紧张感等。电影配乐通常由专业的配乐师按照剧情需要进行创作，并根据每个场景的情绪和戏剧张力选择不同风格和形式的音乐。配乐的好坏会直接影响到观众对电影的整体感受。此外，在电影制作中还会使用已有的经典音乐或流行歌曲，以达到某些特定效果或者吸引观众。

---

① 李丹枫，李迅，岳景萱.声景理论与电影声音创作：对话李丹枫[J].当代电影，2020（2）：42-50.

音响：电影中的自然音响包括通常存在于生活中的背景噪声、机械摩擦声或大自然声等自然音响。这些音效元素往往用来营造场景氛围和增强视觉效果，在某些情况下还能够引发观众的情感共鸣，例如，在惊悚片和恐怖片中使用的各种恐怖音效。除此之外，音效往往使用在影片开始的地方，黑屏带领观众进入到电影的特定时空场景之中。例如，贾樟柯导演的电影《三峡好人》开场先黑屏出音响，观众似乎听见汽笛声、鸟叫声、水流声、人的嘈杂声、风声等。这个时候因为还是黑屏，声音可以激发观众的联想与想象，带领观众入戏。接下来逐渐聚焦在船上的人们的日常生活，配乐低沉、缥缈，仿佛从遥远的太空传来，一下就激活了观众的情绪。

还有一个特殊的情况就是无声，即声音都消失。当人物处于某些特殊状态，可以借助声音消失来展现人物的特殊心理，例如，2018年奥斯卡最佳真人短片《沉默的孩子》（The Silent Child）讲述了英国一名社工与听障儿童之间的真情故事。为营造听障儿童特殊的感受，导演利用了基本无声的场景，从听障儿童的视角观看家人的谈话，很好地让观众真切感受听障儿童的特殊环境，给人留下深刻的印象。

（二）声音的作用

声音在电影中有哪些作用？具体来说，其一，传递剧情信息。电影声音可以通过对白、解说或其他方式传递角色思想、感受和行动等。其二，营造场景氛围。具有代表性的音乐、背景噪音、环境音效等声音元素能够创造出特定的时间和空间背景，从而营造出独特的视听感受。其三，表现人物性格和情感状态。观众可以通过人声表情、音乐音调、音效质地等方面来感受角色个性和情感状态。其四，引导情感反应。电影声音也可以通过音量、节奏、旋律等来引导观众的情感反应，制造紧张、恐惧、悬念以及欢愉等情绪体验。其五，增强视听效果。电影声音还可以通过特殊声音效果、混合处理等手段来增强视听效果，提升观众的沉浸感和震撼感。

侯孝贤执导的电影《刺客聂隐娘》在声音处理上非常出色，尤其是利用了环境声音和自然音效来营造电影氛围。该片对主角和其他角色对白声音处理相对柔和，背景噪声和环境音效略显突出，营造出世界缓慢而安静的基调，让观众更加专注于角色的情感状态。该片中很多场景的声效来自现场真实环境录音，如山林流水、鸟鸣昆虫等自然声音，使得观众能够充分感受到角色所处环境的真实感。

影片中经常出现的风声为影片营造了一种静谧、苍凉的氛围。据说侯孝贤特别追求纯天然的运动与声效，风吹动窗帘也没有使用电风扇，而是摄影组一直在等风来、等云来、等鸟来。摄影影片开头就利用风声烘托了荒凉、寂静的意境，并通过不同程度的风声变化来表达不同场景下的细微差别。"隐娘刺杀大僚"一段，风吹动树叶摩擦的声音被放大，突出强化自然音效，肃杀阴冷之气，令人不寒而栗。

（三）声画关系

首先，声画同步。图片与声音在时间上的完美匹配，即声音和图像在时间轴上一一对应，并呈现出时间上的统一性。在电影制作过程中，声画同步能够让观众更好地感受到画面所表述的情节以及人物角色的表演，并进一步提升电影的质量。常见的声画同步包括对白口型、音乐节奏、背景噪音和特效声音等方面。在影视制作过程中，需要专业的录音师、混合师和编辑师协力协作，以确保达到最佳的效果。

其次，声画分立。声音在画外，与画面不同步，声音具有独立的表意功能。例如，画面是演员 A，但声音是画面之外演员 B 的声音。又如，实拍一场战斗，作为短片创作十分困难，我们可以使用狂风摇曳的芦苇画面，辅以枪林弹雨的战场声响，这是比较有意识的做法。许多学生在创作短片时十分纠结撞车如何表现。大家看惯了好莱坞飞车碰撞的视觉刺激，但是作为短片创作者，资金成本、后期特效往往不允许我们实拍，那利用声音也是可以考虑的方法，只需要画面黑屏，辅以刺耳的紧急刹车声、人的惨叫声、周围人的呼声等相关音效，就可以通过听觉呈现不可实拍的场景。此时的声音成为独立的艺术元素，丰富了声音的表现力，使影视的表现方式更加多样化。

最后，声画对位。对位是借助于音乐的一个概念，声画对位是声画分立的特殊情况，是声者与画面剪辑上的蒙太奇手法。在电影制作中，声音和画面之间的精确配合和呼应，从而产生更加戏剧性的效果。声音和画面在节奏上进行形成对比，使画面与声音节奏形成巨大反差，吸引观众注意，营造出特定的艺术效果。通过良好的声画对位设计，能够让电影表现更加深刻，让观众有更深入的体验，提高电影的艺术品位，形成更加有意义的视听效果。

例如，杨德昌的电影《一一》。杨德昌善于利用声画对位技巧，暗喻事物发展的阴阳两面，且共生共存。万物皆有阴阳，但阴阳不是各自孤立的，万物的生命与运转都是在阴和阳的统一和谐状态中存在和发展的。这就是中和的状态，也是我们理解事物的方式与智慧。

我们先看小燕做B超的段落，画面是子宫里的婴儿在动，解说词起先让人觉得是说生命的诞生，与画面十分和谐，但随着画面的切换，观众这才发现，杨德昌给我们开了一个玩笑，画外音来自简南峻公司在听取大田等人对电脑游戏软件开发的汇报。两个风马牛不相及的事物用了一个声画对位巧妙地糅合在一起，这是一种特殊的状态。

又如，电影《归来》，国内公映版与海外发行版对车站抓捕一场戏有两种处理。国内版与海外发行版画面基本一致，但声音有较大不同。国内版配乐较为哀婉，仿佛一首咏叹调，突出场景的抒情性，也和画面构成对位。海外发行版则去掉了音乐，增大了现场声，主要给观众呈现一种场景的真实性，反思的意味降低，但紧张感、真实感凸显。导演为何要做这样的处理，目前国内没有看到相关的资料，这可能与国内外受众不同的观赏取向有关。好莱坞追求场景的真实，国内电影观众长于抒情。紧张的抓捕不是像好莱坞动作片配以真实的音效，画面与声音在节奏上的明显反差凸显创作者声画对位的思维。这一对位明显是要让观众思考，更多的是对历史的反思。

四、现场录音

（一）声音表现方式

其一，外景声音包括三个部分：人声、混响音、环境音。人声即人物声音；混响音即人物声音在一定空间中多次反射而成的声音；环境音即场景背景的声音，也被称为气氛。录音师的职责就是努力加强主声音，尽量减少混响音和环境音。吊杆的作用就是可以越过人与设备，靠近声源，确保录音品质。

其二，声音透视与共鸣空间。声音透视是一个声源移动时，听觉所感受到的距离变化。共鸣空间是指一个房间自然产生的共鸣。对录音师而言，场景有共鸣声、反射声往往是坏消息。例如，贴满瓷砖的浴室，由于周围都是光滑的墙面与地面，声音在里面来回反射，形成较为强烈的回声，从而造成声音清晰度的极大下降。

其三，声音环境与信噪比。声音环境良好，如地毯、厚窗帘的大房间，信噪比高。声音环境差，如有墙砖、地砖、没有柔软的家具，信噪比低。如何判断一个空间声音环境好坏？摄制组到一个场景空间，录音师大力拍手，仔细听声音变化测试声音环境。如果空间有回弹音，则空间是活的，要想办法解决；如果无回弹音，则空间是"死"的，那是录音师最喜欢的录音环境。

不过，以上都是从技术方面探讨录音品质，电影还有艺术层面的思考。例如，奥逊·威尔斯在《公民凯恩》中利用高大的石头宫殿发出的空荡荡的回响声，增强了影片中的环境音效，使得听众能够更好地感受到场景的氛围和气氛，同时也暗示凯恩内心的孤独与空虚的心境，增强了电影镜头的艺术表现力。

（二）杜比 5.1 声道

杜比 5.1 声道是一种环绕声音效技术，利用 6 个独立的音频通道来模拟出包围听众的音效氛围，提高观影、游戏、音乐等体验的逼真程度。其中 5 代表前左右声道、中置声道以及左右环绕声道，1 代表超低音喇叭通道。因为它占用的带宽只需 0.1，所以叫作 5.1 声道。后来杜比公司又开发了杜比 7.1 声道，即在后方左右两边各增加了一组扬声器，提供更加准确和立体的环绕声效果。2012年，杜比公司推出杜比全景声，它突破了传统意义上5.1、7.1声道的概念，顶部加设音箱，实现声场包围，可以实现更加真实、精确的声音效果，能够创造出逼真而自然的声音体验，用前所未有的方式全景呈现电影故事。

（三）拾音话筒

拾音话筒是一种专业的录音设备，主要用于捕捉人声和乐器的声音。与普通话筒不同，专业的拾音话筒具有更高的灵敏度和指向性，可以准确地捕捉所需的声音，并最大限度地减少背景噪声和杂音干扰。根据不同的拾音方式，拾音话筒可以分为多种类型。如电容话筒、动圈话筒，以及手持式话筒、阵列话筒等。按收音范围的大小可以有以下分类：

其一，全指向性话筒。全指向性话筒是一种记录范围非常广泛的话筒，所有声源均可被其捕捉。全指向性话筒可以将周围所有声音接收和传输到录制器上，同时没有方向性地聚焦于任何声源。相对来说，全指向性话筒适用于需要捕捉全频率范围声音的环境，如场景音乐表演现场及自然声的录制等。但在嘈杂的环境中用全指向性话筒录制音频可能会带来太多噪声、回声和混响等问题，因此，在使用时需根据具体情况选择是否搭配其他类型的话筒进行应用。

其二，双指向性话筒。双指向性话筒是一种专业录音设备，也被称为双向心型话筒或双极话筒。它的拾音模式呈现出哑铃形状，上下两端对声源的灵敏度较低，而正面和背面的灵敏度则相当高。因此，该类型的话筒可以准确、优秀地捕捉到前方和后方的声音，但左右两侧的声音会相对弱些。双指向性话筒由于具有良好的前后抗干扰能力，因此往往用于在嘈杂环境中进行语言音频的录制。

其三，单指向性话筒。单指向性话筒是一种录音设备，具有强烈的方向性。它通常装有一组前向声学装置，可以捕捉来自其正面的声音信号，并有效地抑制来自其他方向的噪声和干扰信号。这使得单指向性话筒非常适用于需要消除周围噪声和环境杂音的场合。相比于全指向性话筒，在录制人声或乐器等相对固定位置的音频源时，单指向性话筒可以更好地将音源的声音信号捕捉到，而减小来自其他不需要的方向的干扰信号，提高语音的清晰度，让录音效果更加清晰、逼真。然而需要注意的是，单指向性话筒也会产生"近距离效应"，即在麦克风与音源距离很近时，低频响应过于突出，可能导致部分低频成分的失真，因此，同时还要配合使用一个低通滤波器解决问题。

其四，强指向性话筒。强指向性话筒是一种非常强的单指向性麦克风，通常有一个非常窄的拾音角度，只能捕捉到离其中心轴线很近的声源。与单指向性话筒相比，它具有更好的抗噪声和干扰信号的能力，可以在非常嘈杂的环境下准确地捕捉到目标声源的信号。强指向性话筒适用于拍摄需要高质量录音的视频或电影，例如，拍摄现场演唱会或采访等情景。它可以最大限度地减少周围噪声和环境杂音的影响，通过集中捕捉目标声音，提高录音的质量和清晰度。但同时也需要注意对话者与话筒之间合适的距离，尽量避免近距离效应产生的失真问题。

"没有差劲的麦克风，只有差劲的使用者！"安放话筒时注意确定距离和方向，尽量靠近声源，尽量同一场景使用同一只话筒。室内录制时，避开大面积的反射面，必要时对环境进行处理，挂一些幕布，减弱声音的反射。注意正式开拍避免人为噪音，如现场说话、手机铃声。吊杆员注意动作稳定，不可快速抽拉话筒线，防止出现杂声。在外景录制时，注意使用防风罩，或应仔细观察风向，并利用现场的各种工具，如草帽、反光伞等，最大限度地减少风的噪声，必要时考虑后期降噪。

如遇酒吧播放连续的音乐，但短片拍摄是间断的分镜头拍摄，后期镜头组接后，声音可能跳跃、断续、接不上。此种情况，初学拍摄者容易忽略，可以考虑如下解决办法：可尽量靠近人物面部录音，保证人声的录音品质；在录制时不要有连续性音乐出现，拍摄结束后，录音师录3分钟左右环境声备用；尽量保留对白声，环境歌曲后期自行添加。如以上办法均无效，则考虑后期配音。

（四）数字录音机

数字录音机是一种以数字技术为基础的录音设备，可以将声音信号转换为数字信号进行记录和存储。它使用数字转换器将声音信号与时间轴上的采样点对应起来，并利用压缩算法将大量数据存储在相对较小的存储介质中。与模拟录音机相比，数字录音机具有更高的精度和可靠性，并且可以在后期编辑和处理时提供更多的灵活性。数字录音机可以以不同的采样率和比特深度记录声音信号，使得录音的品质和所占空间之间可以取得更好的平衡。

短片拍摄很多初学者直接用单反相机录音，因为单反相机里的麦克风是无指向话筒，录音品质普遍较差，实践中很多摄制组使用 ZOOM H6 录音机。它可以像单反相机更换镜头一样轻松地更换麦克风，实用性非常高，可外接 4 种麦克风——X/Y、MS、枪式和 XLR/TRS，能同时录制六轨，操作简单，功能丰富，非常适合现场录音。4 节五号电池可以连续录制 20 个小时，还能外接电源为其供电并可无限录音，输出 WAV 及 MP3 格式，USB2.0 接口传输，支持耳机输出，并且配置了单独的音量控制键。此款录音机市场报价 2500 元左右，比较适合短片创作者。

（五）录音师

迈克尔·拉毕格在其著作《纪录片创作完全手册》对录音师在拍摄需要完成如下任务做了指导，可以给短片摄影师作为借鉴：其一，根据需要合理选择最适合的麦克风，全指向、心型、超心型（枪式麦克风）等，让麦克风尽量靠近声源。其二，让声音在轴线上传递，对准声源。摄影机拍不到的地方铺贴地毯、毯子。其三，确定声音平均值 -6DB 左右。拍摄中如果说话人有很长停顿，建议手动电平。因为如果自动电平，当说话人长时间沉默后，机器就会自动放大噪音。如果现场声音比较柔和，但有时会突然增大，出现摔门声、狂叫声，建议用自动电平。录音工作结束全场安静，收录几分钟现场环境声备用。

录音师要用质量好的全罩式耳机监听声音，不建议用耳塞。吊杆取景框外上方、下方或边上。其中上方位置较为理想，为上策。因为说话声音会大过脚步声或身体动作的声音。如果有影子，可考虑取景框边上，此为中策。如果还不行，只有选下面，此为下策。此外要使用防风罩、防震架。防震架可以减少手动转动吊杆对麦克风的影响，减少噪声。防风罩可以减少气流对麦克风的影响，室外必备，如飞艇式防风网、皮毛罩。如果没有专业的防风罩，也可以自己制作，简单易用，可以用几层粗棉布罩上，再蒙上长筒袜。

录音师和摄影师合作位置如何站？首先，录音师靠近摄影师站位。录音师与摄影师依靠眼神或手势沟通，随着对象的运动而运动，犹如跳芭蕾舞般和谐。录音师将吊杆举到摄影师上方便于摄影师拍摄或后退。有时录音轴线变化，录音师需要从一边绕到另一边，需要眼神交换与默契。录音师与摄影师共同后退时，录音师要紧贴摄影师后边，保护摄影师，便于摄影师放心后移。其次，录音师也可远离摄影师站位。双系统拍摄录音或拍摄小景别时，录音师可以随意寻找合适的录音位置，远离摄影机可以尽量靠近说话者，录下好声音效果。理论上只要话筒不入画，吊杆话筒越近，录音品质就越高。

实际短片创作有单系统和双系统两种方式。单系统摄影机录音即话筒直接与摄影机相连。它有一些不可忽视的缺点，如输入接口容易损坏；拍摄时难以控制变化的输入电平；信噪比低；系统发出的声音无法根除；偶尔会有嗡嗡声、嘈杂声，直接使用的交流电更明显；输入检测表不准确或有误；头戴式耳机可能电力不足，自动电平或品质低劣。双系统，即摄影机专管画面，另外有录音师单独将现场声音记录在录音机上。双系统，摄影机与录音机分离，便于运动，录制品质更高，操作更方便，录音师为便于监控可以录制独立声轨，当然也必须增加录音人员与场记，便于后期声画同步。

五、声音设计

同期录音与后期制作的电影声音哪一个更加真实？一般人都认为一定是同期录音更真实，但是事实往往不是我们所想象的那样。美国的艾米莉·虞在《电影中的声音》一文中指出，"声音录下来之后就不能再现出声音的原始形态的原因：第一个理由是同期录音时不可能收录到所有的声音。因为没有任何录音设备能像人类的耳朵那样敏感"。[①] 另外，声音有一定层次感，同一房间不同位置录制同一个声音其实是有差别的。如前所述，位置不同声音有时间差、相位差、声压级差

---

① 艾米莉·虞，姚国强，姚睿. 电影中的声音——我们到底听到了什么？[J]. 世界电影，2004（3）：155-161.

和音色差等，不同位置录制的声音是有一定差别的。

在电影、电视剧、广告等影音作品中，通过选择、制作、编辑和处理声音元素来创造的具有特定效果的声音反而更让人觉得真实。好莱坞声音设计包括声音指导、后期声音剪辑总监和特殊效果声音制作三个职务。声音设计是一种综合性的技术，包括声音录制、编辑、混音、配乐等多个方面，它对于影片的制作质量和视听效果产生至关重要的影响。

（一）风格设计

声音的风格设计是指在电影制作和后期处理过程中，通过特定的技术手段和音乐元素来营造电影的声音效果和氛围，拥有与主题情境相符的视听体验。电影声音设计者需要具备丰富的音乐知识和技能，并配合导演的需求，在制作过程中注重每一个细节，力求达到最佳的声音效果和视听效果。

首先，写实主义风格。写实主义风格的声音设计强调真实感和自然音效，它追求捕捉现实世界中的细节和环境声音，并尽可能减少后期处理的干预，通常需要在现场录制生活中真实发出的声音，这可以通过使用高质量的录音设备并通过后期处理来实现。在写实主义风格的声音设计中，对于背景音效的制作要求较高，因为它们可以带给听众更真实的视听体验。同时，在处理人工声音时，声音设计师需要细致入微地模仿真实场景中的声音特性，以确保其听起来自然且真实。当然，写实主义的目的是要观众"信以为真"，而不是完全复制拍摄现场的声音，如前所述。一是我们的话筒达不到耳朵的敏锐性，二是话筒的位置也造成了现实录音的差别。所以，我们主要是追求在生活真实的基础上的艺术的真实。好莱坞大片中很多声音不同于日常生活，如汽车的飞驰声、夸张的打斗声，但观众觉得很真实。可见，银幕的真实不等于绝对现实的真实，银幕的真实只是观众对影像或声音的一种"判断"，符合观众的心理期待，观众觉得绝对真实，否则就认为不真实。

其次，表现主义风格。表现主义声音设计旨在从情感上激发听众，并通过声音来表达角色或场景内心深处的情感。表现主义声音设计没有真实感的限制，更关注艺术效果。通常会用非自然的声音、鲜明的声音特性和强烈的声音效果来营造氛围。因此，在表现主义声音设计中，声音设计师可以使用各种创意手段，如将声音加速、减慢、扭曲等处理方法，使其具有抽象和符号化的品质。重要的是，这些声音和效果旨在引发听众情感共鸣，而不是模拟真实世界的声音。表现主义声音设计需要与其他影视元素密切配合，共同呈现一幅情感丰富的画面。例如，电影《黑天鹅》中用音效来表达女主角内心矛盾情感的场景。当她在排练的舞台上不断转圈时，背景的环境声渐渐变得扭曲和失真，逐渐增强的环境噪音让听众更加感受到她内心矛盾情感的紧张与焦虑。此外，在电影《红色沙漠》中，导演大量使用场景中没有的、表现主义风格的声音，如多次出现的电话未接通的铃声、工厂刺耳的噪声，不仅暗示女主朱莉安娜略显神经质的状态，更凸显了"沙漠"般的机器工业对人性的异化。电影《贫民窟的百万富翁》开头审讯马立克，也使用了夸张音响，带有鲜明的主观色彩，表现主人公的恍惚的精神状态。总之，表现主义声音设计通过刻意强化或者扭曲声音，使其更有表现力和艺术性，以达到对场景、角色和情感更好的呈现。当然，一部短片的风格可以既有写实主义，又有表现主义，两者兼而有之，综合运用。

（二）细节设计

在短片制作中，通过同期录音、后期制作等手段，对声音进行更加深入的设计和精细化处理，以提升叙事力度和听众的体验感。声音细节设计的目标是通过对环境声、背景音效、人声、配乐等各种声音元素的独特处理，使得它们更能贴近现实，更能传达情感、营造气氛。塔可夫斯基一直很重视在他的电影中使用声音的细节设计，如《索拉里斯》中空间站的低沉喧嚷声，《潜行者》隧道里的水滴声、湍急下泻瀑布的水流声，《牺牲》衣橱的门吱嘎作响、纸页翻动声。这些声音设计与画面一起，呈现了他神秘的电影语言与诗化哲学。科恩兄弟执导的《老无所依》里的无声场景与环境声营造紧张感，特别是脚步声逐渐逼近，给观众留下了深刻印象，这些都是电影声音细节设计的经典案例。那么如何进行一个场景声音的细节设计呢？

首先，要考虑人声对话细节，包括每个演员的语速、声音的响度，以及音调、音色，通过后期处理，使人物对话声音符合情绪和性格，使声音能够起到更好的表达情感和塑造角色的作用。其次，尽量逼真地处理录制的环境声，比如，钟表声、喝水声、衣服的摩擦声、脚步声等环境音效，营造更真实的氛围和场景感受。最后，必要时可以考虑音乐配合。注意场景情绪氛围，通过挑选适合的背景音乐或者适时加入的配乐，可以进一步提升观众的听觉体验和情感上的共鸣。以上这些技巧都有助于提高声音细节设计的质量，让声音更接近现实，同时有效地增强了叙事力度，让观众更容易被故事深入吸引，增强沉浸感和代入感。

第十讲 光线：用光绘画

如果没有光，世界将一片黑暗，摄影就是利用光线在传感器上成像。按塔可夫斯基的理解，电影就是留住昔日的时光，即"雕刻时光"。我们知道，绘画也需要利用光线，像伦勃朗的绘画作品，光线表现尤为突出。但是绘画是在一张白纸上，通过画家的手，凭空虚构点、线、面、物体，以及光线、影调。画家可以写实，也可以对现实对象做较大的修改，像抽象画一样。而对于电影摄影就不同了。场景已经摆在我们面前，我们不可能对被摄对象做较大的"修改"，至少不会像绘画那样可以极大地变形。所以，摄影能够做的就是尽量使用光线去对被摄对象进行修饰，以达到镜头的主题立意。从这个角度来说，电影摄影的画笔更多的不是点、线、面，而是光线。为了表达不同主题的需要，摄影师需要用不同光线在被摄对象身上"绘画"，这就是"用光绘画"的理念。在电影创作实践中，斯特拉罗等很多电影摄影师一直热衷于探索这一理念。本讲将有较详细的阐述，我们先从摄影曝光基础开始讲起。

一、曝光基础

（一）光的本质

光的本质是什么？这个看似简单的问题，长期以来，人类进行了不断的探索。早在17世纪，物理学家牛顿就提出光是一种粒子的假说，认为光是按惯性原理沿直线飞行的粒子流。荷兰物理学家惠更斯则针锋相对地提出了光的波动理论。二者的理论都有实验验证，但又都很难完全让人信服。直到19世纪60年代，英国物理学家麦克斯韦认为光是一种电磁波现象。光到底是波还是粒子？这个问题已经变得纠缠不清，两派都有理论和实验支持。一般认为光具有"波粒二象性"，即光可以被视为电磁波，具有电场和磁场的振荡特性，电磁波波长从长到短，例如，无线电波、红外线、紫外线、X光以及伽马射线等；光也可以被视为粒子，即光子，每一个光子都具有一定能量。针对摄影创作而言，光更多地被视为一种电磁波，也称可见光谱。人眼可见光的波长介于380~760nm，只是完整电磁波中的一小部分。

光具有电磁辐射特性，包含着一定波长、频率、能量的光谱。光线遵循直线传播规律，路径上不会弯曲。在空气和真空中传播，光的传播速度是恒定的，在真空中光速为30万公里每秒。光具有明暗度、方向与色彩三个基本特性。其中，明暗度指光的亮度和暗度的程度，即光的强弱；方向指光线传播的路径和位置关系，包括透射、反射、折射等；色彩是光波长的不同所呈现的视觉感受，包括红、橙、黄、绿、青、蓝、紫七种基本颜色，以及由它们相互混合形成的其他颜色，这就是摄影经常所说的色温。

色温是用来表示光源色彩的一个物理量度，"是利用绝对黑体的温度与其辐射光的色度关系来标示白光色度的一种办法"，通常用单位"开尔文"（Kelvin，简写为K）来表示。"所谓绝对黑体是指不反射光也不透光的物体，即能把投射光全部吸收的物体。"[①] 随着绝对黑体温度升高，辐射出红、橙、黄、白和蓝等不同颜色的光线。在电影和摄影中，色温被广泛应用于控制画面的整体色调和视觉效果。一般来说，较低的色温代表着暖色调，例如，1000K到3000K的黄色灯光；较高的色温则代表冷色调，例如，6500K及以上的蓝白色灯光。不同的色温对营造场景的情感氛围有着不同的作用，例如，低色温常常会让画面看起来更加温暖而亲近，适合用于表现亲密场景或者给人带来舒适感；高色温则可以让画面看起来更加冷静、阴郁，适用于表现冷酷、疏远的情境。

（二）曝光铁三角

一个镜头曝光是否正常，有技术和艺术两大标准。就技术标准而言，分曝光不足、曝光过度以及正常曝光三种情况。曝光不足，即镜头所拍影像比人眼所见的影像要暗，显得死黑一片。曝光过度则画面惨白。二者都缺乏自然过度层次和细节。只有曝光正常的镜头才能层次丰富，反差适度，色调正常。摄影曝光与三

---

① 刘永泗，刘莘莘. 影视光线创作[M]. 北京：北京联合出版公司，2015.

个因素密切相关，被称为曝光铁三角，即光圈、快门、感光度。三个因素互相联系，彼此协调，共同确定曝光量的多少。曝光铁三角是三者之间的平衡关系，在实践中需要根据场景及所要表现的主题来决定曝光时这三个参数值的大小组合，以便拍摄出最佳的镜头曝光效果。

光圈是控制镜头进光量的透光阀门，相机镜头光线通过的孔径大小，影响着镜头的进光量。光圈值通过"f+数"表示，例如，f2.8、f4、f5.6等。数值越小为大光圈，即进光量大。光圈大小决定了相机所捕捉到的景深范围，越大的光圈拍摄时景深越浅，只有被对焦的物体会清晰；越小的光圈则能够捕捉更广阔的景深范围。

快门即快门速度，控制感光元件所暴露于光线下的时间长短，决定了镜头的运动模糊程度。较慢的快门速度可以捕捉到移动的元素，扭曲性和抖动属于内在因素，不能去除；较快的快门速度能够帮助摄影师拍摄清晰的镜头，但可能会限制光线的进入。快门速度通常用"1/秒"来表示，例如，1/60秒、1/125秒等。

感光度ISO是描述摄影机和相机感光敏感性的指标。它表示了相机感光元件能够捕捉到多少光线的敏感度等级。常用的ISO值范围从50到3200，具体取决于拍摄环境和所用设备，目前主流单反与微单设备感光度升高至6400，乃至更高，成像效果都还不错。但较高感光度的镜头需要更短的曝光时间来捕捉图像，还可能会导致噪点和失真。相反，较低感光度需要更长时间的曝光，但可以获得更清晰、更细腻的图像。

光圈、快门、感光度三个参数共同确定曝光量。一般在拍摄一场戏时，摄影师要看看现场光线的强度。如果光线充足，则优先使用较低的ISO，以确保尽量减少图像噪点。如果光线不充足，则需要考虑是否补光，或升高ISO。接下来考虑镜头拍摄的景深如何，如果要大景深则优先小光圈，但光圈也不宜过小，最好尽量使用满足景深要求的最佳光圈，以确保画面质量。如果要小景深则使用大光圈。至于摄像的快门速度，我们之前讲过，没有特殊需要建议设置为帧速率的两倍。如电影每秒24帧，则摄像快门速度1/48即可。特殊情况可以更快，但不可太慢，太慢的话，运动物体的清晰度不能保证。一般的单反快门速度都有安全快门设置。如在摄影中快门参数固定的情况下，光圈增大一档，相应的ISO减少一档，曝光量不变，反之亦然。摄影师要针对现场光线的强弱、镜头表现主题的需要合理选择不同的光圈、ISO，以达到正确曝光、表达主题的目的。此外，摄影机、单反相机中还有一些曝光指示标志，如曝光指示条、斑马纹、直方图、示波器等，可以方便观察摄影机或单反相机的曝光情况。

（三）宽容度

宽容度是胶片能按比例纪录景物亮度反差的本领，摄影材料能够捕捉到相应场景的细节和色彩层次的能力。较高的宽容度意味着在景物亮度反差较大的情况下，也能够获得较好的镜头结果。动态范围是指数码摄影机能记录景物亮度的范围，即在同一张镜头中最暗区域和最亮区域的亮度差异程度。较高的动态范围表示镜头能够同时呈现出强烈的高光和阴影部分的细节与色彩层次。据了解，目前高端电影摄影机宽容度可达13档、单反相机11档、一般数码相机8档左右。随着单反相机、微单相机技术的进步，宽容度会越来越高。在实际拍摄中，景物亮度范围与摄影机宽容度有三种情况。

其一，亮度范围等于宽容度。这种情况是摄影的黄金时间、理想条件，摄影师不用任何处理即可获得最佳影像。如阴天没有强烈阳光，假阴天，阳光被薄云遮挡，日出日落，阳光较弱、黎明黄昏、薄雾天气。拍摄中要注意顺光，大部分景物受光，阴影较少，景物亮度范围小。亦可选择恰当的光线结构，如逆光做轮廓光进行拍摄。

其二，亮度范围等大于宽容度。这是我们在实际拍摄中的常见情况，因为自然界的景物亮度范围一般会高于摄影机的动态范围。遇到这样的情况，我们一般可以采取如下处理办法：首先，采用遮挡亮部办法，减弱强光亮度，使其平衡。如在外景使用挡光纱、挡光布遮挡天空中过亮的光线。在实景拍摄中，可以拉上窗帘或其他能够使用的物体减弱亮部光线。其次，如果现场明暗反差过大，除降低明亮区域的亮度以外，我们还可以对暗部进行补光，用光增强暗部亮度使其平衡。再次，需要我们既遮挡亮区，又提高暗区亮度，两种办法同时用，从而达到摄影机动态范围基本能够覆盖现场的景物亮度范围的目的，保证场景各部分完美曝光。最后，如果以上三种办法均不行，那我们只能进行不平衡处理了。即如果亮区重要，则照顾亮部，牺牲暗部。如果暗区重要，则照顾暗部，牺牲亮部。或取折中方案，牺牲两端，保住中间部分。

其三，亮度范围等小于宽容度。这种情况较为特殊，一般比较容易被忽略。如室内光线比较暗，或阴天光线不充足，画面缺少亮斑或黑色块，画面灰暗、平淡、让人很不舒服。针对这种情况，摄影师可以采用如下处理办法，如制造人为亮斑、增强亮部、加大场景景物亮度范围，使影调平衡。我们常见的手段是对人物面部补光，以此增加场景的高光，使画面层次尽量拉开。也可通过遮挡制造人为的阴影，以增强暗部，达到平衡。当然也可进行不平衡处理，如照顾暗部，画面暗调子，给人压抑、沉闷之感。或照顾亮部，画面亮调子，给人轻柔、梦幻、明快、轻松之感。亦可折中曝光，只保留灰色，构成灰色调。如雾中风景、灰色主题给人迷茫之感。所以，画面曝光如何、影调如何要视具体主题表达的需要，不可全由技术决定。

二、测光原理

测光是相机用来测量被摄物的光线和亮度情况，以便正确设置快门、光圈和ISO三个参数，从而获得适合的曝光器官效果的技术。测光有两种类型，即照度与亮度。照度测光，即测光表对准场景光源进行测光，它忽略了场景不同反光率的物体差别，比较适合快速测量人脸光比。如果要更精确画面不同亮度层次，则需要使用亮度测光表。亮度测光即物体在一定光照条件下所表现出的照亮程度，物体的亮度与物体材质、颜色等因素有关。电影拍摄一般会选择专业测光表进行场景精确测光，短片创作也可使用测光表。当然，使用机内测光系统也可以，如单反相机、微单上的测光系统属于亮度测光，使用时对准物体测光即可。以下是一些常见的相机测光原理模式：

其一，中央重点测光，针对场景中央区域的景物重点光。因为很多时候，被摄重点对象往往在画面的中央区域，这种测光模式在拍摄肖像、风景、建筑等镜头时经常使用，所以可以确保拍摄对象在画面中正常曝光。

其二，矩阵测光。矩阵测光又称多段式测光，是一种将整幅图像分成许多小区域，并针对每个小区域的光线强度和颜色进行综合分析和测量的测光方式。这种技术适用于复杂、变化多端的场景，如人物走动、背景明暗差异较大的拍摄条件下进行。

其三，点测光。该方法主要是以相机中心点为测光区域，在需要精确控制曝光的拍摄中使用比较多，如拍摄花朵、烟花以及微距摄影时需要特殊曝光。

（一）18% 中灰

18% 中灰通常指的是一种中性灰色卡片，其反射率为 18%，也被称为中灰卡或灰卡。在摄影中，通过将这样的灰卡置于拍摄的场景中，对它进行测光，并根据镜头中该卡片的灰度来确定最终镜头的曝光值，以达到更加准确的曝光目的。按亚当斯分区曝光法，他将场景景物亮度范围分成 11 个区域，按数字大小 0 代表全黑，10 代表纯白。其中，0~3 区为阴影区域，4~6 为中间调区域，7~10 是高光区域。左端为不断接近纯白，右端不断接近纯黑，5 区为中间调，是人眼对其明亮程度的感觉恰好介于黑色和白色之间的灰色，即 50% 的亮点。根据统计估算，现实生活中所有物体的反射率大概为 18%，所以，相机默认还原的镜头平均亮度，其反射率为 18%。

相机要对准 18% 灰卡或物体进行测光，在曝光时，相机会尝试将被拍摄物体的亮度调整到一个中间值，以使镜头呈现出正常亮度和对比度。实际上，在拍摄场景中，不同的被拍摄物体有着不同的反射率和明暗度，光线的强度也随着周围环境的变化而不断改变。所以，在场景中找准 18% 中灰物体是测光准确与否的关键。短片拍摄中可以使用灰卡或灰板，提供一个中性、稳定的参考值，让相机根据该参考值计算出合适的曝光值以及平衡的白色和色彩还原，保证拍摄出来的镜头能够准确地再现被拍摄物体的真实颜色和亮度，达到画面最佳表现效果。

（二）订光点

订光简单来说，就是找准场景反射率 18% 的中灰物体为订光点，确定曝光组合参数，即光圈、快门、感光度。或按亚当斯分区曝光法找准第五区，从而确定整个场景曝光是否合适。从技术上讲，在摄影中获得适当的亮度和细节，使图像在亮部和暗部都保持很好的信息呈现，即可正确曝光，此时画面的层次和色彩有良好表现。反之就需要使用一些方法予以纠正，如前所述。所以，每拍一个场景，摄影首先测一下场景中最亮的、最黑的区域是否超过11档宽容度。如果没有超过，则选取场景中接近18%的中物体，如绿叶、人的皮肤、老树皮等进行测光，所得到的光圈、快门、ISO即可正确曝光。如果测光外部场景亮度范围大于11档光圈，则需要对高光或暗区进行处理。

三、光线形态

（一）光质

光质指光线聚、散、软、硬的性质，可以分为聚光与散光或硬光与软光。聚光、硬光即直射光，散光、软光即散射光。下面分别简要分析。

其一，直射光。直射光指的是直接从光源发出的光线，有明显的方向性，比如，来自太阳或灯具的光线，生活中的太阳光、灯光是直射光。直射光能够更好地勾勒物体轮廓，表现物体的立体感。电影拍摄中直射光通常表现为强烈的亮度和高对比度。它可以产生明显的阴影效果，使物体的表面细节更加突出，并创造出明暗分明的场景。此外，直射光还能够营造出强烈的情感氛围和戏剧化效果。

其二，散射光。散射光则是被物体所反射、透射，并在多个方向上分布的光线，主要包括透射光和反射光。如阴天的时候，太阳光从云层透射，变得很柔和，另外还有柔光伞、柔光箱，这些是常见的散射光灯具。常见的反射光有反光板、反光伞、墙壁、天花板等，他们都能反射光线，光线通过多次反射而变得十分柔和。空气中的微粒和其他反射物体等因素很可能使光线变得柔和，这样会使得图像中的暗部明亮度下降。

硬光与软光在影视制作中常常有特别的含义。硬光常常表现人物硬朗、坚毅的个性，如美国西北片中的硬光表现男性的豪放。软光中人物情绪往往比较低落，主要表现忧郁、烦闷、悲伤的情绪色彩。如贾樟柯十分善于寻找雾霾天、阴天去表现人物情绪，从《小武》中的北方小县城，到《三峡好人》中的重庆三峡库区以及《海上传奇》中的上海市区。例如，电影《三峡好人》结尾，一行人决定离开三峡库区到外地挖煤，整个场景晦涩、雾霾、毫无生机，一如贾樟柯电影常见的影调。人物拿着简单的行李向画面纵深处走去，散射光下凸显人物内心情绪。人物背包上的红色标记十分扎眼，或许是导演故意留下的美好愿望。

（二）光位

实际拍摄中综合考虑光源、拍摄对象和摄影机三者之间的关系，可以分出顺光、顺侧光、侧光、侧逆光、逆光、顶光和脚光七种光位，不同的光位有不同的摄影特点。

其一，顺光。又叫正面光或平光照明，指摄影中相机镜头与光线方向保持一致，即使拍摄物体正对着光源，或光线从摄影师后方照射对象，摄影的方向与光线的方向一致，光线照射到物体上产生明亮、均匀的光照效果。顺光下物体产生的影子位于物体身后，被遮挡了，这样画面的暗部区域大大减少，物体透露的细节更加丰富、鲜明，而且表现出来的纹理和色彩也更加自然、真实。光线直接从前面进入处，进入相机内部后能够达到比较理想的曝光状态，镜头表现出来的画面就会更加亮丽、富有层次感。由于光线过于刺眼，因此人物可能眯眯眼。当摄影师把视角调整到以光源为侧方时，就能避免这类情况发生。

其二，顺侧光。又称为前侧光，光源方向与摄影机光轴呈45°左右，物件正面大部分都能够照亮，且有一定的明暗，前侧光通常会在被摄物体的一侧产生阴影，能够通过暗部与亮部的对比来突出物体的形状和结构，凸显出物体的质感和立体感。同时，在有光源的特定角度下，物体表面的纹理会更加突出，拍摄镜头视觉层次、细节较为丰富，这是比较常见的一种摄影光位。

其三，侧光。侧光指的是将光源到达拍摄对象的方向与相机水平方向垂直，呈90°夹角，所产生的侧面照明效果。侧光是主要的造型光，能够给镜头带来明显的层次感和质感。光线照在人脸很可能一半亮、一半暗，在影视创作中常常暗示人物的双重性格或不一样的命运，表现人物个性。如电影《放逐》中的一个场景画面，人物被放置在侧光中，立体感、人物造型十分醒目。

其四，侧逆光。又称后侧光，光线从人物后侧方向来，一般与摄影机光轴呈130°左右。侧逆光兼有侧光的造型作用，以及部分逆光的轮廓光作用。人物大部分笼罩在黑暗当中，仅有少量感光，被照明的一侧有一条状的亮斑，能够增加人物的神秘感。实际操作中，针对不同的对象，具体人物面部的亮区可大、可小，以表现人物性格特征、内心状态为宜。

其五，逆光。逆光也称为轮廓光，是指光线从被拍摄对象背后而来，即拍摄者面对的是明亮光源，而被拍摄对象则处于弱光或被阻挡的阴影区域。这种情况下若直接拍摄会导致画面过度曝光或者主体成为黑影，人物呈剪影或半剪影状，是很好的摄影光位。此外，在室外拍摄中经常将太阳光作为逆光，前面使用反光板给面部补光对人物进行拍摄。逆光可以勾勒人物的轮廓，也可表达特殊的一种状态。例如，短片《沉默的孩子》展示护工带着听障儿童到公园散心，传授手语。整个场景采用大逆光，人物基本完全构成剪影，主要展示手部动作，勾勒人物轮廓，表现一种特殊的状态，也暗示了听障儿童的一种心理状态。

其六，顶光与脚光。顶光与脚光不太常见，但在影视拍摄中有特殊的作用。顶光即光线从人物头顶照射，一般是中午或头顶有灯具的情况。顶光人物前额亮，眼窝黑，鼻梁亮，颧骨突出，可以显示出一个人生活的苦难。当代画家罗中立的油画作品《父亲》是使用顶光，表现生活的质朴与人物的内在美。脚光是光线从地面往人脸方向照射，这很不符合人们的习惯。因为生活中光线一般都是高于人的头顶，脚光丑化人物形象可以使人更恐怖，是恐怖片常用的光效。在一些特殊的场景，如蜡烛、油灯、台灯、篝火、手机光、水面反光等场景能够营造出特殊的光线氛围。

（三）光型

光线按照不同的作用，可以为主光、辅光、轮廓光、背景光等类型。每种类型的光线作用不一样，布光需要对各种光型、光线进行综合运用，下面简要分析。

其一，主光。主光是起主要造型作用的光线，用来照亮被摄物最富有表现力的部位，对物体的形态、轮廓和质感的表现起主导作用。主光是将光源置于被摄物体的一个侧面，使该侧面接受光线，并在被摄物体的另一侧投下明暗分明的阴影，突出其形态和纹理等细节。主光可以塑造出被摄物体的基本形状，也能够创造出强烈的明暗对比，达到视觉的冲击效果。

其二，辅光。辅光又叫副光、补光，起到辅助照明的作用，一般用于消除主体没有被主光照射的阴影。辅光是辅助主光的一个辅助灯源或反光板，常用于减小主光带来的阴影，同时平衡画面整体明暗度，使被摄物体呈现更加柔和、自然的效果。辅光的作用主要在于照亮人脸暗部区域，减小光比。打光时注意位置，最好不要在背景留下明显的第二个影子。如果影子多而杂，观众就会明显感觉布光的存在，令场景失去真实性。

其三，轮廓光。轮廓光又叫逆光或背光，是从被摄物背后来的光。轮廓光是用于突出被摄物体周围轮廓线的光线，通常放置在被摄物体后方，并向其投射光线，从而产生明亮的边缘效果。轮廓光能够增强场景的空间纵深感，使其有更强的视觉吸引力。轮廓光既可以勾勒物体轮廓，也可以分离主体和背景。有时，光线会射入摄影机镜头，使画面产生眩光或光晕现象，被摄对象的清晰度会降低，但在一些电影拍摄中，为了营造人物的某种情绪和心境，常常使用光晕效果，这样有利于营造现场朦胧、神秘的氛围，使画面更有韵味。

其四，背景光。以上主光、辅光、轮廓光三种光都是照亮主体，又被称为主体光。背景光是用于照亮背景的光源。在摄影和电影拍摄中，背景光常常被用来为影像创造出一种整体感和深度感，提高画面的层次和品质。背景光的亮度可以确定一个场景的亮度调子，如高调、低调等。对于固定场景的背景光照明，通常需要考虑环境光线的色温和强度等因素，使其能够与主题产生良好的视觉呼应。而在拍摄运动场景或舞台演出等动态场景时，背景光则需要按照不同时间、位置变换着光线的颜色、角度和力度，模拟出具有情感和艺术效果的光影效果。

（四）影调

影调是指影像中呈现的不同色调和明暗度的表现形式。通常情况下，将图像按照明暗程度进行区分和分类，从而形成不同的影调。

高调整张画面或图像明亮，同时较少深色和阴影的风格，使得图像看起来清新、轻盈、明朗。例如，拍摄白色花朵的镜头，使用高调会强调花朵的明亮感，让画面更加柔和。相反地，低调通常指整个画面偏暗，颜色较深，黑色和暗灰色占主导地位，给人以阴郁、神秘的感觉。例如，在电影拍摄时使用低调的画面处理能够营造沉重的气氛，增强悬念。中间调则是介于高调和低调之间，是一般的正常光线效果，所表达的情感、渲染和场景相关性较弱，基本呈现正常的色彩和亮度。

不同的影调运用对于表现视觉形象和品位意境有着重要意义，应该根据创作对象和需求进行选择，并在后期制作处理上保持技巧的灵活性。在电影拍摄和后期制作中，调整影调也是一个至关重要的环节，不仅能够修正因拍摄环境、天气、灯光等元素导致的色彩偏差，还可以刻画出电影的情感渲染和主题感。例如，黑色电影就会强调暗调或者阴暗，让人感到紧张、压抑；喜剧则可能更多使用明亮、鲜艳的色调，让人开心、兴奋、愉悦。我们可以比较《阳光灿烂的日子》与《教父》中教父出场的画面调子，很明显，《阳光灿烂的日子》画面温馨、浪漫，充满了少年情窦初开的兴奋、喜悦和甜蜜。《教父》中人物出场，暗调子凸显人物压抑、沉重，是隐秘的黑色电影风格，开场只听到教父在说话，从其他演员的对话中，观众可以间接体会教父的权威与能力，观众很长时间看不到面部，这是教父独特的人物出场方式。

四、实景布光

实景真实具有浓郁的生活气息，场景真实，非职业演员比较适应，但空间狭小，布光不便，纵深层次较弱。室内装饰一般反光率较高，以最少的灯、最少的人员参与为原则。尽量选择结构复杂的房间，有利于布置光线层次，窗户有利于采光，窗外有风景更好。在拍摄现场根据实际环境条件，通过合理利用自然光和人工光源，以及使用反射板、补光灯等辅助器材，实现对实景拍摄环境的有效照明和艺术表达。另外，民用电压只有220V且负载有限，大型灯具用电要提前考虑。

在开始布光之前，要仔细观察拍摄环境的特点，包括光线强弱、方向、颜色等因素。了解环境中存在的阴影和光源分布情况。确定主要光源，可以是自然光，如太阳或室内的窗户光；也可以是人工光源，如室内已有的灯。根据主光源的位置和需求，调整光源的角度和高度，以获得适当的光线投射和阴影效果。可以利用移动光源或遮挡物来改变光线的方向和形状。具体而言，短片创作中主要需要了解三种布光方法，即三点布光、伦勃朗布光和蝴蝶光布光，下面简要介绍。

（一）三点布光

三点布光法是一种常用的摄影及拍摄视频时使用的照明技巧，能够有效地突出主体并增加画面的立体感，从而让画面更具有质感和层次感。该技巧通常需要采用三个不同位置、角度和强度的灯光源进行照射，以产生逼真和明暗分明的立体造型效果。简言之，三点布光就是确定好主光、辅光与轮廓光，如前所述，每种光都有不同的功能与定位，目的是人物或物体造型。

主光位于人物的前侧方，起主要造型作用，在照明中占据主要的地位。一般来说，它的亮度比较高，但仍要慎重调整好亮度和角度，避免过度出现阴影或黑暗。辅光位于人物没有被主光照亮的另一侧面，可以在侧面照至45°左右，以凸显物品表面的纹理和细节，并使画面看起来更丰富。辅助光源通常比主光源略弱一些，同时也要注意掌握好角度和灯与物间的距离等。轮廓光位于人物侧后方，用于营造画面的空间感和明暗度。

三点布光是影视布光的基础，按光影的基本规律，主光为主要造型光，辅光为消除主光在人物面部造成的阴影，减少光比。主光与辅光的高、低、正、侧刚好相反，也就是说，主光高，辅光就低。因为主光高，所以主体的阴影就越靠下部，辅光要消除阴影的话，位置自然就越低，同样，主光低的话，辅光就越高。主光越正，即越靠向摄影机，越接近正面光，那辅光就越侧，越远离摄影机，越接近侧光，反之亦然。三种光的强度要有差别。如果主光是1，那么辅助光为主光的

0.5～0.8倍，轮廓光的强度为主光的1.5～2倍。轮廓光为三种光当中最明亮的光线。认识了三点布光的基本方法与规律，将有利于掌握更加复杂的布光。

（二）伦勃朗布光

伦勃朗布光是一种常见的人物拍摄中的照明技巧，通过透过面部上方的突出阴影，在脸颊形成一个由明到暗的三角形，从而产生独特的高对比度和深沉感。在拍摄时，需要将主光源放置到演员头部45°左右的位置，并向下倾斜30°左右，形成斜侧光状态，这能够制造出面部轮廓的高亮度和强烈的黑暗区域，进而在脸颊与眼睛周围形成"倒三角形"的光斑。伦勃朗布光技巧整体感觉偏暗，比较适合低调的电影氛围，通常还需要添加一些背景光或反光板以及补光，使人物形象更加突出、逼真，富有质感。

（三）蝴蝶光布光

蝴蝶光布光也称派拉蒙光，有"美人光"之称。在拍摄时，主光源的位置应该在演员正前方的高处，与演员呈45°左右的高度，面部大部分被照亮，两颊光线偏暗，可以让脸型显得更瘦，又叫"显瘦光"，很受女性青睐。因这种光会在演员的鼻子下面形成酷似蝴蝶的阴影而得名。当然，这个光源会透过演员头顶在下巴部分形成一个阴影区域，可以使用一个辅助灯或反射板放置于主光源的反面，以减弱脖子的阴影效果，还可以在眼睛或者头发上添加辅助光源，提升整体画面的观赏性。

以上主要介绍了静态场景的布光，其实，短片拍摄的布光，更多的是动态场景布光。动态场景主要包括人物的运动与摄影机的运动，这样的场景相对比较复杂。如何布光呢？一般有三个方法，即连续布光、分区布光和整体布光。连续布光就是在人物的运动区域内布置相应的灯具，保证人物在运动过程中的光效基本一致，具体布光的方法仍然是对三点布光的灵活运用。分区布光是考虑到演员走位以及重点表演区，布光不用考虑人物全部运动轨迹，只是在重点表演区，如人物动作暂停，或有重要表情、对话等区域，只需对这些地方重点布光即可，这样可最大限度地节约灯具资源。整体布光就是将人物运动范围看成一个整体或一个对象，对这片区域进行整体布光，同样是三点布光，原理如主光、辅光、轮廓光。以上方法，灯光师要结合短片的题材、类型、风格，以及故事情节、导演的追求综合考虑使用何种动态布光技巧。布光的原则是尽量获得最佳的光线效果，所用灯具越少越好。

五、光线设计

光线设计是一项在制作电影时至关重要的技术，可以营造出特定的场景和情感氛围。电影摄影发展史用光理念历经了绘画性光效、戏剧性光效、写实性光效、表现性光效四种理念，很多光线效果设计依然在现在的影视拍摄中被使用。摄影师光效的设计主要有两种方案，即写实性光线设计与表现性光线设计。

（一）写实性光线

电影写实性光线是指在电影制作中，通过灯光技术和特殊效果技术营造出真实的场景和氛围，通常包括对自然光、人工光以及环境光等进行精细控制，从而表现出真实的场景和角色形象。这种技术可以让观众更加身临其境地感受电影世界的真实性。例如，摄影师阿尔芒都在电影《天堂之日》中全部使用自然光。摄影师选用黄昏、清晨等一天中的黄金时间拍摄，不使用任何工具补光，同时采用"调整光孔、去掉滤镜、强迫显影、降格拍摄"等手段，实现对"魔幻时刻"的光影展现，获得极为自然、真实的光效效果，获得了广泛赞誉，一举获得第51届奥斯卡金像奖最佳摄影奖。陈凯歌的短片《百花深处》揭示时光流逝、城市变迁与胡同文化的继承话题，主题深刻、发人深省。摄影方面也基本使用自然光拍摄，追求光线的真实与质感。特别是最后冯先生手摇铃铛向夕阳跑去，选择黄昏时分的光效，突出画面意境。背景是拆迁留下的亭亭如盖的大树，而胡同已经不存在了，很有"树是屋非"、时光流逝的万千感慨。

（二）表现性光线

表现性光线设计是指通过灯光的运用来创造具有情感表现力和意境的影像效

果。电影中的表现性光线设计可以通过灯光的颜色、明暗度、方向等方面来表现故事情节,以达到营造感官冲击和加深观众心理体验的目的。比如,在恐怖片中经常利用阴影和昏暗的灯光来制造悬念和紧张感,而在浪漫片中则通常采用柔和的黄色等暖色调的灯光来表现浪漫情调。在视觉效果上,表现性光线设计也可通过虚实、模糊等方式强化情感表现力,使电影更具艺术感和审美价值。例如,摄影师斯特拉罗在电影《末代皇帝》中十分巧妙地使用光线暗示人物情绪、心情以及未来的故事发展。

在特殊的场景中,利用逆光进行表现性光线设计能够凸显人物的特殊精神品质。例如,黄建新执导《求求你表扬我》中记者古国歌探访杨红旗,杨红旗一生追求崇高的精神,场景中窗外置以大灯模拟太阳光的照射,逆光把床铺照亮,这束光烘托人物内在的精神美。简陋的物质生活条件与满墙壁的奖状构成反差,彰显主人公崇高的精神追求。

就故事短片摄影创作而言,光线设计将有助于短片故事的讲述、情节的推进、人物性格的塑造以及主题思想的表达。一般而言,写实性光线在故事短片中比较普遍,这主要源自纪实、写实的创作理念。特别是目前主流的单反、微单在高感光度下成像质量大幅提升,在比较暗的情况下也能正常成像,这有利于写实性效果的实现。但写实性光线并不是完全反对补光,只要所补的光线合理,有自然的光源,调整好补光位置和距离的远近,观众看不出破绽是可以的,而不必拘束于自然光线。另外,为了突出人物性格或主题思想,必要时候可以大胆使用表现性光线。二者兼而有之,互为补充,有利于更好地"用光绘画"。

一般人都认为重点场景摄影师应该认真布光,认真拍摄以突出人物形象、短片主题。这个观念应该说也是没有问题的。但是在实践中,摄影师侯咏有自己独特的看法。他认为为了高效地拍摄,"重点戏应该放松拍,达到普通水平即可,要把重心放在过场戏上,只有把平淡的东西拍精彩了,观众才买账"。[1] 这确实很有见地。重点场景肯定有重要的演员、表情、动作、台词,这些一定会吸引观众

---

[1] 何清,刘大鹏.电影摄影照明技巧教程[M].北京:北京联合出版公司.2017.

大部分注意力，所以，观众对摄影画面的感觉不够敏锐。而过场戏，因为没有重要的剧情吸引观众的注意，摄影水平就直接鲜明地凸显出来了，所以，这个时候反而要认真布光、认真拍摄，以增强电影画面的可视性，从而提升影片整体艺术特色，给观众深刻的印象。

第十一讲　色彩：作为创作元素

当光线穿过某个物体或反射于物体表面时，一部分会被物质所吸收，仅剩下特定波长的光线反射回来，进而呈现出不同的颜色。色彩是物体反射、散射、透射光线所呈现出的各种颜色。理论上讲，我们看到花是红色的，不是花的物体属性，而是因为光线照射在物体上，其他波长的光都被吸收，只有红色的光反射回来，我们眼睛才能够感知。感知颜色过程由眼睛接收光线、视网膜处理信号以及大脑解码信号等阶段构成，是一个复杂的系统。

电影技术是一个不断发展的过程，从无声到有声，从黑白到彩色。1935年，电影《浮华世界》的出现标志着世界上第一部彩色电影的诞生。随着电影摄影观念的发展，色彩不仅仅是场景颜色的简单还原，人们对电影色彩的认识更加多元，色彩在电影中的地位和作用更加凸显。本讲我们将从几个方面探索色彩的奥秘。

一、认识色彩

色彩是光的属性，而不是物体的属性。颜色本质上只是一种人类对于特定波长和频率的光线感知的心理体验。

（一）色彩属性

色彩具有多个属性，主要有三个，即色相、明度、饱和度。色相是颜色的基本属性，也就是色彩的名字。明度是颜色明暗程度，也称为"亮度"。饱和度是颜色的纯度或浓淡程度，也称为"强度"。

首先，色相。在色轮模型中，将所有可能的颜色按照其色相特性排列在一个圆或"六边形"上，使相邻的色彩通过其主要色质、饱和度以及亮度间的变化相连。根据传统的光谱学理论，色相按照波长的不同而有所区别，彩虹本身就是一种由不同波长组成的色相序列。常见的色相包括红、橙、黄、绿、青、蓝六种基本颜色，在色轮上顺次排列。此外，还有一些介于基本颜色之间并可变化的混合色，如紫色、粉红色等。了解和掌握不同颜色的色相关系可以更好地应用这些色彩搭配和表达情感效果。

其次，明度。在一个颜色中，亮度越高，则该颜色就越明亮；亮度越低，则该颜色就越暗淡。我们把一幅彩色影像在电脑中降低明度就会发现，不同色相的颜色其明度是有差别的。比如，红色比黄色要暗一些，蓝色比红色则更暗一些。不同的颜色组合在一起会产生不同的效果，明度高色彩向外扩张，明度低则向内收缩。如演员穿着黑色或深颜色的衣服就显得苗条，反之就觉得丰满。通过调整颜色的明度，可以改变颜色的整体明暗程度，使得色彩更加生动、丰富和多样化。

最后，饱和度。如果一种颜色非常鲜艳、饱满，那么它的饱和度就较高；反之则较低。在彩色图像中，饱和度通常以一个0到100的百分比值来表示。如果饱和度为0%，则表明该颜色变成了一种灰色调，没有任何色彩的偏移；如果饱和度为100%，则表示这个颜色是最鲜艳、最浓郁的。对于色调相同但饱和度不同的颜色，在视觉上可能会产生截然不同的效果。例如，同样都是红色调，但浅浅的粉红和艳丽的深红，在视觉上会给人完全不同的感受。在电影拍摄及后期调色中，对色彩饱和度的调整是必备的选项。单一色彩饱和度越高，越张扬，给观众的视觉冲击力就越强。低饱和度则画面比较内敛、低调而不张扬。如张艺谋导演和黑泽明导演都十分擅长对高饱和度的红色的运用，给观众强烈的视觉冲击。王家卫电影的色彩也十分张扬，如电影《堕落天使》中色彩的高饱和度，夸张人物个性，展示人物内心，烘托影片主题。

（二）色彩种类

关于色彩的种类，有多种分类标准，但在影视拍摄中，一个场景，摄影师要判断不同颜色，得区分固有色、光源色以及环境色。了解这些概念可以帮助电影制作人更好地把握画面的色调和氛围，使镜头中物体的表现更加自然、真实。

首先，固有色。固有色是物体天生的颜色，是不受光源和环境等因素的影响而存在的颜色。每个物体都具有自己特定的固有色，这种颜色来源于物体的化学或物理性质。例如，蓝宝石、红宝石等宝石所呈现出的颜色就是它固有的颜色；

人的眼睛、皮肤和头发等也都有各自的固有色。这些颜色在不同的光线下看起来会有所改变，但它们始终保持固有色不变。

其次，光源色。光源色是光源本身发出的颜色，是一个影响物体色彩的重要因素。当光线照射到物体时，物体会反射不同波长的光线，这些光线被我们的眼睛所感知，从而呈现出不同的颜色。一天中光线的色温不断改变，例如，黄昏色温低，3200K 左右，光线偏红，中午色温高，6500K 左右，光线偏蓝。而且一年四季以及不同纬度色温均有所不同。在白天阳光下看到的草坪显得非常绿，而在傍晚或室内灯光下，草坪的颜色可能看起来更暗。在日落与日出间的不同时段，太阳光像一个强大的滤镜，使周围景物呈现出金黄、红橙等不同的视觉效果。又如，拍摄一场晚会，人脸黄皮肤为正常的固有色，但是随着舞台灯光环境的影响，现场的光线时而暖光、时而冷光，对人脸皮肤有相应的影响。

最后，环境色。环境色是物体表面因周围环境的反射、透过和散射等作用而形成的颜色。我们看到一个物体的颜色，除了受到光源本身发出的颜色和物体所具有的固有色的影响之外，还受到周围环境光的影响。如在大片绿色下，人脸阴影部分明显偏绿，这是由周围的绿色反射到主体脸部而造成的。了解环境色可以帮助电影制作人更好地运用不同的场景和灯光条件来调整画面的色彩和氛围，从而创造出出色的视觉效果。

(三) 色彩系统

色彩系统是一种常用的表示颜色的方式，常用于数字图像、计算机图形学、印刷、设计等领域。目前主要有 RGB、CMYK、HSV/HSB 等几种不同的色彩系统，每种系统都有自己的使用场景和特点。

首先，RGB 色彩系统。RGB 即红、绿、蓝三个英文单词首字母缩写，也称为加色系统。它是以这三原色为基础，通过混合不同强度的红、绿、蓝三原色而得到的色彩空间。在电子设备上常用此种颜色空间，比如，显示器、摄影机、电视机等。

其次，CMYK 色彩系统。CMYK 即青、品红、黄、黑四个颜色的首字母缩写，也称为减色系统。CMYK 颜色模型是印刷行业所采用的颜色标准，其中，Cyan（青色）、Magenta（品红色）、Yellow（黄色）三原色的混色效果可以产生出所有颜色，同时在印刷过程中还会添加黑色调制墨水来增加图像的鲜明度和对比度。而由于油墨颜料的属性，很难得到完全纯净的黑色，因此在四版印刷上会将 Cyan、Magenta、Yellow、Key（黑色）缩写成 CMYK。

HSV 是一种基于人眼感受建立的颜色系统，相比于 RGB 和 CMYK 系统，HSV/HSB 更利于进行色彩编辑和调整。除了以上这些常见的色彩系统外，还有 LAB、XYZ 等其他类型的色彩系统用于特定场合或领域的应用。

二、色彩混合

（一）加色法混合

色彩加法是彩色灯光照射在其他彩色灯光上面，混合不同光的颜色来产生新颜色的过程。在色彩加法中，红、绿、蓝三种基本颜色被视为光的三原色，因此，称为 RGB 色彩模式。当红、绿、蓝三种颜色光以相等的强度混合时，会产生白光。通过色彩加法，可以生成各种颜色和色温。此外，当红、绿、蓝等灰阶色同时到达眼睛时，我们也可以感受到从纯黑到纯白之间不同的灰度色彩。应用广泛的场景包括电视和计算机屏幕显示、发光二极管（LED）、舞台灯光效果等。

（二）减色法混合

色彩减法是混合不同颜料或染料的颜色来产生新颜色的过程。在色彩减法中，三原色为青色、品红和黄色，也称为 CMY，分别是对应红、绿、蓝的互补色，并且通过这三种颜料的叠加可以得到黑色，这和光学情况下的 RGB 模型是相反的。在印刷行业，将多种不同浓度的三原色油墨交错地覆盖在白色的纸张上，可以形成各种各样的颜色。利用彩色滤色片吸收或减去某种色彩频率，仅使某一种特定色彩反射回来。颜料混合时，每种颜料自身都是"滤色片"，会阻挡其他频率的色彩传入眼中。

综上，不同的颜色混合可以得到另一种颜色。例如，红+蓝=品，红+绿=

黄，绿+蓝=青。红、绿、蓝三种原色混合形成品、黄、青三种间色。品+青=蓝，黄+青=绿，品+黄=红。红、绿、蓝加在一起就是白色，青、品、黄加在一起就是黑色。红色与青色，蓝色与黄色，绿色与品色互为互补色。

（三）混合式混合

在色彩学中，色彩混合可以使用两种不同的方法：加色法混合和减色法混合。但有时，加法系统与减法系统在一个场景中同时起作用，那就是混合式混合。这种混合能够产生更广泛、更细致的颜色变化，这是其他混合方式所无法实现的。相比于加法混合和减法混合，混合式混合更依赖于个体的视觉系统和心理滤镜的感受，因此，难以通过简单的公式来描述。例如，黄色衣服在蓝色灯光下会变成绿色吗？答案是不会。因为黄色衣服是减色系统CMYK色彩中的黄，蓝色光为加色系统RGB中的蓝，二者不可简单相加。实际上，黄色衣服在蓝色灯光下不会变成绿色，而会变得更黑。这一点是我们在进行电影场景设计以及拍摄中需要考虑的情况。

三、色彩搭配

色彩搭配是电影制作中非常重要的一环，可以营造出不同氛围和情感效果，增强观众对电影故事的沉浸感。颜色选择的首要原则是服务于电影整体风格及剧情需要，根据电影表达的情景进行搭配、选择。适当使用合理搭配颜色可以为电影创意和情感营造提供更丰富的维度。

（一）色彩对比

色彩对比是指不同颜色或者相似颜色的不同变化程度形成的视觉差异。通过合理地运用色彩对比，可以达到突出重点、产生强烈情感和视觉冲击等效果。具体分为色相对比、明度对比、色度对比等。对比运用是一种重要的色彩技法，可以通过鲜明的色彩对比让画面更有冲击力，引起观众的注意力，同时凸显电影所要表达的主题内容。

首先，色相对比。色相对比是指在颜色环上，将颜色按照一定的角度进行交叉组合，从而形成对比效果。常见的颜色对比有互补色对比，它们是位于色轮直径两端的颜色。这种组合会产生强烈的对比效果，常用于吸引注意力或突出某个元素。由于三种颜色具有互斥性，因此这种对比可以带来丰富多样的调色板，达到更复杂的表现效果。

其次，明度对比。明度对比是指通过调整颜色的亮度差异达到视觉对比效果的一种方式。亮度是指颜色的相对亮暗程度，在灰度等级中越高，颜色就越接近白色。例如，高低明度对比。将低明度和高明度的颜色进行搭配，可以形成强烈的对比效果。也可明度平衡对比。根据不同颜色的亮度进行组合，协调明度之间的平衡关系，创造出一种柔和、自然的色彩效果。这种方法通常用于需要传达优雅、温馨氛围的场合。

再次，色度对比。色度对比是指通过调整颜色的饱和度差异达到视觉对比效果的一种方式。饱和度是指颜色的强浓程度，越高表示颜色越纯净，越低表示颜色越灰暗。常见的色度对比有高低色度对比：低饱和度和高饱和度的颜色搭配产生的色度对比效果较为强烈。例如，红色与粉红色、黄色与嫩绿色等组合。也可同色不同饱和度对比，如竹青色、深蓝、浅蓝的组合等。在运用色度对比时，需要针对创作目标对对比效果、颜色饱和度、亮度等因素进行综合考虑，以达到预期的艺术设计效果。电影创作中使用对比是常见的方式。电影中的红色往往象征人内心的纯真、善良或人性的美好。例如，电影《辛德勒的名单》全片为消色，几乎是黑白影像，隐喻法西斯的残酷与非人性。其中多次出现的穿红色衣服的小女孩，是在法西斯黑暗统治下柔弱良心与美好人性的象征。当最后在一车死人堆里发现红色衣服的一角时，观众崩溃了，罪恶的法西斯最终无情地毁灭了良心与人性。这是色度对比的极好例子。

最后，冷暖对比。冷暖对比是指使用不同色温的颜色进行组合达到视觉对比效果的一种方式。冷色调包括蓝色、绿色和紫色等，常被用于营造清新、冰凉的感觉；暖色调则包括红色、橙色和黄色等，常被用于展现温暖、爽朗或活力的状态。在场景设计中，将冷色调的颜色与暖色调的颜色相互交错使用，形成对比效果。这种组合可以产生强烈的视觉反差，增强画面的动态性和空间感。在调配色彩时，可根据颜色的明度、饱和度调节画面的冷暖氛围。如冷色调低饱和度的色彩给人们留下柔和、恬静、内敛的印象；暖色调亮丽、鲜艳饱满的色彩更具生机和活力。

冷暖色调的对比是电影色彩设计的常规做法。一般一个场景人物面部或场景高光区域用暖色调，场景阴影或暗调区域用冷色调，从而凸显场景色彩的冷暖。一部电影为了突出人物性格、烘托人物情绪以及表达主体氛围，不同的场景之间可以使用冷暖调对比，以突出场景的艺术效果。电影光线不仅是写实，更多的时候，光线突出强烈的主观性，以更好地传情达意。例如，法国导演艾尔伯特·拉摩里斯导演的短片《红气球》讲述了一个小男孩与一个红气球的奇幻故事。该片大胆利用冷暖色调表达主题，红色的气球象征未来的希望、自由的向往或心中的美好。为了要醒目地突出红色，前面几乎所有的场景暗调部分都调成青蓝色调，表现环境的氛围，隐喻困顿的现实。最后，神奇的气球带着小男孩飞向高空时主要是暖色调，隐喻对美好未来的憧憬。

（二）色彩调和

色彩调和是使用合适的色彩组合，使画面产生一种和谐、舒适、自然的感觉。在进行色彩调和时，需要根据创作目的和表现效果来组合突出色彩。常见的色彩调和方法可以利用相邻色，即颜色环上相邻的两种颜色，如红与黄、紫与蓝等。也可利用类似色，即颜色环中相邻的任意几种色彩，如黄绿、绿、蓝绿等。这种组合会产生柔和、自然的效果，经常用于适合需要稳定、和谐的场景，营造温馨的氛围。也可选择灰色或白色这样具有普遍性的颜色加上闪光点来进行设计，能够使画面看起来既简单又美观，同时能够避免眼花缭乱和杂乱无章的情况发生。

色彩调和在摄影等领域中具有重要的意义，它可以增强画面视觉效果。色彩调和能够使画面呈现出和谐、舒适、自然的感觉，并且能够增强画面的层次感和深度感，从而提升画面的视觉效果。也可传递情感信息，不同颜色代表不同的情感信息。在艺术设计中扮演着非常重要的角色，它不仅仅是视觉表现手法，在有意识地使用下还会对人们产生不同程度的心理影响，从而传达出更加深刻的信息价值。

"和"是性质不相同事物之间的对立统一关系，色彩对比与调和是色彩搭配的总体要求。没有对比，画面色彩缺少变化，没有生气；没有调和，画面则色彩凌乱，缺乏统一。二者是相辅相成的矛盾统一体，可以说，"对比"是绝对的，"调和"则是相对的。"如果说对比是色彩的普遍现象，那么色彩的调和则是伴随着对比的另一种表现形式。""其实，自然界里，对比的最高境界也依然是调和与和谐。"[1]

（三）色调及控制

色调是一幅画面或镜头中呈现出来的整体颜色效果或色彩氛围。色调的选择对于表达画面的情感和氛围非常重要，不同的色调可以传递出不同的情绪和视觉效果。色调常用于表现场景的明暗关系或氛围感。色调与色相、饱和度共同构成了一个完整的颜色概念。色调可以由位于光谱某一位置的物质所发出或反射的光波长来确定。在实践中，合理运用色调能够起到平衡画面、增强画面层次感、营造情绪氛围等作用，从而达到使画面更加生动、独特、富有创造性及高品质美感之目。很多电影就是以某种色相来形成整部电影的调子。比如，《花火》的蓝、《红高粱》的红、《黄土地》的黄等。色调的控制方法有多种，针对电影摄影而言，主要有两种控制方法，即内部色块法和外部色罩法，以下简要分析。

其一，内部色块法。影片确定总体主题立意之后，就要精心设计全片色彩方案，包括影片整体色彩基调、人物服装、道具、场景色彩造型，以及场面与场面色彩转换的节奏等。针对场景设计而言，一些常用道具、物品的组合也能够调整和改变画面中的色彩。例如，学者周登富对电影《英雄》色调的整体控制进行了详细解读，"色彩分区有章法。秦主黑，赵主红。黑红分明。影片中，黑色大气磅礴，有顶天立地之势，红色强烈跳跃，有惊心动魄之情；黑、红前后运动并置，统领全片色彩造型……色彩'分区'构成还包括张艺谋说的'三个故事三种颜色'的

---

[1] 梁明，李力. 电影色彩学 [M]. 北京：北京大学出版社，2008.

剧情"。① 电影《教父》也主要采用黑、白、红三种配色。场景大面积的黑色，暗示人物的神秘、狠毒与阴暗。这些色彩和画面的运用，不仅让影片更具视觉冲击力，还增强了人物形象和情节的表现力，深入地刻画了人物性格和情感状态。

其二，外部色罩法。摄影师可以使用滤镜来改变画面的色调。如暖色滤镜、冷色滤镜、中性灰滤镜等。不同的滤镜有不同的颜色效果，选择不同滤镜可以获得特定的色调效果。影视拍摄中的滤镜是通过在特定的环境下使用特殊的光学玻璃或其他材料制成的，用来改变电影画面的颜色、对比度和饱和度等参数，从而营造出不同的氛围。它们可以增加电影的艺术性。例如，橙色滤镜被广泛使用于日落场景，使太阳看起来更红、更橙色，给人以温暖和浪漫的感觉。蓝色滤镜则可以营造冰冷和恐怖的氛围，在严峻的环境下使用会让画面更具对比度和跨度。紫色滤镜则经常用来表现神秘和陌生感；黑白滤镜则将画面转换为灰阶图像，提高了画面的艺术美感和时代感。电影《我的父亲母亲》使用了胭脂色滤镜，表现了我的母亲年轻时候的唯美，画面带有浓烈的怀旧气氛，也比较浪漫、温馨，表现了过去的美好。同样，筷子兄弟的短片《老男孩》回忆部分的整体色调也偏暖色，凸显浓烈的回忆，结合搞笑的情节、夸张的表演、幽默的台词与滑稽的动作，以及煽情的音乐，勾起了无数观众深深的怀旧情绪，让很多"80后"深有感触。

除了滤镜之外，要营造有特色的色调还可以巧妙使用白平衡。白平衡本是摄影机准确还原现场光线的色温而设计。一般场景需要对现场白色准确还原，特别是数码摄影机自动白平衡还原能力较强。但是电影拍摄中我们不需要每个场景都白平衡还原准确，例如，日落或日出时分。如果白平衡还原正确的话，整个场景就没有了鲜活的氛围。还有，拍摄一个需要做冷暖色调的场景，其实摄影师只需要将白平衡设置为手动即可。

一般而言，如果相机的白平衡设置比现场的色温高，则拍出的影像会偏暖色；反之，如果白平衡设置现场光线色温低的话，则画面偏冷色调。在拍摄黄昏、晚霞时，使用标准白平衡设定可能无法完全捕捉到夕阳独特的元素和艳丽的色调。在这种情况下，有时可以适当提高白平衡温度，加强黄色、红色成分的表现效果，

---

① 周登富. 电影《英雄》·色彩·语言 [J]. 北京电影学院学报，2003（2）：1-6, 26.

达到更具审美效果的目的。所以，我们知道日出日落的光线色温大约3200K，那么如果我们需要营造暖色调，白平衡只需高于3200K，如6500K，这时画面营造一种浓郁的暖调，营造日出的氛围。如果我们需要营造夜景的青蓝色调，鉴于夜间自然色温较高，我们只需白平衡设置偏低即可营造夜景的冷调。当然，这种方法，画面整体均会偏色，对画面中个别物体的固有色还原度不佳。如夜景面部太偏青蓝色调的话，不利于表现人物，所以，还是要酌情处理。

四、色彩情感

色彩情感是指人们对于颜色的感受和表现方式。不同的颜色或色彩搭配会引起人们不同的情绪或反应。例如，红色代表热情、爱情、力量、危险，橙色代表温暖、创造力、乐观、快乐，黄色代表轻盈、阳光、快乐、开朗，绿色代表自然、健康、平静、成长，蓝色代表沉静、冷静、深度、质感或秩序，紫色代表奢华、高贵、浪漫、神秘，粉色代表甜美、可爱、柔软，白色代表纯洁、善良、高雅，黑色代表神秘、高端、严谨、宁静，灰色代表优雅、中立、简约等。下面简要分析几种主要的色彩。

（一）红色

红色常常被用于表达紧张、激动和浪漫等情感，在电影中可以作为重要的色调来加强特定情境或角色的表现效果。《红色沙漠》《红气球》《红高粱》《大红灯笼高高挂》满眼都是红色元素，红色充满刺激性，令人振奋。比如，电影《罗拉快跑》中主人公红色的头发，象征女主人公奔放的个性。三次快跑拯救自己的男朋友，步伐身姿矫健，充满生命的能量。红色能很好地调动观众的情绪，据说这部影片在公映的时候，全场观众纷纷站起来和罗拉一起快跑，看着红色的头发以及相应红色道具的设计确实能有一定的刺激效果。另外，在恐怖片中，红色可以配合着灰黑暗淡的场面，表现出血腥和危险感。"暴力美学"电影更是擅长使用红色的血浆，夸张危险，给观众以触目惊心的刺激。红色在电影中是一种富有表现力和引人注目的色彩，在爱情片中，则可以通过红色的运用来突出主人公之间的浪漫情愫。例如，皮克斯动画短片《蓝雨伞之恋》以拟人化的手法，表现蓝、红雨伞浪漫、美好的爱情。故事十分吸引人，蓝、红雨伞的浪漫邂逅、互相爱慕，后来被迫分开，历经磨难。好在万物同情、纷纷助力，终于苦尽甘来，蓝、红雨伞再次重逢。雨天黑夜的冷色调中，蓝、红雨伞的对比色格外醒目，蓝色与红色是爱情的浪漫与美好。

（二）黄色

黄色是太阳光的颜色，表示温暖、阳光、快乐、开朗以及辉煌，常被用于表现欢快、舒适和愉悦的场景。不同国家和民族对黄色有不一样的情感色彩，在西方黄色象征财富和权利，也象征高贵，在东方黄色是帝王的颜色，象征尊贵、优雅。中国人是黄色人种，对黄色情有独钟。电影《黄土地》中满眼是黄色的土地，是民族赖以生存的摇篮。虽然贫瘠、缺水，但中华民族在此生息发展，民族坚韧的毅力栩栩如生。电影《末代皇帝》中溥仪登基，也是大量使用黄色元素。《满城尽带黄金甲》更是黄色道具的大集合。此外，在电影中，黄色可以用来营造温暖、舒适的氛围。可以运用黄色的温暖来表现家庭的温馨和幸福，也可以通过黄色来表现主角之间轻松、愉悦的互动和爱情故事。黄色在电影中是一种活泼、温暖且热情洋溢的颜色，可以为电影增加光明和希望的气息。当然，黄色容易受到"污染"，让人感觉影像比较脏。在后期调色中常常减少黄色、增加蓝色，这样影像就感觉干净多了，这是后期调色的一个窍门。很多唯美小清新的视频都喜欢这样处理画面的色调。

（三）绿色

绿色是植物的颜色，象征生命与活力，在色彩情感方面代表自然、平静、和谐等情感，常被用于表现清新、安详和自然的场景或角色。德国思想家歌德说："绿色能使眼睛和心灵同时宁静下来。"[1] 在电影中，绿色可以用来表现大自然的美丽、生机与和谐。比如，大量运用绿色来表达大自然的美妙之处。而在惊悚片或恐怖

---

[1] 鲁道夫·阿恩海姆. 艺术与视知觉 [M]. 滕守尧，朱疆源，译. 四川：四川人民出版社，1998.

片中，则可以通过绿色的使用来营造森林和密林等场景的阴森和诡异感。绿色在电影中是一种富有生命力、安详和愉悦的颜色，可以为电影赋予令人心旷神怡的感觉。

（四）蓝色

蓝色代表着冷静、理智、清新以及信任等情感，常被用于表现清澈、深邃和稳重的氛围。在电影中，蓝色可以用来表现宁静、平和的环境或角色，同时也可以用来表现冷静、坚定的性格。蓝色在电影中是一种沉稳、坚定且充满信任的颜色，可以为电影赋予思考和安全感。在北野武的电影《那年夏天，宁静的海》中，听障青年茂和贵子关于冲浪以及大海的故事，满眼蓝色，让人觉得宁静、和平、舒心。但最后青年"茂"意外失事，葬身大海。有人说北野武这部电影不再是传统的暴力，故事一开始很美好、浪漫，但影片最后一刻，又把它无情地消灭了，让人唏嘘感叹。被人戏称为北野武的"蓝色暴力"。此外，在科幻电影中，可以通过蓝色来营造未知星球或太空场景的神秘和宏伟。而在犯罪片中，则可以运用蓝色来表现警察或侦探的冷静和理智。

（五）黑色

黑色在色彩情感方面代表神秘、深沉、高贵，以及庄严、肃穆等情感，常被用于表现神秘、高贵和威严的场景。在电影中，黑色可以用来营造神秘、恐怖的氛围或者高贵、豪华的环境。比如，在悬疑片或惊悚片中，可以通过黑色来营造紧张、压抑的气氛。而在历史题材电影或探险电影中，也可以运用黑色来表现古老、神秘的文明或地下宫殿等。黑色在电影中是一种富有神秘、高贵和力量的颜色，也可以为电影营造压抑、沉重和悲伤的气氛。例如，短片《黑暗之光》讲述了女主人公在黑夜中独自驾车到外地，途中汽车抛锚，于是在车里过夜，睡梦中被一名黑人男子惊醒。由于语言不通，女主以为是歹徒，异常恐惧，拼命挣扎。黑人男子的情绪也越来越激动，越来越暴躁。最后他砸碎车窗玻璃，强行将女主拖出。这时，一辆火车疾驰而过，将汽车撞碎。原来，女主抛锚在铁轨上，黑人男子紧急中拯救了她的命。短片故事简单，前面部分气氛异常紧张，后面部分是对前面剧情的大反转。"黑暗之光"是黑夜中的光明,也是黑人男子的人性之美。

(六)白色

白色在色彩情感方面代表纯真、清白、干净以及和平等情感,常被用于营造纯洁、清新和简洁的氛围。在电影中,白色可以用来表述恬静、舒适的环境,或者描绘纯洁、柔美的人性。比如,在爱情片中,白色常常会作为婚礼或者浪漫过程的主题色,来传达甜蜜与纯洁之间的亲密关系。而在冒险片或动作片中,则可以通过白色来表现一种无畏、纯粹的坚定意志。总之,白色在电影中是一种富有美好、纯净和正能量的颜色,可以为电影赋予温馨和希望等积极情感。

五、色彩设计

色彩是电影表达情感和营造氛围的重要手段,包括为场景、服装、道具等元素选择合适的颜色。一般来说,不同的色彩会带给观众不同的情感体验。因此,在进行色彩设计时需要考虑到影片主题、氛围和角色特点等因素。在电影中,通过色彩选取、组合和运用等方面可以传递电影的主题和情感,进而增强电影的表现力和感染力。正确的色彩设计可以让电影更加鲜活和自然,更好地呈现出电影所想要表达的思想。色彩在电影中扮演着非常重要的角色,是重要的影视创作元素,通过它可以较好地实现艺术功能,下面简要分析。

其一,突出主题意蕴。主题即影片的中心思想。主题意蕴是全片的基调和纲领,所有的电影元素都要围绕中心进行画面、场景布置,视觉展示。不同的色彩设计预示着不同的思想。如张艺谋导演的《我的父亲母亲》展现我的父亲与母亲"一见钟情"的浪漫美好的爱情,画面唯美。摄影师使用了胭脂色的滤镜打造了我的母亲年轻时候的青春和纯真。这是很明显的艺术处理,其实,现实中的爱情婚姻如果说最终是"百年好合"的话,从"一见钟情"到"百年好合"还有99步要走。影片只是向观众展现了爱情初现时的心动与美好瞬间。

其二,刻画人物性格。电影可以通过运用不同的色彩来刻画人物性格。例如,红色通常被用来表现强烈、热情、暴力等性格特点,黄色则通常用来表现活泼、快乐、温暖等性格特点，而蓝色通常用于表现冷静、理智、深沉等性格特点。比如，黑色可能代表神秘、冷酷或者强势，白色则可能代表清新、纯洁或者羞涩等。当然，在电影中还有很多其他的颜色和组合方式可以运用到人物性格的刻画上。电影中角色所使用的颜色也能体现出其个性特征和心理状态，导演可以为角色运用不同的色彩来描绘他们的形象，增强角色性格，渲染人物情绪。例如，安东尼奥尼的《红色沙漠》色彩很好地参与到影片的主题表达中，这部电影被誉为电影史上第一部真正意义的"彩色电影"。影片开场与结尾工厂的红色、黄色十分刺眼，暗示机器工业对人性的异化，展现了一个现代工业社会之中人们的生存环境，映射现代人的焦虑与生存危机。女主身着的绿色衣服无疑是"红色沙漠"之中对希望的隐喻。

其三，推动情节叙事。颜色的明暗、对比、饱和度等也能通过调整来影响电影剧情的发展，比如，在紧张刺激的场景中，通过降低饱和度和提高对比度，营造压抑的氛围；在浪漫场景中，则通过利用柔和的色彩，营造出温馨的情感氛围。在电影中，通过鲜明的色彩差异来突出人物和事件之间的互动关系，帮助观众更好地把握角色关系、情节走向、主题意义等元素。例如，2019年奥斯卡最佳真人短片《肤色》讲述了白人小男孩特洛伊本来有一个温馨的家，从小在爸爸的影响下学会了使用枪支。一次偶然事件，白人爸爸与黑人发生误会，并邀约同伴暴揍黑人。黑人为了报复，将其绑架并全身刺成黑色。当男主回到家中时被家人当成坏人，儿子从背后一枪将其打死。全片情节并不复杂，但白人文身成黑人的事件是全片的重要情节点，也有力地推动了故事的发展，最终造成悲剧的发生。整个短片故事情节都是在白人小男孩与黑人小男孩的注视下展开的，情节环环相扣，深刻揭示了美国白人与黑人根深蒂固的矛盾，也揭示了种族主义的灾难。

其四，营造视觉冲击力。电影画面所具有的强烈视觉效果，能够快速引起观众的注意和共鸣。通过运用不同的摄影技术、色彩运用和视觉构图等手段，电影制片人可以创造出强烈的视觉冲击力，从而吸引观众的眼球。适当运用颜色反转、色块对比等技巧，可以营造出深刻的印象，提高电影的艺术价值。电影色彩的运用方式有许多，可以创造出各种各样的视觉效果，使得观众在观影过程中更加容易被电影所吸引和感染。张艺谋的电影《红高粱》里高粱地的一场戏，大面积的红色，逆光营造触目惊心的视觉效果，给观众以震惊。随着高亢的唢呐吹起，是对旺盛生命力的礼赞。同样，在月食的片段中，我爷爷立在旷野之中仿佛一尊雕塑，日食来临前强烈的深红色铺满银幕，给人极大的画面视觉冲击力。

其五，创造象征与意境。象征是电影中最基础，同时也是最重要的修辞手法之一。想要创造富有意境和情感的电影作品，需要运用象征这种手法，并注意其与故事主题紧密结合。在电影中，通过色彩、光线等手段，可以创造出富有象征性的视觉语言，来传达特定的情感和内涵。波兰导演克日什托夫·基斯洛夫斯基的《蓝》《白》《红》三部曲，每部电影都有自己独特的艺术风格和意象，也包含着不同的文化和象征。《蓝》讲述了一位失去丈夫和女儿的中年妇女的故事，表现了角色的忧郁和解脱，象征了自由。《白》讲述了一个失败的理发师因为妻子对他的家暴行为而引发的关于报复的故事，强调了角色内心的孤独和无助，象征了平等。《红》讲述了一个女学生和一个前法官之间的故事，把几个人物的故事交织在一起，探究了爱情、孤独和命运等问题，象征了博爱。整个电影的故事情节围绕着这种象征意义展开，配合巧妙而自然的视觉效果，让观众感受到了强烈的故事张力和戏剧性。

电影是画面的艺术，色彩是每个影视工作者要深入思考的重要创作元素。作为短片创作也不例外，导演和摄影师、美工师要有色彩意识，在场景设计与拍摄制作中有意识地使用色彩表意，从而体现短片的风格和意义。

第十二讲　调度：导演的语言

"场面调度"一词来自法语，本身的意思是"摆在适当的位置"，后来广泛应用于戏剧中，泛指对舞台元素的安排和布置。电影导演罗姆在《场面调度设计》一书中指出："场面调度的目的在于把所发生事件的意义和情绪传达给观众，在于赋予动作以美学的形式。""场面调度就是导演为了把自己的思想传达给观众所用的一种独特的语言。"[①] 通过场面调度，创作者能够营造出恰当的氛围和视觉效果，来表现故事情节、人物形象和主题思想。美国当代电影理论家大卫·波德维尔在其著作《电影艺术：形式与风格》中指出，场面调度元素包括布景、服装与化妆、灯光、演出四大项目。场面调度就是在电影创作中对场景的安排和设计，需要考虑到场景的布置方式、拍摄角度和镜头运动等因素，以及灯光的运用和色彩搭配。同时还需要考虑对人物的动作、表情和服装等各个方面因素的协调，从而呈现出符合创作者预期的画面效果。场面调度是导演的核心工作，不同的调度决定了影片的叙事与风格。其中，演员走位和摄影机的安排是电影场面调度的两大核心元素，本讲将重点讨论。

一、摄影轴线

（一）180°规则

在电影、电视剧等镜头拍摄中，摄影师要按照180°限制摄影机的位置，从而保持场景中各个镜头中的人物和物体的位置分布不变，以确保镜头与上一个镜头间物体的关系连续性不会出现突兀的跳跃。具体来说，将整个拍摄区域根据人物活动范围划分为两部分，然后将摄影机安放在其中一侧，同时使用不同的拍摄角度，确保拍摄的画面平滑过渡，不会令观众感到混乱或不协调。通过遵循180°规则，观众在看到电影或电视剧的不同镜头的切换时，比较容易区分每个演

---

① 米哈伊尔·罗姆.场面调度设计[M].梅文，译.北京：中国电影出版社.1958.

员的位置、方向与关系，从而便于明晰影片的故事情节。

电影是以不同机位拍摄，通过后期组接重新建构现实的过程。我们知道现实时空是连续而不中断的，而电影是用断续的镜头的切换展现时空的。如何让观众将电影看起来像连续的现实时空呢？电影人发明了摄影轴线。轴线只是为了摄影师拍摄的方便而虚拟的一条直线。在实际拍摄时，为了定位镜头与分切镜头，同一对象的位置和方向保持一致，摄影机要在轴线一侧，即180°之内进行拍摄，这就是180°规则，即"轴线规则"。轴线一般包括三种类型，即方向轴线、关系轴线和运动轴线。不管哪一种轴线，都需要在轴线的一侧拍摄，以让观众明确演员的位置、方位，特别是人物面部朝向。"越轴"即摄影机越过轴线180°，到轴线的外一侧去拍摄。这时观众对人物的方位就会感到混乱，不利于观众理解场景。例如，镜头1定位镜头中演员A看右边，演员B看左边，在各自的分切镜头中，如果二人所看方向与定位镜头一致，则没有越轴。反之，如果定位镜头人物与分切镜头的同一人物面部方向相反，则要考虑是否越轴拍摄了。

（二）合理越轴

实际拍摄中，轴线并不是束缚摄影师能动性的法则，恰恰相反，轴线其实是可以跨越的。一个很重要的原因是一个场景可能有很多条轴线。轴线规则一般只对一条轴线起作用，一旦轴线改变，原来的轴线可以不用再特别考虑，除非后来的镜头又回到原来的轴线。另外，拍摄剪辑中的镜头组合顺序也很关键。轴线虽然是拍摄的问题，但越不越轴，即观众是否能感受到镜头人物位置方向的混乱，很大程度上与剪辑有关。在实际电影制作中，摄影师发明了几种常见的合理越轴的方法。

其一，利用演员调度。此方法通过调度人物运动越过轴线，给观众展现越轴的过程，很好地解决了观众对人物方向感的迷惑。如正在谈话的双方站起来互相交换了座位。轴线只是帮助摄影师建立正常的画面叙事场景关系，让观众清晰了解人物的方向、位置，以免引起混乱，有利于观众看清剧情，体会影片的主题与内涵。演员调度将有效地解决画面越轴的跳跃问题。

其二，利用摄影机调度。上个方法是利用演员的走位，此处是利用摄影机的运动，清晰交代轴线的变化过程，观众也不会因方向改变而迷惑。例如，对两人谈话的拍摄，摄影机由演员A的左侧越过演员A、B的关系轴线向演员A的右侧运动。观众在画面中很清晰地看到了越轴的过程，接下来再接越过轴线的镜头，观众视觉自然不会感到混乱。

其三，利用中性镜头。中性镜头即看不出方位感的镜头。在实际拍摄中，一些特写、空镜或在轴线上拍摄的镜头，方向感均不明显。因为观众看不出明显位置以及方向，所以可以用在两个越轴拍摄的镜头之间，起到缓和视觉跳跃的作用。如镜头1，一辆车往右行驶，镜头3，这辆车往左行驶，直接将两个镜头组接，观众容易搞不清车辆的方向是往左还是往右。我们只需在这辆车方向轴线上补拍镜头2，这辆车迎面开过来或往镜头纵深开去的画面。后期按镜头2—3的顺序组接，就缓和了镜头1到镜头3的跳跃感。

其四，利用插入和切出镜头。插入和切出镜头都是中断当前镜头状态，进入到一个新的场景或细节的画面，可以在表达主要信息的同时向观众传达其他相关的辅助信息。不同之处在于，插入镜头主要是插入定位镜头场景已经呈现过的元素。例如，二人在室内谈话，可插入墙上的钟表来暗示时间的流逝。而切出镜头是镜头切换到这个场景前没有展示过的元素。如二人谈话的室内，切换到室外车水马龙的街景。当镜头再切回室内的时候，人物位置的空间环境可以发生改变。插入镜头与切出镜头都可以缓和跳跃感，合理越轴。

其五，利用景别大小。景别差距较大的两个镜头，例如，镜头1，一个人准备从公园的长椅上起身，近景。镜头2，越过这个人的方向轴线，到另一侧拍摄这个人起身，远景或大远景。因为远景中人物较小，观众对演员的方向感不明显，所以即使越轴，观众也没有太多不和谐的感觉。

其六，利用双轴线。在某些特定的场景中，如两人并排骑自行车，二人有共同的运动轴线，但如果二人之间有交流对话，他们之间又形成关系轴线。这是一种较为特殊的情况，两条轴线同时存在，我们可以利用这一点合理越轴。一般而言，在大景别拍摄中，运动方向是观众关注的重点，要优先关注运动轴线。而在小景别拍摄时，要优先关注关系轴线，这时摄影机可以跨过刚才的运动轴线去拍摄另一个演员。因为景别小，观众对环境、位置、方向感受不明显，所以合理越轴了。

此外，在激烈的运动场景，由于人物动作频繁改变方向，而且镜头很短，因此观众还没有足够时间看清，镜头可能就结束了。这时拍摄轴线可以不必考虑。用越轴的方式拍摄激烈的打斗场面，现场反而更具有混乱感，从而营造紧张气氛，获得极佳的视觉效果。所以，轴线只是为了摄影师、剪辑师以镜头组接重组叙事时营造一种真实感的方法。轴线是为摄影师服务的，绝不是制约摄影师的藩篱。我们既要熟悉轴线规则，也要学会打破规则，或许，我们也能够创造、发明一些合理越轴的方式。另外，随着电影技术的发展以及观众观影能力、水平、经验的提高，即使有越轴拍摄的画面，观众可能也不会感到迷惑了。

二、三角形原理

当选定了轴线，在轴线的一侧，我们可以架设三个机位，既可展示场景，也可分别展示关系中的双方状态，我们将这三个机位的三个点连接起来就会形成一个三角形，这就是镜头拍摄的三角形原理，又称为三角形布局。常见的摄影三角形布局有外反拍、内反拍、主观三角形、平行位置等。下面做详细阐述。

（一）外反拍

外反拍也叫过肩拍摄，当摄影机位于演员 A 与演员 B 的身后，靠近关系线，对两人进行拍摄就是外反拍三角形布局。外反拍既可以展示场景的纵深感，也可以展示演员大部分面部，三个机位所拍的画面都是两个人。机位 1，全景，定位，展示二人的空间位置关系，交代氛围。机位 2 与机位 3 所拍摄的演员 A 与演员 B 互为前后景，可以展现人物之间的关系，俗称画面"带关系"。这样拍摄的画面有利于表现空间感，突出透视效果。另外，这样拍摄的画面，一个人背对摄影机，一个人面向摄影机，面向摄影机的人物十分突出，能较好地引起观众的注意。他就是这个镜头的主体，另一个人物则为陪体。如果考虑景深，背对观众的那个人位于景深之外，那么面向观众的那个主体则更突出。这样拍摄，背向摄影机的人只是展示了脸部侧影，一般应以不露出鼻尖为宜。当然，这只是初学拍摄者的一般原理，摄影到了一定层次，规则是可以打破的。

例如，电影《教父Ⅰ》中缓缓的后拉镜头，教父人物出场，不仅人物隐藏在黑暗当中，而且也打破了过肩镜头背对观众的那个人是陪体的一般法则。教父虽然背对观众，但我们通过另一个人的叙述以及周围侍者的表现，看得出背对观众的人其实不简单。这是外反拍机位的一个应用创新。在短片拍摄中，外反拍交代人物关系是常规做法。

（二）内反拍

当摄影机位于演员 A 与演员 B 之间，靠近关系线，对两人进行拍摄就是内反拍三角形布局。内反拍角度机位 1 还是展示空间环境，机位 2 与机位 3 只有一个对象，便于细致地刻画人物表情与神态。画面没有了前后景，牺牲了一些画面纵深空间感，但由于画面只有一个人，因此有利于刻画人物面部细节，有利于交代人物内心与情绪。因为这时画面毕竟没有更多的元素吸引观众的注意力，所以内反拍拍摄的单个人物会比较醒目突出。

一般来说，在对话场景的开头主要呈现人物关系，常常选择外反拍。当人物有重要表情细节的时候可选择内反拍以凸显人物情绪，反应镜头也可使用内反拍，这样镜头表意功能比较突出。外反拍与内反拍三角形因为远离轴线，显得比较客观，又叫客观三角形。这种拍法是斜侧面的拍摄角度，比较有利于展现被摄对象的立体感，但观众的认同感不太强。2007 年，爱尔兰短片《牙齿》拍得比较有意思。两个老人乘船在湖心垂钓，其中一个老人打了一个喷嚏，假牙掉进了湖中，被另一个老人嘲笑而生气。后来为了安慰他，另一个老人将自己的假牙放进鱼嘴里，谎称鱼把掉进湖水里的假牙叼上来了。老人试戴了假牙感觉不是自己的，随手将假牙扔进了湖水。这样，两个老人的假牙都掉进了湖里。这个故事虽然短小，但特别有意思。

(三) 主观三角形

当摄影机位于演员 A 与演员 B 的关系轴线上拍摄，机位 2 和机位 3 分别是演员 A 和演员 B 二人的视点，这就是主观拍摄角度。主观三角形也被称为骑轴镜头。即骑在轴线上所拍的镜头。这样，分切镜头分别按照二人的视点去拍摄对方。如从演员 A 的角度拍摄演员 B，这个角度让观众有了演员 A 视角，会对演员 A 有较大的认同感。很多故事片的拍摄，因为要让观众深入人物的内心世界，所以很多镜头要采用主观三角形拍法。例如，奥斯卡获奖短片《宵禁》里的主人公正要自杀时，突然接到姐姐拜托他照顾外甥女的请求。后来在与小女孩的接触中，男主找到了生命的意义。男子接到任务及时赶到，男主与外甥女二人见面。导演使用了主观三角形，在关系轴线上拍摄，让观众更真切地体会二人的内心状态，镜头具有极强的主观性。

又如，印度电影《地球上的星星》的开场，8 岁的男孩伊桑是老师眼中的"笨学生"。因为患有阅读障碍症，简单的拼读对他来说都十分困难，但这个小孩有着丰富的内心以及绘画天赋。那么，如何在影片一开始就让观众理解这个另类而独特的孩子呢？导演该如何调度才能让观众有深刻的印象并认同人物呢？镜头 3 展现小男孩观察水沟里的小鱼、小虾，拍摄利用的就是小孩子和小鱼、小虾之间的关系轴线，当然也可以看成小男孩的视线轴线。镜头 1 是小男孩的主观镜头，一个小孩聚精会神地"欣赏"水沟里的小鱼、小虾。观众一下就进入小孩子的童真世界，这有利于观众对人物的了解与认同。这就是主观镜头的妙处，我们在很多影片中都能找到这种拍法。

(四) 平行位置

机位 1、机位 2 和机位 3 摄影机的镜头光轴互相平行，这三个机位点连成的三角形就是平行位置，也叫平行三角形布局，常用于并列表现同等地位的不同对象，如两个人的对话、并肩跑步等。两个镜头各自拍摄面对面的其中一个演员的侧面像。当然也可以两个演员肩并肩，这样都会拍摄他们的正面像。平行位置带有客观的同等评价、等量齐观的含义。例如，电影《钢的琴》开场的场景，夫妻二人关系僵化要离婚，导演将二人面对摄影机调度，男人说话不看女人，女人说话也不看男人，突出二人夫妻关系破裂。从摄影机的机位看，一开始导演对于二人的离婚场景就要给观众一种客观的、等量认同的、不偏不倚的感觉。画面之意是夫妻平等地离婚，导演对这对夫妻的离婚立场没有偏向任何一方。镜头1为主镜头，定位。镜头2与镜头3分切机位，构图突出画面重点失衡，凸显夫妻离婚的生活状态。女方背景雨棚完好，男方破败，用仰拍角度，仿佛折断的翅膀，而且画面左右重量明显偏向一方，暗示夫妻离婚"失去平衡"的生活状态，这样的调度比较有深意。

还有一种特殊的情况，即机位2和机位3同样位于演员A与演员B的关系轴线上，但不是位于二人之间，而是分别位于二人身后。此种情况，即通过一个人物的头部、胯部去拍摄另外一个人。这种情况虽然少见，但还是存在。

通过以上分析，当我们确定好了一段场景的轴线，摄影师可以有11个机位选择。从某种意义来说，电影摄影师所有的拍摄都是这11个机位的综合选择和利用，其间突出自己个人的摄影风格。

11个机位可以很好地帮助导演和摄影机选择合适的表现方式，很好地讲故事。摄影机位只是凸显场景或短片主题的一种技术手段，一切都要以主题为中心，形式为内容服务。单个镜头机位如何完美不足以体现整体的主题表达，如果有损于主题表达，单个机位的美感将没有实际意义。摄影的三角形机位原理就是摄影时的内部法则、摄影机位选择的窍门。那么，选择的依据是什么呢？

其一，主观与客观。客观展示被摄对象，主要是交代具体场景，什么时间、什么地点、什么人、在做什么，我们看新闻镜头就较为客观。一般而言，摄影机越远离轴线则画面越客观。反之，摄影机越靠近轴线则画面越偏向主观。电影的拍摄主要在于表现人物情绪、情感、内心状态，进而突出人物情绪，体现影片主题。这就决定了一个场景的拍摄主、客观的镜头需要综合运用。初学拍摄的摄影者喜欢多用外反拍与内反拍这一传统的客观三角形机位布局。这样，观众对人物心里始终有着一定的角度，很难深入人物内心情感，让人感动。所以，大多数电影的拍摄，主观镜头是较有想法的选择。尽量让摄影机靠近轴线，获得主观镜头效果，从而让观众认同人物视线，深入角色内心世界。

其二，疏远与接近。距离远近，摄影机距离被摄对象的远近决定了观众参与程度的高低。一般而言，如摄影机越靠近对象，如近景、特写，观众参与程度越高，越容易深入人物内心状态。如果摄影机远离对象，则参与度较低，有"冷眼旁观"之意。侯孝贤的电影《童年往事》里基本不用特写，让摄影机始终与对象保持足够远的距离，给观众一种冷静、旁观、超然于物外的感觉。这比较符合中国传统哲学的审美，静观万物、物我合一。一部影片景别的大小决定了观众情感的介入程度，同样，一个场景中摄影机距离远近的改变，也会营造一种疏远与接近的参与感。一般而言，一个场景的最近的景别属于这一场景重点表现对象，这是由主题决定的。拍摄初学者对此体会不深，特写太多，造成场景视觉重点不突出、主题表达混乱等情况。所以，摄影师一定要研究剧本，这一场景谁是主角、谁有主要行动、哪些是关键细节、谁是配角，一般配角的景别不可大于主要对象，否则就会表意不清，没有视觉重点。

其三，看与被看。摄影镜头视线匹配是镜头之间呈现的一种看与被看的关系，观众很容易识别观看者注视点的位置，并以此来推断出人物的意图和想法。人物的看与被看是电影中构建角色关系和表达情感的重要方式。通过摄影视线匹配，可以更好地理解人物的思想和情感。摄影师可以使用镜头定位和运动来引导观众关注到某一个角色或某一组角色，比如，采用从下往上的仰视角度可以展示主角的霸气或英姿飒爽。也可以通过特写与远景的组合切换，呈现人物心理变化，也可将角色所需的情感、目光等用肢体语言和面部表情演绎出来，增强人物性格特色和画面感染力，传达更丰富和复杂的信息。

其四，镜头多与少。一般而言，一个场景的重点角色对象要多次交代，镜头数量偏多。而次要角色镜头数量不能超过主要对象。比如，我们拍摄一场对话，谁的镜头给得多，谁就是重点表现对象，哪怕他不说话，只是一个倾听者。他的镜头多，会强化他在观众心中的印象，他就是这一场景要表达的重点，或视觉重心。当然这只是一般的法则，电影很多时候就是不断地打破这些原则。例如，如果主角是监视者，即上文提到的观看者，或权威感突出，无论他的镜头有多少，观众是能够体会谁是重点的。

此外，结合演员的站位和摄影机的位置，还有两种三角形机位的变形，即直角位置和共同视轴，下面做简要分析。

其一，直角位置。当演员 A 与演员 B 肩并肩呈直角或"L"形位置时，摄影机拍摄的画面与内外反拍稍有不同，这其实是内外反拍的特殊情况。这样拍摄，两个过肩镜头演员 A 与演员 B 二人分别正面与侧面面向观众，互为前后景，既展示了场景纵深空间，也直接展示了人物面部，特别是面向摄影机的演员将与观众有很好的交流感、认同感。观众能体会人物的内心状态。当然，摄影机也可以从后方位拍摄，这样演员 A 与演员 B 分别表现背影与侧面，背景的人物为前景，侧面的人物主体因为他们的面部都有很好的展现，所以可以激发观众的联想和想象。这是比较常见的打破一般法则的调度。

其二，共同视轴。大型摄影机加上云台脚架往往比较笨重，移动很不方便，另外，一个场景的布光需要花费大量时间，所以，共同视轴的机位就变得很常见。共同视轴即两个镜头是同一个视轴，或从同一个视点拍摄两个镜头，这两个镜头即为共同视轴镜头。当然，摄影机也可以沿着共同视轴向前推进。例如，两个人物对话，我们用摄影机向演员 B 推进，一般而言，他一定是这个场景的主要表现对象，起幅画面为两个人，当镜头往前推进则渐渐推出场景的视觉重点，落幅为单人镜头。这其实是把共同视轴的两个镜头拍摄成一个运动镜头来表现。

三、静态人物调度

静态人物一般指人物没有较大的位移，乌拉圭的丹尼艾尔·阿里洪在其著作《电影语言的语法》中，详细讲述了两个人、三个人与四个人的常规调度方法，可以作为短片导演与摄影师的参考。

（一）两个人

在电影场面调度中，演员的身体有很多调度姿势，常见的有卧姿、跪姿、坐姿、倚姿、立姿等。演员调度越丰富，越可以还原场景以及人物动作的真实性。

一般而言，两个演员谈话时可以采取四种姿势，即面对面、肩并肩、一前一后和背靠背。

首先，面对面。演员 A 和演员 B 面对面谈话是最常见的方式，这种场面二人关系相对比较正常、和谐。一般可以用外反拍、内反拍，以及一个外反拍和一个内反拍等三种方法来拍摄演员 A 和演员 B。两个外反拍主要交代两人的关系和人物状态，如果用两个内反拍拍摄，则主要在于人物面部表情展示。这两种方式一般都需要主机定位，展示二人的空间位置关系。如采用一个外反拍和一个内反拍，则预示了内反拍的演员有较重要的表情细节需要观众观看。

其次，肩并肩。即两个人的肩膀并排在一起，且有一致的视线方向。此种情况有三种拍摄方法：第一，外反拍交代关系；第二，内反拍都拍摄二人的侧面，主要是为了人物造型，突出人物轮廓；第三，可以采用平行机位，从人物正面拍摄，例如，对汽车主、副驾驶位置人物的拍摄，二人都是面向前面。此外，肩并肩还有一种变形，即人物呈直角肩并肩站位，这时可以使用摄影机直角机位拍摄。

再次，一前一后。当两个演员同骑一匹马、一辆自行车或同坐一条船的时候，人物一前一后排列，这时我们可以采用外反拍拍摄一前一后两个演员，也可以采用平行机位表现两个演员的侧面。还有一种人物一前一后站立对话。从正面取景，这时前面那个人往往具有绝对的权威。例如，演员 A 和演员 B 都面向观众错位站立，演员 A 背向演员 B，演员 A 对演员 B 是一种绝对的制约与压力。因为他说话不看演员 B，说明他对演员 B 的藐视。我们知道背面是一个人最容易受到危险的方向，因为背后没有眼睛。当一个人把背面呈现给别人面前，要么彼此互相信任，要么就是拥有绝对的控制权。

最后，背靠背。人物背靠背谈话是常用的演员调度。背靠背要么彼此不信任，要么彼此对立。这种调度有一种人为的痕迹，不过也有不少导演喜欢这样的创新调度。此时要注意画面的表达重点以及人物姿态与彼此距离的远近。还有导演喜欢让两人身体做一个 X 形的交叉，往往是二人不和谐关系的隐喻，当然也有纯粹是为了姿态而这样调度的，这就是电影"语言"的复杂性，电影说到底基本不会有像人类语言的语法一样人人遵守的法则。电影的"语法"更多是对导演的风格与思维习惯的体现。

此外，还有一种特殊情况即打电话场景。打电话时两个演员分别位于不同的地点，如果两人的朝向相反的话，通过镜头组接观众看到二人视线方向，也会给观众造成一定程度的不协调。所以，对话场景的拍摄，导演在调度拍摄的时候也会按同一场景实际对话来布局。如演员 A 位于画左，面向右边，那演员 B 就会位于画右，面朝左侧。这样可以造成二人正常谈话的感觉，交流真实感最强。

（二）三个人

三个人如何调度？看似人多，只要我们按剧情与人物彼此距离的远近可以合并两人，就相当于二人的场景。这就是我们调度超过两人以上场景的调度拍摄思路。三个人的场景可以分成直线形、直角或 L 形、三角形等几种情况。

首先，直线形。三人拍摄呈一条线，两个人方向一致，另一个人与他们二人对话。我们将方向一致的两人看成一个整体，即可使用外反拍、内反拍进行拍摄。

其次，直角或 L 形。这时场景往往是直角的桌子，如一边坐两人，相邻的一边坐一人。这时合并两人看成一个整体，这个场景就可以按双人场景来拍摄了。相当于二人的直角站位，用两个内、外反拍即可拍摄。

最后，三角形。这是比较常见的一种调度。可以采用两个外反拍拍摄，也可一个外反拍加一个内反拍，还可以分别拍摄三个人的内反拍。

（三）四人及以上

人数再多，我们处理的思路还是两两合并，这样可以分成两组或三组进行拍摄，达到化繁为简的作用，人数再多也能很方便地进行拍摄了。拍摄方式依然是外反拍、内反拍以及内外反拍相结合、主观三角形等方式。5 人场景，如果两人与另外 3 人分别分组，就相当于两个对象的拍摄，机位 1 定位，展示 5 人关系。机位 2 拍摄左边 2 人，机位 3 拍摄左边 3 人，利用方法是内反拍。所以，人再多，只要按剧情需要合并人物即可。或者还是采用每个人物内反拍方法，当然需要考虑交流线。例如，电影《饮食男女》开篇全家人团聚，父亲老朱与二女儿朱家倩是这场戏的主角，导演主要采用四个内反拍，表现家倩与父亲的拌嘴，最后父亲离去。大女儿朱家珍与小女儿朱家宁只是旁观者。人再多，只要抓主要矛盾、主要交流线即可。

四、动态人物调度

以上主要讨论了人物相对静态的场景调度与拍摄，实际拍摄当中人物经常要动态活动。其实，电影场面调度主要是演员的走位。韩小磊在其著作《电影导演艺术教程》中总结了演员调度的几种类型，按方向有横向调度、纵向调度、斜向调度、上下调度和环形调度。横向调度也叫水平调度，主要表现人物的动作与空间关系，如西部片、警匪片、爱情片中的追逐多以横向调度为主。纵向调度主要表现人物，靠近或远离摄影机，有利于变现运动速度和节奏变化。斜向调度也叫对角线调度，一般是单向，对角线调度一般是双向，表现两组人群的逆向运动。上下调度主要表现空间高度与空间结构变化，为人物动作赋予变化性与节奏感。环形调度也叫螺旋形调度，人物或摄影机环绕一个支点运动，主要营造特定的氛围。任何复杂的演员运动都是由一个个小的动作构成的，我们学会了演员基本的动作拍摄，将有利于我们进行更为复杂的大型场面的调度，下面我们探索几种常见的动作调度拍摄方法。

（一）转身

转身是较为常见的人物动作，通常情况下，我们会看到演员的肩膀开始扭动，并且随着肩膀的运动，整个身体跟着转动。演员可以通过灵活调整面部表情，来使转身更加生动或能够有效传递剧情信息。可以选择特定的速度和动作方式增强场景的悬疑性或跌宕波动的感觉。那么，我们如何拍转身呢？首先，可以采用外反拍。例如，机位1近景拍摄演员准备转身的面部或上身动作。然后机位2全景，拍摄人物转身后半段，演员转身后向画面纵深走去，主要表现和环境的关系。在剪辑的时候，可以把整个转身运动看成1，那么镜头1从运动转身1/3处切镜头2，呈现转身运动的后2/3，即转身的切换也符合三分法则。当然这并不是一个严格的规则，必要时可以打破。其次，可以采用共同视轴拍摄方法，即摄影机视点不变，通过变焦，用两个景别分别拍摄转身的两个镜头，通过后期组接，再现人物完整运动。两个镜头展示一个动作，旨在结合不同的景别表达不同的镜头重点。如机位1转身动作最好中景拍摄，如转过来要说话的话，说话时最好用近景以上的景别便于观众看清面部表情。用一个动作组接两个镜头，观众会觉得很自然，不容易引起观众"出戏"。

（二）起立

起立是一种垂直运动，运动方向总是向上的。我们可以采用共同视轴、直角机位、外反拍三种拍摄方法。核心就是用两个机位通过组接变成一个连贯的动作。因为观众对动作的连续性有幻觉，所以两个镜头表现一个动作，观众几乎感受不到镜头的切换。且两个镜头有不同表现功能，如近景展示胸部以上，主要在于面部表情，内心神态。另外，景别不一样展示环境的大小也不一样，如演员起身离场，建议近景到中景。

（三）坐下和躺卧

演员通过掌控空间、身体位置和角度，使得坐姿自然、放松，可以适当调整肩膀和背部的姿势，让坐姿更有生活感。当演员躺倒时，需要考虑头发等与地面的摩擦阻力，是否需要调整选用合适尺寸或软度的道具垫子增加更真实的体验感。拍摄坐下和躺卧的动作时，可以考虑在视线轴线的一侧拍摄，观众不至于迷惑演员的方位，如果两个镜头景别悬殊较大，可以考虑打破轴线规则拍摄。如上所述，较大的景别，因为人物在画面中的面积较小，观众对人物的方向感不明显，即使越轴了，观众也不一定注意到相反的方向。

（四）行走和奔跑

电影中演员的行走和奔跑动作是电影情节成立的重要组成部分。如平地跑、上下坡冲刺、追逐等情况对速度、步伐和协调全方位调整所需动作，为了保证演员的安全，须合理设计和安排运动路径，避免不必要的危险发生。演员走路和奔跑，这是很常规的行为，我们可以采用外反拍、共同视轴，还可以采用直角位置等。

例如，用直角关系，摄影机位置可以增强画面的动感。众所周知，演员奔跑或走路，有以下两个重点主要给观众展示：一是动作，最能展示演员动作、姿态的方向是正侧面，即摄影机垂直于演员的运动轴线；二是演员奔跑的面部神态，当前是面部了。最能交代演员面部的就是正面，即摄影机位于运动轴线上拍摄，景别可以是近景或特写。此两个机位成直角关系，较好地体现了演员奔跑的动作和神态。当然还可以拍摄奔跑的脚步细节以丰富画面语言，拍摄演员在行走或奔跑时可以借助周围的环境因素和道具增强真实感，如使用树木、楼梯或栏杆等来制造速度感和紧张情绪。使用长焦镜头，增加前景，因为前景距离摄影机较近，通常会很快从镜头前划过，这样可以有效地突出人物运动的速度感。这一拍摄手法不断被导演使用，我们能够在很多电影中找到。

（五）出画、入画的动作

电影中演员出画、入画的动作是一种常见的表演技巧。在电影摄制过程中，演员走出画框可以给观众一种悬念，这个演员去哪儿了？紧接着，演员入画，是告诉观众答案，可以创造出一种视觉上的顿歇。拍摄中需要注意选好演员位置、自然移动、调整机位切换以及背景音乐营造气氛等方面的配合与协作，提高角色吸引力。演员入画同样需要注意操作方式，需要选好切入时机，运用空间设计等方面的配合与协作，增加角色的吸引力和动感，提高观众的关注度和戏剧性。一般而言，右边出画，左边入画比较符合观众的心理常规。当然也可左边出面，右边入画。也可上边或下边出画、入画，例如，躺下、卧倒、乘坐电梯等情景。这样的调度更加自然、鲜活，符合生活的真实。

（六）演员A走向演员B

一个演员走向另一个演员，随着演员位置的改变，导演或摄影师要选择好关键位置点，如机位1过肩交代二人位置关系。当演员走到位置2时用内反拍，展示人物的面部表情和内心，让观众了解人物心情。机位3与机位1同样是外反拍，但景别有变化，人物面部的展示更为充分。机位4从等待着的角度来展示来人。

这是一个演员走向另一个演员的常规法则。

综上所述，了解演员的基本动作，有利于调度更大的场面，不同的导演有不同的调度方法。但无论怎么调度，目的都是突出人物性格、表达人物情绪、展示情节冲突以及突出短片主题。演员的调度如果没有特别的创意，就要尽量给观众一种场景的三维空间感，这样可以让观众感受到场景的真实性，给观众逼真感。因为电影画面的本质还是二维的，但现实始终是三维的，我们能看到画面的纵深感只是源自人类眼睛的透视原理。所以，电影是以二维的画面展现三维的真实影像，那么随时给观众逼真的空间三维感，或者调度演员进行空间三维的运动将有助于体现场景的真实感、逼真感，从而有利于电影叙事和表意。例如，电影《巴顿将军》中巴顿上台训话一场，导演让巴顿从左边到右边，上一个台阶，再往前走两步，才开始训话，这无疑会增加场景空间的真实感，这些调度的小细节初学者很容易忽略。

五、综合调度

电影拍摄场景空间多种多样，一类为受限空间，如酒吧、卧室、客厅、车内场景拍摄。此类场景的核心特点是场景有限，不便于架设摄影机以及布光难度较高。在实际拍摄中，短片的拍摄最好使用好群众演员，以群众演员突出场景的真实性。另一类可以称为开阔空间，如广场、街道、马路、天台等。很多导演喜欢在天台拍摄，如电影《无间道》天台对决，演员调度、摄影机位可圈可点，可供参考。

场景的综合调度要考虑如下一些问题：首先，我们需要集合剧情的发展以及人物的行为、交流、动作顿歇，理出一个场景的具体轴线及轴线的改变；其次，针对不同的轴线设计不同的拍摄方式，一条轴线不一定三个机位都具备。一般而言，重点片段需要有三个机位，详细记录人物的动作、表情。通过以上研究，以《无间道》为例，我们可以得出如下几点结论：

其一，内外反拍。整个场景轴线主要是刘德华、梁朝伟饰演的警察和黑社会的卧底。从一开始两人距离较远，但看得出拍摄仍然按照二人关系轴线，接着二人主要对话更是典型的内外反拍，镜头语言丰富多变。暗示人物情绪还使用了希区柯克式移动变焦。当第二名警察出现，轴线为刘德华、梁朝伟为一组，另一名警察为一组，内反拍调度。

其二，动静结合。固定镜头与运动镜头有比较大的视觉差异。一般固定机位可以让人看清楚人物的面部细节、深入内心状态。主要对话影片采用了固定机位，但较大的景别展现环境时才用了运动镜头的方式。还有一些必要的动作交代，如缴枪、拔枪使用了上下运动。

其三，三维调度。全片整个调度是三维方向，左右、纵深、上下方向均有。演员左右运动，拔枪使用了上下调度。展现了三维的天台空间，也会让观众体会到场景的真实性。初学者调度往往单调，左右居多，显示世界是三维的，导演的调度如果没有特殊的表意，尽量考虑给观众真实的现场感。那么，三维方向上的角度是必要的。

其四，张弛节奏。摄影机里被摄主体的远近决定了摄影的景别。特写离观众较近，情绪高昂；远景、全景离观众较远，观众心理松弛。好的场面调度利用不同的景别叙事，突出戏剧重点。剧情紧张，景别接近特写、大特写。场景中的重要细节，如枪、眼神用了特写、大特写。大景主要采用运动拍摄，起到交代环境的作用，使故事戏剧节奏张弛有度。

总之，调度是电影导演的语言，导演要通过对演员、摄影机的调度来表达主题。好的导演一定是有意味的调度。电影《钢的琴》影片开始要凸显男主人公下岗、离婚的生存困境，调度基本是左右方向居多，这是平面式调度，突出主人公受限的生存空间。而随着剧情的推进，在工友们的大力帮助与自身拥有的顽强毅力下，男主的生存空间渐渐打开，最后场景多用纵深的调度，因为这才是真正的三维立体能够"自由"活动的空间，这样的调度处理也是男主人公生活状态改变的隐喻。场面调度的目的有二，即叙事与戏剧性。导演在拍摄现场要自我提问：短片的主题是什么，这场戏有什么剧作功能，场景空间如何体现本场戏的目的，影调是什么，演员如何运动调度，摄影机如何占位，如何通过调度展示人物状态，凸显人物内心，从而突出场景的目的，进而突出短片的主题。

纵观世界电影史，场面调度有以下两种针锋相对的方式：其一，多机位拍摄剪辑模式即通过镜头分切组接来重新建构戏剧过程，这就是蒙太奇。其二，主镜头长拍模式即通常认为的长镜头，以主镜头把一个场景拍摄完。长镜头是独特的电影语言，以静观、客观、真实著称，冷眼看人生。蒙太奇与长镜头是两种针锋相对的创作方法与电影语言。简言之，长镜头即一个场景有一个主镜头或较少的主镜头拍摄，或不是主要利用多机位后期剪辑重组再现叙事的一种拍摄手段。

长镜头不仅增加了真实感，使影片更加接近生活，而且减少了创作者对观众的主导性。看长镜头的片子观众是主动的、积极的、自由的，是带着思考看电影的。长镜头作为与分切拍摄不一样的调度方式，一直是艺术电影的首选。无论东方的静观长镜头，如杨德昌、侯孝贤的电影，冷静、超然、哲理、思考，还是西方的运动式长镜头，表现流畅运动，一气呵成，很有"游目骋怀"之感。近年来，西方出现了很多通过数码手段，尝试用一个镜头拍摄一部电影的影片。如《夺魂索》《俄罗斯方舟》《鸟人》《1917》等。

蒙太奇与长镜头是两种针锋相对的电影语言，是两种展现生活的方式，也是两种电影思维的哲学。如果说蒙太奇是面向观众的一面镜子，那么长镜头则是一扇窗户，是生活场景的一个截面。如果说蒙太奇是表现生活的话，那么长镜头就是用来展现生活的。如果说蒙太奇思维代表了西方文明的话，那么长镜头则更多代表东方的智慧。电影学者蓝凡指出："'蒙太奇'的真实是'变异'真实，其逻辑是'变异'哲学，'长镜头'的真实是'对等'真实，也就是'透明'哲学，其逻辑是'对等'逻辑，也就是'透明'逻辑。""蒙太奇理论与长镜头理论都追求'真实'，其区别仅是：蒙太奇理论强调的是电影的'艺术真实'，是一种艺术'假定性'上的真实。而长镜头理论强调的是'存在'哲学的真实。"[1]

场面调度就是短片导演的语言，导演通过对演员、摄影机、场面布景、化服

---

[1] 蓝凡. 真实论：蒙太奇与长镜头的历史辩证新论[J]. 艺术百家，2013，29（5）：70-99.

道以及光线影调等进行编码,从而表达导演对故事情节、人物、主题的思考。作为一名导演,场面调度是我们要跨越的第一道坎。我们可以多看片、多体会、多实践,从而熟悉并掌握这门语言,最后打造出自己的电影语言和风格,未来之路任重而道远。

第四编　后期制作

第十三讲　组接：连续性的幻觉

剪辑是什么？电影剪辑师沃尔特·默奇讲述了自己经历的一个真实故事。一次，他与妻子回到英格兰，在与朋友的闲聊中，有人不假思索地认为，剪辑就是"把拍坏了的部分剪掉"。乍一听好像简单化了电影剪辑的工作，作为剪辑师，当时他很"恼火"。但是25年时间过后，他对"这种简单的智慧居然渐渐有了尊重"[①]。这不是一个剪辑概念简单的认识回归。"剪辑"一词，"剪"就是将画面剪断，"辑"就是将画面组接，所以，简单来讲，剪辑就是将镜头分解并将两个画面连接在一起。

众所周知，"剪辑"一词有以下三种概念：其一是电影制作的一个工序；其二是一种镜头组接的技艺；其三也可以指代从事剪辑工作的人，即剪辑师。剪辑的主要工作就是通过画面的分割与组接，最终完成一个有感染力的电影作品。简言之，剪辑就是一种实现有意味的艺术形式的手段。电影剪辑不仅仅是将镜头简单地组合起来，而是决定整个故事结构、情节节奏、视觉效果和情感表达等方面的最后一道工序。

如果说编剧是电影的第一度创作，那么导演将文学剧本视觉化就是第二度创作，而剪辑就是电影的第三度创作了。优秀的剪辑工作不仅可以极大提升电影的艺术质量，有时甚至可以使影片"起死回生"。不论编剧、导演如何构思，电影最终必须靠镜头的组接才能完成。所以，有导演说，电影不是拍摄出来的，而是剪辑出来的，可见剪辑在电影制作中的核心地位。本讲我们将探索电影镜头组接的奥秘。

一、看不见的剪辑

除一些长镜头的实验电影作品外，一般来说，电影是通过镜头的分切和组合

[①] 沃尔特·默奇.眨眼之间——电影剪辑的奥秘[M].夏彤，译.北京：北京联合出版公司，2012.

来重建电影的时空，从而完成叙事。经验告诉我们，现实世界的时间和空间永远是连续的，不可分割的。那么，用分切的镜头如何让观众获得现实世界逼真的时空感觉呢？这就是剪辑的流畅叙事。历史上，电影叙事法则的建构经历了一段不断探索的过程。1895年，卢米埃尔放映《火车进站》《工厂大门》等，那时电影还只是逼真再现现实的一门技术，没有场景，更没有"镜头"的意识。后来，梅里爱将戏剧的一套方法引入了电影，并且将场景简单连接起来，可谓巨大进步。1902年，《月球旅行记》中每个画面相当于戏剧舞台上的一幕戏。很明显，这个时候有了场景，但还是没有"镜头"。再后来，埃德温·鲍特突破了舞台纪录限制，使影片有了时空的转换。1903年创作的《火车大劫案》，在叙事、剪辑方面都有诸多创新，并使用面向摄影机开枪的近景，给观众以强烈的震撼。而到了格里菲斯时期，电影才真正出现了"镜头"的意识，经典剪辑原则得以确立。零度剪辑、流畅叙事、电影的连续性、匹配原则等这些被称为经典的叙事规则，直到今天仍然是电影剪辑的主流思维。剪辑的核心是流畅叙事，即通过看不见的剪辑，让观众感受不到镜头的切换，让他们始终沉浸在电影虚拟的故事情景之中。

（一）连续性组接

连续性组接就是通过将场景之间的动作、语言、场景等无缝地衔接起来，使得电影的画面流畅自然。这种剪辑方式通常要求摄影师和导演在拍摄时考虑到场景切换和画面过渡的问题，以便在后期剪辑时能够更好地实现连贯性效果。在电影剪辑中，镜头之间的切换需要有一定的依据，比如，通过角度变换、位置移动等来增加画面的完整性和延续性。一个动作使用不同景别拍摄，通过动作组接，让演员动作吸引观众注意力，对镜头切换而不觉，从而达到流畅叙事。电影是一幅一幅的固定照片的间歇运动，因为视觉暂留和完形心理学的作用，观众才将固定的胶片看成运动。同样，一个场景不同视角的分切镜头，通过三镜头法则、180°轴线规则、正反打，以及闪回、平行剪辑很好地缝合了观众的视线，让观众有了一种进入真实时空的幻觉。

（二）平行叙事

平行叙事是电影剪辑中的一种常见技巧，也是导演的核心思维。生活中，我们的世界始终绵延，不可中断。我们身处一个地方，转瞬之间我们不可能分身到另外一处。我们总是受到现实时空的约束，但是我们的思维不受现实时空的限制，电影平行叙事就是模拟这种形式。如果场景可以频繁地切换，那我们讲故事的方式方法将有巨大的变化。平行叙事是剪辑的核心思维，通过将两个或多个场景在时间线上交替切换，使得观众能够同时看到这些场景的发生。正如乌拉圭电影研究者丹尼艾尔·阿里洪在《电影语言的语法》一书中指出，"电影的平行剪辑是用于清楚地表示两条故事线的冲突和联系，从一个注意力中心交替转换到另一个注意力中心"。[①] 通常情况下，这些场景具有关联性，但并不一定同时发生。平行剪辑可以有效地增强电影故事情节的戏剧张力和紧迫感。通过同时呈现不同的场景，观众能够更加深入地了解电影所描绘的故事或角色的心理。格里菲斯在1915年拍摄的电影《一个国家的诞生》因种族主义而饱受诟病，但"最后一分钟营救"剪辑手法闻名于世界电影史。"最后一分钟营救"后来成为电影人争相模仿的经典叙事手法。

二、动作剪辑

电影是叙事，叙事离不开人物。如果说人物是电影形象的主体，那么动作就是电影表现的核心。电影是动作艺术，正如希区柯克说："电影就是动作、动作、再动作。"那么，电影人物动作如何组接呢？我们接下来将做一番探究。

（一）动作分解

动作分解就是将一个完整的动作事件拆分成多个镜头，并将它们按日常生活的顺序进行组接。这么做可以使得整个动作场景更加真实且具有合理性。例如，在一个打斗场面中，考虑到不同角度展现肢体动作所带来的视觉冲击力，导演和

[①] 丹尼艾尔·阿里洪. 电影语言的语法 [M]. 陈国铎，黎锡，译. 北京：北京联合出版公司，2013.

摄影团队通常会准备多个摄影机进行记录，并将不同的镜头交给剪辑部门拆分剪辑。然后根据故事情节要求，把这些各自的镜头逐个排列、组接起来，形成一个连续并有视觉冲击力的动作场景。

决定性瞬间是法国摄影师亨利·卡蒂埃·布列松首次提出的概念。在布列松看来，一个物体或人物的特定姿态、场景和环境同时发生时，就会产生一个关键性的瞬间。他认为只有捕捉到那一瞬间才是摄影的精髓，它需要艺术家的技巧和其他因素的完美结合。我们可以将这一观点引入电影拍摄，电影中动作分解同样也是寻找主要动作的决定性瞬间。在影片的某个场景中，一个角色作出一系列行动、事件，并具有相关的细微的关键时刻。这些决定性瞬间可以很好地呈现动作的过程以及影片人物形象、情绪情感和主题立意。剪辑师在观看素材的时候就是要把每个场景或镜头的关键戏剧动作瞬间找出来。

（二）分剪法与增减法

分剪法与增减法是我国剪辑师傅正义多年的剪辑心得。两种剪辑方法的前提都是一个动作用两个镜头拍摄，比如，起立、坐下、握手、穿衣、走路、跑步等。初学电影分镜的导演或摄影师不太明白，为何一个动作需要两个镜头拍摄？这是因为每个镜头都有不同的表达重点，也就是我们在以前讲到的景别的不同功能。例如，一个人站起来说话。这个场景中站起来是动作，一般需要中景才能表现，说话时面部有比较重要的表情，一般需要近景或特写。如果我们用一个景别，如中景拍摄动作是没有问题的，但角色开始说话时，景别明显大了，观众看不清人物说话的神态。所以，我们可以这样拍摄，将站起来的动作拍摄两次，一次是中景，一次是近景，分解法就是上一个镜头保留动作的前半部分，后一个镜头保留动作的后半部分。组合后的镜头观众看起来就是人物的一个完整动作，这样就巧妙地切换了景别。分解法就是两个镜头对半分，是比较常规的剪辑。有一个关键问题就是两个镜头动作在什么地方切换才最合理、最不容易让观众感受到呢？答案是应选择在动作间歇处。我们知道电影的原理是每秒24格的固定照片间歇运动，每张照片有动作的细微差异。以每秒24格间隔放映，加上人眼视觉暂留和观众的完形心理学作用，银幕的动作才在观众的心理建构出来。而且生活中每个动作看起来是流畅的，但它一定会有一些动作转折或短暂顿歇之处。剪辑师找准了这些关键瞬间，并在这里剪辑，就可以通过组接构建出一个流畅的、不间断的、无跳跃感的完整动作，观众更不容易感受到镜头切换。这个技能需要剪辑师有意识地观察生活当中的动作。在剪辑中通过监视器仔细查看每一帧画面，在动作的关键瞬间下剪辑，将动作合理分解。

什么又叫增减法？增减法就是上下两个镜头的长度有增、有减。这时，我们的观察点是黄金分割。黄金分割律在我们的生活中随处可见，那么剪辑的时候，上下两个镜头拍摄同一个动作，可以前一个镜头或后一个镜头保留整个动作的1/3。例如，演员的回头、转身、弯腰等动作都可采用增减法来剪辑。增减法的剪辑相对于分解法要困难一些，关键是上下两个镜头到底哪一个该留长一点儿，这要结合剧情、人物、情绪、节奏来合理取舍。

傅正义总结了增减法的两种情况。其一，以上下两个镜头的景别来定，组接形体动作，"上个镜头的近景、特写应少用，下个镜头的远景、全景可多用"；反之亦然，"但全景、远景镜头多用不等于1/3或2/3"。其二，主要使用一个镜头。例如，拍摄转头可以"上个镜头的尾部动作全部用上或下个镜头的头部动作全部用上"。当然最好是上一个镜头刚开始转就切下一个镜头，主要展现后一个镜头的大部分动作为好。简言之，"分解法是将人物形体动作还原于生活的真实，从而完成戏剧动作的剪辑任务。而增减法既要使人物形体动作符合生活的逻辑，又要体现戏剧动作的艺术真实"。[①]

（三）暗示序列与并列

动作的组接有两种方式，我们可以按照组合和聚合规律来类比。如果一系列动作是按照现实动作的先后次序排列，通过组接表达现实生活中一个完整的动作，那就是序列组合。可以说，剪辑的核心作用就是不同动作细节镜头的序列组合。镜头序列指的是通过串联、展示一系列事件和动作，来实现某种表达手法或传递

---

① 傅正义．实用影视剪辑技巧[M]．北京：中国电影出版社，2006．

情感的技巧。它能让观众在短时间内快速获取关键信息、营造气氛和引起思考，同时也有助于将电影融为一体。例如，以下为戛纳获奖短片《黑洞》的开场动作序列。

镜头1：近景，主人公叹一口气，准备打印。

镜头2：特写，按打印机按钮。

镜头3：近景，主人公发现打印机出故障，往左看。

镜头4：特写，频繁用力按打印机按钮。

镜头5：全景，展现室内环境。

镜头6：特写，主人公生气，踢了打印机一脚。

镜头7：中景，主人公看向打印机出口。

镜头8：特写，黑洞打印出来。

以上镜头将主人公无意识中打印出神奇黑洞的动作交代得十分清晰。按日常生活的逻辑，主人公打印动作形成序列，并用几个特写镜头交代情绪细节。主人公操作打印机的动作分解以及与主题相关的关键动作也十分明了，因而观众会有一种真实、逼真的感觉。

并列则是指两个或多个相互独立的事件或镜头多次呈现，上文提到的平行叙事也大致属于并列范畴。这种剪辑手法被广泛应用于叙述故事、描绘人物形象和营造视觉效果等方面，在剧情推进的同时又能给观众留出足够的想象空间。如果说序列突出时间顺序的话，那并列更多的是遵循逻辑顺序。例如，电影《巴顿将军》用一系列镜头表现巴顿将军登台演讲时的姿态、身份、荣誉等。

三、对白剪辑

对白是电影角色之间通过交流口头言语来展示人物性格、情感和内心世界的一种方式。精彩的对白能够让观众更深刻地理解故事情节和人物关系，并为电影作品带来个性化的魅力。具体来说，在电影剧本的撰写和制作过程中，对白可以分为情感和信息两大类。情感对白通常用于描述人物的内心感受和情绪状态，展现角色之间的亲密关系或冲突；信息对白则用于传递电影的基本情节信息和人物关系，展现故事的逻辑框架和发展趋势。针对对白剪辑主要有两种组接方法，即同位法和串位法。

（一）同位法

同位法，亦称平剪，主要有三种情况。第一种，演员 A 说话后，镜头保留一定时间，再切演员 B，镜头等一段时间，演员 B 再说话。这样做可以使两人谈话显得相对较为舒缓，一般适合矛盾不紧张的场景。第二种，第一个镜头，演员 A 刚说完话，立即切到第二个镜头，演员 B 反应表情展示一段时间后再开始说话。这样做的目的是突出演员 B，主要给观众展示人物的反应。第三种，即第一个镜头演员 A 刚说完话，立即切到镜头演员 B 说话，没有留时间给演员 B 反应的时间，这样的剪辑一般适合紧张的对话场景，如辩论或争吵。这样可以加快节奏，营造对话的氛围与人物情绪。同位法中画面和声音虽然有出现时间的早晚，但主要还是画面和声音同步，一般这样剪辑比较单调，可以进一步丰富画面与声音的表达效果。

（二）串位法

串位法，亦称串剪，主要有以下两种形式：第一种，上一个镜头演员说话的画面先切，但说话的声音保留，当切到演员 B 画面时，我们听到的却是演员 A 的声音。简言之，上一个镜头的声音拖到下一个镜头。这样，在这个剪辑中，我们将演员 A 的声音和演员 B 的反应同时呈现给观众，观众得到的信息就更加丰富。两人的对话就不是彼此截然分开的，可以最大限度地保证场景的合一性。第二种，上一个镜头，演员 A 说完了，声音切到第二个镜头演员 B 的声音，但还是给观众看演员 A 的画面。简言之，下一个镜头的声音拖到上一个镜头，这样做无疑把更多的表现空间留给了演员 A。剪辑师需要结合剧情确定使用哪一种方式。总之，串位法比较自由，形式新颖，可以使人物对话更加生动、活泼、连贯。

四、镜头组接

镜头组接是将不同角度、不同内容的镜头以某种方式组合在一起，使它们联系紧密、无缝衔接，以最佳的表现形式向观众呈现其想要传达的主题和情感。镜头组接可以通过对画面与声音及其交互方式进行精密控制，来调整故事状态、加强视觉效果和引导观众关注焦点。大卫·波德维尔认为电影镜头组接要注意镜头之间的图形关系、节奏关系、空间关系和时间关系。

（一）一般规律

第一，镜头的组接要考虑观众的心理和电影表现的规律，镜头组接需要考虑观众对画面的理解和心理预期。影片应该尽可能地保持连贯性，不要给人突然跳跃的感觉，而且应当在这种连贯中适当把握剧情节拍和气氛，避免出现断裂感。还应该根据电影表现规律来掌握剪辑手法。这包括了如何选取关键镜头，如何使用特效和过渡效果，以及如何处理音频和音乐等方面。这些剪辑技巧均为专业视觉语言的基础，从而达到形成良好剧情跳转和增强叙事性的目的。

第二，景别的变化要有一定规律。景别循序渐进可以使观众逐步适应镜头的变化，从而更加自然地接受事件和情节发展。这种渐变过程不仅可以帮助观众更好地理解故事，还能增强沉浸感和参与感。而过于突兀或频繁的景别切换则会导致观众的注意力被分散，难以完全理解情节。按景别的变化主要有以下几种：其一，前进式句型，景别由大到小，观众情绪越来越紧张；其二，后退式句型，景别由小到大，情绪从紧张向舒缓发展；其三，环形句型，景别由小到大，再回到小，或景别由大到小，再回到大，循环往复的发展情形。这种情况比较符合人们对事物的认识规律，即远看、近看再离去，观众的情绪也由开始时的漫不经心，随着景别的推进逐渐感兴趣，进而情绪紧张，高潮过后，情绪消退。当然，这些只是一个大概的变化规律，不可作为僵化的教条。

第三，动接动、静接静。动静既指画面中人物的运动，也指摄影机的运动。例如，上一个镜头最后一帧与下一个镜头的第一帧，画面人物都在运动，即为动接动；反之，为静接静。这样可以最大限度地保留演员动作的一致性，观众感受不到镜头切换的跳跃感。而实际情况是我们经常要动静之间互相衔接，如果上一个镜头最后一帧，人物是不动的，下一个镜头的第一帧人物在运动，这样就有点儿跳，接不上。我们只有在第二个镜头保留人物由静止到运动的过程，动作才能够很好地衔接，反之亦然。

第四，镜头组接要考虑合适的时间长度。每个镜头的时间长度在影片制作中都非常重要。这个时间长度的确定需要根据许多因素进行综合考虑，包括故事叙述和情感表达的需求、节奏和节拍的掌握、视觉效果等。首先要根据场景需要和剧情发展，来确定镜头所需时间长短。其次是要根据观众的接受能力来决定，比如，动画片如果预测观众是儿童，则需要考虑儿童心理与接受能力。再次还要考虑画面景别、构图、光线等因素，例如，景别大，人物小，时间要留得长一点儿，画面比较复杂要留长一些，画面比较暗也需要留长。最后是片子的风格与导演特殊的处理。镜头要留多长涉及诸多因素，需要对各种因素进行全盘考虑和平衡，每个镜头的时间长度决定得当才能准确把握剧情节奏，并产生最佳的视听效果，从而提高观众对影片内容的理解和认知。

第五，镜头组接的影调、色调的统一。影调是指画面明暗过度的层次和等级。为了表达主题的需要，每一个场景都应该有一个适合主题需要的调子。高调、低调、中间调有不同情绪色彩。在剪辑过程中将多个场景的明暗度保持一致，可让观众更自然地接受内容，从而达到影片整体视觉效果的统一。色调一般指整个画面某种颜色或者色彩组合所呈现出来的效果。简单来说，色调可以理解为整个画面给人感觉和氛围上的统一，与电影的题材、情感、表达方式等紧密相关。作为剪辑师要特别注意一个场景内所有镜头的调子统一。实际拍摄中很多初学者使用多机拍摄，每个机位的曝光、白平衡也不统一，这时剪辑师需要进行调光、调色等后期处理。

(二) 一般方法

实际拍摄中，剪辑师一定会遇到各种各样意想不到的问题。剪辑是三度创作，需要充分发挥剪辑师的主观能动性。傅正义通过自己的多年剪辑经验，总结出了三种剪辑方法，即分剪、挖剪、拼剪，以弥补前期拍摄的不足或失误，达到流畅叙事、表达主题和艺术创作的目的。

第一，分剪。就是"将一个镜头分成两个镜头或两个以上的镜头使用"[①]。实际拍摄的一个镜头在后期剪辑中经常会分成几个镜头和别的场景的镜头平行剪辑、交叉剪辑，可以强化观众视觉体验，突出戏剧性、增强节奏感。剪辑师周新霞对分剪也有自己独到的体会，作为电影《箱子》的剪辑师，当拿到素材，她发现导演前期基本每个场景都采用长镜头的拍法，不利于表达影片的主题以及风格。在她的建议下，每个场景将原来的长镜头切碎，大量使用短镜头跳切，"硬是把长镜头拍摄的素材剪成了可看性极强的商业电影风格"[②]，这才成就我们今天看到的风格独特的电影作品。

第二，挖剪。这是一个形象的比方，就是将一个完整镜头中的动作在运动中的某一些冗长、多余的部分挖去。这种剪辑方法，动作节奏可以更加鲜明。如果是固定镜头和对象不运动的画面，挖剪相对比较简单，但是运动镜头或镜头中有物体运动时，动作挖剪以后，很可能产生跳跃性和不连续的感觉。如何挖剪以后尽可能使剩下的两个部分组接淡化跳接的感觉，这是剪辑师要重点考虑的问题，离不开长期的剪辑实践。动态构图的镜头挖剪有相当的难度，一般只有弥补前期拍摄失误或特殊情况才使用。

第三，拼剪。当剪辑师遇到镜头不够长时，可以采用拼剪。拼剪就是将一个镜头重复拼接，最终成为一个完整的镜头。人物动作在拼剪时有可能出现动作重复、不连续、不流畅的情况，剪辑师要结合实际情况，具体问题具体分析。不仅是要达到足够长度，更要保证拼剪后的镜头是具有连续的、完整的动作。如果镜头固定或人物没有运动，位置相对固定，拼剪在数字电影剪辑中很容易通过定格来实现。

此外，从内在原理来说，镜头组接还有多种方式，诸如，内容剪辑、动作剪辑、视角剪辑、匹配剪辑、概念剪辑、零点剪辑等。镜头组接能够让观众更加自然地

---

① 傅正义.实用影视剪辑技巧[M].北京：中国电影出版社，2006.
② 周新霞.魅力·剪辑——影视剪辑思维与技巧[M].北京：中国广播电视出版社，2011.

接受故事情节，享受连贯、流畅的视觉体验，可以更好地实现视觉和听觉上的衔接，提高影片质量。镜头组接需要在电影制作过程中根据情节需要，正确运用各种技巧组合镜头，使故事更加生动、有趣，视听上更具冲击力和感染性。

五、电影转场

（一）无技巧转场

无技巧转场本质是将两个镜头素材直接联结起来，使画面从一个场景直接切换到另一个场景，消除了画面过渡的时间，呈现出更为自然和原始的电影效果。应用无技巧转场手法，有利于提高剧情紧凑度和观众体验的真实感，使故事更加流畅和逼真。此外，在极短的时间内完成镜头连接，还有助于增强元素间的关联性、增强节奏感和突出视觉冲击力，调节情感状态并引导思考。常见的无技巧转场有出画入画转场、特写转场、动作转场、空镜头转场、挡黑镜头转场和声音转场等，以下做简要分析：

第一，出画入画转场，即上一个场景利用人物出场，当人物走出画框，本身就构成一个悬疑，他到哪里去了？下个场景人物入场，即对上一个镜头疑问的回答，这样一问一答之间，巧妙地转换了地点。一般按观众的观影规律，右边出画左边入画居多，暗示地点转变。如果右边出画又从右边入画，则往往预示了地点没有变化，如主人公在画外兜了一圈又回来了。实际操作中还可上下出入画，如卧倒可以下面出画，抬头可以下面入画。

第二，特写转场。这是比较常见的一种转场方式，因为特写镜头空间表现比较弱，所以可以利用把它放在一个新场景的开头，以减弱观众对场景直接改变的跳跃感，达到在不知不觉中转换场景的目的。例如，上一个场景在教室，下一个场景在宿舍，如果我们直接切入宿舍全景的话，很明显，观众一眼就看到场景变了，有点儿突兀。如果我们先接一个宿舍的台灯的特写，再接宿舍全景，能在一定程度上起到缓和视觉跳跃性的作用。

第三，动作转场。这个转场即利用上下两个场景动作的相似性将两个场景联系起来，达到转场的目的。如电影《阿甘正传》中的上一个场景，中年阿甘在公园的长椅上述说着自己的故事，镜头推进阿甘痛苦的面部动作，接下一个小时候的阿甘，镜头从痛苦的阿甘面部拉出，观众才发现场景已经变成了少年的阿甘在医院接受治疗。这个转场是比较巧妙的，既转了地点也转了时间。上下两个场景靠相同或相似的动作转场。

第四，空镜头转场。空镜头是指没有主要人物的镜头，一般是交代环境、渲染气氛。通过空镜头可以实现两个场景的过渡效果，从而达到让观众产生某种情感共鸣或者引导观众进入另一个故事情境的目的。空镜头转场一般需要场景差别巨大或暗示隔了很长时间或地点隔得比较远。空镜头转场主要展示接下来人物活动的环境，为下一个场景剧情做氛围铺垫。

第五，挡黑镜头转场。这类转场需要演员向摄影机走去，一直到用自己的身体把摄影机镜头完全挡黑，下一个场景演员从镜头完全挡黑开始往前运动，镜头逐渐明亮起来。看得出来，挡黑镜头就是利用演员的运动，模拟淡入、淡出的摄影机视觉效果。由于演员朝摄影机走去给观众强烈的视觉冲击力，也会让观众感觉到摄影机的存在，因此过于戏剧化。挡黑镜头转场一般使用在喜剧类的电影中，因为喜剧类电影假定性较强，而写实类的电影此类转场一般少见。当然还有一种，人物不是跑向摄影机，上一个场景最后一个镜头用摄影机跟摇被摄主体，人物运动到被前景某一物体遮挡，通过前景完全将镜头挡黑，转下一个镜头由完全挡黑运动到逐渐变明亮时，这时场景已改变。

第六，声音转场。这种转场一般比较常见，主要是巧妙地使用人物对话的台词来转场。例如，上个场景主人公突然想起来说"我的车呢"，下个场景，一辆车正行驶在路上。这就是靠声音将两个场景衔接，可以是同一辆车，也可以是不同的车，无论哪种情况，声音和画面之间都有一定联系，从而达到场景转换自然的目的。

严格地说，这些转场技巧，应该是导演在前期分镜、中期拍摄时就要考虑的。当然，如果前期考虑失当，后期也可以修正。这些只是剪辑中常用的转场技巧。

我们知道，一部电影由镜头、场景、段落、幕等构成，电影一般由三幕构成，即开端、中段、结尾。巧妙地转场有利于增加场景与场景之间的内在联系，从而让电影场景彼此勾连、浑然一体，以增加电影作品的整体性和统一性。但是，不管使用何种转场技巧，都需要做到自然、真实、合理、有效。

（二）有技巧转场

如果说无技巧转场是看不见剪辑的转场，那么有技巧转场就是看得见的剪辑。有技巧转场就是利用观众能够用视觉分辨的特技手段来完成场面之间的转换，一般包括淡入淡出、叠化、翻页、定格、多画面分割等技巧。例如，淡入淡出，上一个场景逐渐淡出，下一个场景逐渐淡入，观众能够感受到有明显的间隔作用。一般抒情味浓郁的艺术电影和淡化情节的艺术电影，习惯使用淡入淡出转场。闪白特效是在视觉上给观众以刺激，可用于上下两个镜头接不上或暗示人物快速回忆，以表现人物特殊的心理。划像和翻转一个是二维画面切换，一个是三维画面切换，早期电影经常使用，现代电影一般使用不多。定格，通过保持镜头静止来呈现一种画面冻结的效果，让观众更容易关注其中的细节，也可展示人物特殊状态或情绪，为电影增加戏剧性和悬疑感。叠化是将两个镜头画面融合在一起，一般有较强的表意作用。多画面分割，可以产生不同空间同时在一个画面呈现，从而造成并列、对比等艺术效果。有技巧转场在现代电影制作中一般不再频繁使用，但偶尔个别导演在某些影片中又重新拾起来，也会给观众带来一些新奇感。

六、剪辑实践

剪辑是剪辑师与导演的共同创作，流畅叙事只是基本的要求。电影剪辑不仅仅是对技术方面的考虑，更关键的是，一个优秀的电影剪辑师的工作重点是实现导演的意图，剪辑要剪出戏剧性、剪出情绪、剪出节奏、剪出艺术性。

（一）剪出戏剧性

故事短片与故事片一样，以讲故事为最终目标，讲一个好故事离不开戏剧性的冲突，作为剪辑师要随时考虑每场戏的剧情设计，尽量通过改变场景顺序、切换速度、音效和音乐等方式来表达故事情节、展现人物形象、传递人物情感，从而让观众深入参与到故事之中。在剪辑中，结合故事的特点、题材和风格，剪辑出戏剧性效果。最重要的是，剪辑师需要深入理解导演和编剧心中想要表达的东西，从而设计出一种最合适的剪辑方案，让观众对故事和角色产生共鸣。

（二）剪出情绪

剪辑可以通过镜头组接、场景切换、音乐音效等方式来塑造人物情绪，营造情感氛围，进而影响观众的感受。例如，使用快速的剪辑、快速的切换镜头会让观众感到紧张或激动，从而激发情感。也可在不同人物情节之间穿插开放片段，或是使用场景及人物反复出现的方式进行交叉剪辑，使得观众明白情节线索，更加投入剧情，还可以利用有歌曲或主题音乐，或恰当地运用音效，以一个合适的节奏和优美的旋律来增强观众的情感体验。为了让观众对人物情绪有感觉，一般在人物有情绪的时候要适当留出足够的时间，也可以使用环境进行烘托，正如国学大师王国维所言，"一切景语皆情语"。[①] 优秀的电影都善于使用环境烘托人物情绪，如费穆的电影《小城之春》中，女主角周玉纹一次次登上废弃的城墙，城墙荒草萧瑟，暗示主人公内心失衡的情绪，极大地渲染了女主人公"发乎情，止乎礼"的浓郁哀怨和惆怅情绪。结尾，戴礼言与周玉纹夫妻俩城墙送别远去的章志沉，调子偏暖，暗示人物关系的再平衡，一切尽在不言中。

（三）剪出节奏

剪辑是将不同素材结合在一起，形成一个完整的故事或场景。节奏感是指影片的剪辑、节奏和音乐等各个方面呈现出来的特征。对于一个好的影视作品来说，节奏感是非常重要的，可以使情节更具戏剧性和张力。节奏是艺术的生命，剪辑师要时刻关注电影的节奏，剪辑出节奏感强烈的画面。通过剪辑不同长度的镜头，可以产生快速、慢动作、停顿等效果，进而营造影片紧凑、紧张、舒缓等氛围。快速地进行剪辑和镜头切换可产生紧凑、动态的感觉，增强固有动作的戏剧性。

[①] 王国维. 人间词话译注 [M]. 施议对, 译. 上海：上海古籍出版社，2016.

画面与音乐的紧密结合，也使特定元素产生动态相互作用，从而创造出一种引人入胜的观感体验。

（四）剪出艺术性

剪辑是一门技术也是一门艺术，需要创造力和想象力，以及对叙事和故事结构的深入理解。影片剪辑可以融合不同的元素与技巧，可以从摄影、美术、音乐和文学等艺术形式中获得灵感，自然地转化为自己的创作。剪辑师需要不断地实践和深入学习，只有坚持、探究、自我创新，才能够形成富有个性的风格，增强影片的文化内涵和诗意。剪辑师在剪辑中经常会遇到困难，诸如，动作接不上、情绪不连贯、时空不统一、色彩不衔接乃至镜头缺失等。作为导演和剪辑师，不要被困难吓倒，实践经验一再证明，很多优秀的创意都是在解决拍摄或剪辑困难时才产生灵感的。

纪录片导演伊文思在拍摄纪录片《风的故事》秦始皇兵马俑一场时也遇到了巨大困难。由于种种原因，当时的景区管理部门只给他10分钟的拍摄时间，10分钟根本拍摄不了需要的镜头，也不符合电影拍摄的规律，但是片子还是需要拍摄，如何解决呢？伊文思的纪录片详细记录了创意的产生过程。他发现博物馆外边有卖兵马俑的复制品，于是开开心心地购买了一些拍了几个镜头。复制品毕竟不是原件，最后他想到了让真人来扮演兵马俑，这就是我们在片子里看到的动态兵马俑表演的震撼场面。困难往往难不倒优秀的导演，或者说困难反而成了优秀导演新颖构思的催化剂。

同样，伊朗导演阿巴斯在拍摄《特写》一片中，电影结尾处真导演和假导演的相逢，萨布吉安乘着马卡马巴夫的摩托车，两人在摩托车上谈话，阿巴斯意识到他们说的话没有一句适合这部电影，而且"留下两人之间未经编辑的对话可能会使这部电影转向一个新方向"[1]。这确实是比较严重的问题，毕竟按原计划这是电影的结局部分。为使之合理，阿巴斯破天荒地使用了后期声音的二次处理，让

---

[1] 阿巴斯·基阿鲁斯达米.樱桃的滋味：阿巴斯谈电影[M].btr，译.北京：中信出版社，2017.

观众听不出二人的谈话内容。导演假定了录音机失灵的故障，这就是我们今天看到的声音断断续续的最终效果。

　　实践中，优秀的构思原来很多源自创作中的困难，这很有意思。作为剪辑师，在创作中少不了会遇到这样或那样的困难。多数人把片子质量归咎于创作中的困难，而优秀的导演则会"利用困难"。困难是电影灵感之源，如果我们想办法解决，将有可能冒出新奇的创意，化腐朽为神奇。

第十四讲　跳切：看得见的刺点

跳切，又叫跳接，或跳剪，指镜头之间的突然切换，通过消除画面连续性直接让两个镜头相接，使得观众感到视觉上的瞬间变化。其内在原理刚好和流畅剪辑相悖，它直观的印象就像"拉洋片"，画面跳跃、不流畅，观众能够明显感受到镜头的切换，这就是看得见的剪辑。跳切强调某一关键点或者突出过程的变化，具有较强的表现力和冲击力。电影史上，如果说格里菲斯是电影法则的建构者，那么戈达尔则是电影法则的破坏者。跳切是现代电影打破经典叙事规则的尝试，已广泛运用在现代电影的剪辑之中，其地位越来越凸显。本讲我们将探索跳切的几个深层问题。

一、规则与打破

（一）格里菲斯规则

自格里菲斯开始，电影寻找到一个让观众沉浸于故事的方法，即流畅剪辑或连续性剪辑。在电影拍摄中，导演和摄影师、剪辑师严格遵守180°规则、30°规则（20%原则），镜头组合考虑景别交叉、视线匹配、方向匹配等。180°规则，即轴线规则，轴线本是摄影时虚拟的一条线，可以是方向轴线、运动轴线或关系轴线。当摄影师拍摄和剪辑师剪辑严格遵守180°规则时，在主镜头和分切镜头里向观众交代清楚人物的环境位置。摄影机一般不会轻易越轴，因为不合理的越轴会让观众感受到方向和位置的混乱，不利于观众对剧情的理解。同样，30°规则即上下两个镜头拍摄的位置差异最好超过30°，或画面内容差异最好超过20%的不同，否则两个镜头的流畅性会被破坏，极易产生跳切的感觉。至于景别交叉，即要保证上下两个镜头动作的流畅组接，需要剪辑时尽量避免同一对象、同一景别相接。匹配原则会考虑主镜头与分切镜头中每个演员的视线高低是否互相匹配等。所有的这些规则无不给观众建构一种流畅叙事的环境，通过三镜头法、正反打拍摄、零度剪辑，从而缝合观众视线，目的就是让观众看不见剪辑。这一规则自格里菲斯开始，逐渐成为常规电影叙事的标准，后来逐渐演变成好莱坞经典叙事法则。

（二）戈达尔跳切

戈达尔是法国新浪潮运动的代表人物，是"新浪潮运动中影响力最大、生涯变化最大，也是最特立独行的怪杰"[1]。他的电影作品具有浓郁的反传统、反商业的政治倾向和思想性，以快速而跳跃的剪辑手法著称。戈达尔以一人之力断代了电影史。比较有意思的是，资料显示，戈达尔的电影《精疲力尽》是被迫需要剪到90分钟，加上胶片存储、磨损，所以，被迫忽视常规流畅组接的一般惯例。美国作家苏珊·桑塔格也说，"当时戈达尔因为经济困难，只能租用四天剪接室来剪接他的影片，为了加快工作速度，他不得不比较草率地剪接镜头，造成了许多互不衔接的跳跃"[2]。我们姑且不论戈达尔的跳切是有意为之还是无心偶得，但客观来说，戈达尔在拍摄这部电影时确实遇到了资金、场地、经验等方面的困难。戈达尔谈到这部电影的动机时曾说，他"只想用传统故事拍一个完全不同的东西，并传达发掘新电影技术的经验"[3]。就戈达尔一贯的革新精神，跳切实践不太可能，只是镜头接不上硬接而成。无论怎样，我们今天看其成名作《精疲力尽》使用的跳切是一大亮点，其中震撼世界的"12刀"，主人公米歇尔看中了美国姑娘帕特里夏，在约会中，帕特里夏对他似乎不感兴趣，导演连续组接了12个帕特里夏的近景，机位方向景别基本不变，只是背景发生了一些改变。按格里菲斯的剪辑法则，这样组接是绝对不可以的，因为它让观众"看见了剪辑"，明显让观众"出戏"。但戈达尔通过在同一对象的连续跳切，剪去枯燥冗长的行车路程，从而加快了叙事节奏，同时也表现了女主人公无聊、厌倦的心情，强化了米歇尔内心情绪和情感体验。这种技巧使得剧情节奏更加紧凑、直接，引人入胜，给观众留下更多思考和联想的空间，强化了电影的表现力和思想性。

---

[1] 焦雄屏. 法国电影新浪潮 [M]. 北京：商务印书馆，2019.
[2] 胡会平. 图像和政治中的戈达尔 [J]. 创作评谭，2009（1）：33-37.
[3] 焦雄屏. 法国电影新浪潮 [M]. 北京：商务印书馆，2019.

二、定义之辩

什么是跳切？为何现代电影要故意打破长期以来流畅叙事的法则？为何导演要让观众看见电影剪辑呢？我们先来听听电影剪辑师沃尔特·默奇的说法。他从事电影剪辑 50 年，参与的经典影片如《英国病人》《现代启示录》《人鬼情未了》《教父 III》等让观众印象深刻。凭借《英国病人》一片，他获得了第 69 届奥斯卡最佳电影剪辑、最佳音效两项大奖。

（一）沃尔特·默奇的说法

在著作《眨眼之间》中，默奇阐述了一些有关电影剪辑方面的经验。他说："一个理想的镜头切换需要同时满足以下六个条件：忠实于彼时、彼地的情感状态；推进故事；发生在节奏有趣的"正确"时刻；照顾到观众的视线在银幕画面上关注焦点的位置；尊重电影画面的二维平面特性，即三维空间通过摄影转换成二维后的语法（比如，180°轴线）；尊重画面所表现实际空间的三维连贯性（人物在空间中的位置和与其他人物的相对关系）。按重要性排列如下：情感（51%）、故事（23%）、节奏（10%）、视线（7%）、二维特性（5%）、三维连贯性（4%）。"[①]

客观而言，这一观点确实有点儿出人意料。长期以来，一般人在电影剪辑时比较看重视线匹配、轴线规则以及连续性法则。在默奇的眼中，这些恰恰是不太重要的，三者相加仅占比 16%，就是我们经常被视为"艺术创作的生命"的节奏，在他眼中也仅仅占比 10%。默奇认为电影剪辑最重要的是表现情感，"排在第一位的情感是需要不惜一切代价维护的。如果不得不牺牲某一条原则，那么先选择最下面的几条"。[②] 情感和故事占比达 83%，可见剪辑的核心情感、情绪以及故事的表达何等重要。默奇的这种剪辑理念与戈达尔的跳切实践可以相互印证，表明了现代电影理念的更新。

[①] 沃尔特·默奇. 眨眼之间——电影剪辑的奥秘 [M]. 夏彤, 译. 北京：北京联合出版公司，2012.

[②] 同①

（二）何谓跳切

丹尼艾尔·阿里洪说，"跳切是银幕上非常显眼的切"，并指出"这种手法一般是让画面上或多或少的静止的拍摄对象出现在共同视轴上的一系列镜头之中"[1]。美国斯坦利·梭罗门认为，跳切"指前后两个镜头中的动作明显地隔了一段时间""是指在摄影机位置不变的情况下省略了两个镜头之间的某种东西"[2]。博格斯和皮特里在他们的《看电影的艺术》一书中从两个方面来定义跳切，即"删掉连续镜头中无意义或不重要的部分"以及"两个在动作衔接和情节连续性都不匹配的镜头之间令人困惑的连接"[3]。电影理论家卡雷尔·赖兹则认为，跳切"在不改变拍摄方位的情况下，把原来是连续性动作的两个非连续性部分结合起来。此外，为了要造成小小的预警，他会很突兀地从一个场面转接到另一个场面，而不考虑它们之间的流畅性"[4]。波德维尔认为，跳切"打破了时间、空间和图形的连贯"，是"两个镜头内的主体相同，而摄影机距离及角度相差不大，当两个镜头连在一起时，在银幕上便会明显地跳一下"[5]。《电影剪辑：电影人和影迷必须了解的大师剪辑技巧》一书中对跳切所下的定义是："由于镜头十分类似，一个剪切中的人物或对象显现跳跃。从技术上讲，这是因为这两个镜头的摄影机角度相距小于30°。"[6]

国内电影学者、剪辑师又是如何定义跳切的呢？在傅正义看来，跳切属于无画面附加技巧，是"切"的一种。"它可以不顾及一般切换时所要遵循的时空和动作的连续性，而是以动作的跳跃式组接来凸显、强调某些内容，从而省略时空

---

[1] 丹尼艾尔·阿里洪.电影语言的语法[M].陈国铎，黎锡，译.北京：北京联合出版公司，2013.
[2] 斯坦利·梭罗门.电影的观念[M].齐宇，齐宙，译.北京：中国电影出版社，1983.
[3] 约瑟夫·M.博格斯，丹尼斯·W.皮特里.看电影的艺术[M].郭侃俊，张菁，译.北京：北京大学出版社，2010.
[4] 胡会平.图像和政治中的戈达尔[J].创作评谭，2009（1）：33-37.
[5] 大卫·波德维尔，克里斯汀·汤普森.电影艺术：形式与风格[M].曾伟祯，译.北京：北京联合出版公司，2015.
[6] 盖尔·钱德勒.电影剪辑[M].徐晶晶，译.北京：人民邮电出版社，2013.

过程。"① 在许南明主编的《电影艺术词典》中也基本沿用了傅正义的说法，跳切是"切"的一种，但又强调"跳切常常以观众欣赏心理的能动性和连贯性为依据，并非毫无逻辑地随意性组接"。② 显然，这一定义也来自傅正义的说法，也把"跳切"主要看成"无技巧剪辑"。定义跳切时侧重在于"切"，即不使用特效的直接组接。周新霞对"跳切"有比较深入的研究，其著作《魅力剪辑——影视剪辑思维与技巧》是国内目前对跳切技法的特点、功能研究比较透彻的文献。她对跳切的解释是"抽离某些不必要的动作、省略部分电影时空，使其更能突出某些必要内容和情绪。由于这种方式是'切'的一种，属于无技巧剪辑手法，又以较大幅度的跳跃性组接为主，所以电影工作者称它为'跳切'。"③ 电影学者焦雄屏也说，"跳接，拍摄的镜位及镜头尺寸大致相同，却在中间断开，使观众在时空连接上感到突兀"。④

结合国内外学者、理论家、剪辑师的观点，跳切的实质在于"跳"，不在于"切"。虽然跳切是"切"的一种，属于一种无技巧剪辑方式，但其本质是跳跃性。但是，两个镜头组接打破流畅叙事、连续性或零度剪辑法则的可能性有很多种，都是跳切吗？这个问题值得我们进一步深入讨论。比如，有研究者将两极镜头组接视为跳切的类型之一。确实，两极镜头组接，如特写直接接到远景，观众也能感受到镜头切换，但是否属于跳接，还需要更合理的解释。同样，打破流畅叙事的方式还有很多，诸如，打破180°轴线，打破镜头方向、位置的匹配关系。另外，上下两个镜头场景明显不同，如闪前、闪回，观众也能够看见镜头切换，还有动态构图与静态构图之间的动静转换，以及两个场景之间色调、影调不统一的组接。此外，还有剪辑中出现操作失误，如"夹帧"，也有跳跃的感觉。这些是否属于跳切值得进一步探究。

综上所述，能够引起剪辑跳跃性的方式有很多，但哪一种称为跳切？结合国内外学者对这一个问题的研究，我们可以确定跳切和省略相类似，但跳切不等于

---

① 傅正义. 影视剪辑编辑艺术 [M]. 北京：中国传媒大学出版社，2003.
② 许南明. 电影艺术词典 [M]. 北京：中国电影出版社，2005.
③ 周新霞. 魅力剪辑——影视剪辑思维与技巧 [M]. 北京：中国广播电视出版社，2011.
④ 焦雄屏. 法国电影新浪潮 [M]. 北京：商务印书馆，2019.

省略，焦雄屏在其著作《法国电影新浪潮》中明确区别了跳切和省略。例如，《精疲力尽》中米歇尔被警察追赶发现，一声枪响，接着一个镜头警察倒地，下一个镜头米歇尔已经奔跑在田野上。这几个镜头主要在于对情节的省略，动作跳跃性较大，但焦雄屏把它和跳切没有归类在一起。与省略相对的还有重复，即一个动作分切成若干机位，在组接上让观众明显看出每个镜头动作的重复。例如，拍摄一次摔碗，三个镜头组接，让观众觉得摔了三次碗。很明显这与省略一样，一般很少有学者视为跳切。另外，两极镜头组接只考虑到了景别的差异，不太符合跳切的定义，应该予以排除。此外，还有插入镜头。例如，在正常叙事动作中插入字幕卡、漫画、新闻片段或隐喻性镜头等，同样是打破流畅叙事，画面组接也有一定跳跃性，但与我们所说的跳切还是有本质的区别。跳切实质是同景别、同一对象、两个镜头间的角度基本不变。正如有剪辑师直接将一段完整的素材挖剪一部分再组接即可实现跳切的效果。确实在实践中我们看到戈达尔的情况也属于这一类型，狭义的跳切是针对一段完整素材的处理后形成的。所以，按照这一理念，我们可以将跳切分成两种类型。其一，同一景别、同一主体、共同视轴或角度相差不大，即30°原则的两个镜头组接，这是跳切的主要类型。就单个镜头后期处理而言，主要针对固定镜头的挖剪而形成跳切。其二，同一主体的运动镜头挖剪而形成的跳切，如一个推镜头或拉镜头，我们挖掘中间的一段或两段，然后直接连在一起，这时也可形成明显的跳切效果，但景别有差异。我们可以视为同一主体，同一视角，不同景别的跳切。

以上我们结合剪辑的实践，对跳切产生的主要条件进行了阐述，这些是剪辑师常用手段，跳切经常是对同一个镜头的挖剪而成，但不可否认的是，不是同一镜头的挖剪也可形成跳切，如不同对象、相似角度、景别相差不大也可形成跳切。从广义来说，不同主体，但景别相同或相似的组接，也有较大的跳跃性，可以视为广义的跳切。但不论如何，跳切需满足以上定义。相对而言，我们认为波德维尔、周新霞以及焦雄屏的定义更抓住了跳切的本质。当然，跳切的概念是具有"时效性"的，电影技术不断发展，观众对影像的认知力也在相应发展。所以，跳切的内涵与外延可能会随着时间的流逝而发生一些改变。

文学评论家罗兰·巴特对于如何理解照片提出一个很有意思的概念，即刺点。"照片上的刺点是一种偶然的东西，正是照片上这种偶然的东西刺了我。有时会有个'细节'吸引我……这个"细节"就是刺点（刺我的东西）。"[①] 刺点通常是事物的细节或局部，能激发观众联想，引起观者情感共鸣。我们可以将这一观点运用到对电影影像的读解中。跳切就是有意给观众一个视觉的"刺点"，以引导观众思考镜头组接背后的深意。

三、功能与意义

跳切作为现代电影主流剪辑手段，与现代、后现代的时代背景、文艺取向、价值意念有着千丝万缕的联系。特别是后现代主义高举反传统大旗，对旧有的价值体系解构与批判，消解中心、秩序、权威，坚持文化多元性。跳切的功能和价值可以从塑造人物、讲好故事、表情达意、渲染主题、营造节奏等方面来探讨。

（一）渲染情绪，营造紧张氛围

电影以讲故事为宗旨，人物是故事的主体，要想让观众对人物了解、认同，情绪和情感表达就十分重要。情绪是指个体在特定环境和情境下，因生理上的变化及其所处环境所带来的刺激而引起的主观体验和心理反应。它涉及生理、认知、主观体验和行为等多个层面，并具有复杂性和多样性。常见的情绪包括愉快、悲伤、愤怒、惊恐等，不同的情绪体验可能会对人们的思维、决策和行为产生影响。在电影中，人物情感和情绪的塑造需要展示出真实、自然的感觉和情境，以便观众能够与之产生共鸣和情感互通。

跳切是电影剪辑的手段。例如，上文分析的在电影《精疲力尽》中米歇尔向帕特丽夏示爱被拒，米歇尔对女友大加赞美。导演连续使用帕特丽夏头部特写镜头跳切，暗示姑娘心不在焉，表现了米歇尔对女友无聊、厌倦的心情。电影《罗拉快跑》中男朋友曼尼打电话向罗拉求救，务必20分钟之内筹齐10万马克，因为他搞丢了黑老大的钱。男朋友自觉筹钱无望，打算抢劫旁边的银行。罗拉急切

[①] 罗兰·巴尔特.明室——摄影札记[M].赵克非,译.北京：中国人民大学出版社,2011.

地思考，找人帮忙，导演跳切了一组镜头——罗拉冥思苦想的镜头，自言自语"谁？谁？谁"。此外，影片还综合使用运动镜头、省略、交叉剪辑，很多镜头动荡、摇晃，非连续性地跳切，有力地凸显了人物紧张、慌乱的情绪氛围。电影《鸟》中莉迪亚发现父亲被群鸟袭击后的恐怖景象，三次跳切父亲的惨状，明显是莉迪亚的主观体验和心理状态，放大了她的惊恐与震惊。王家卫的电影《花样年华》中苏丽珍去见周慕云时，为表现苏丽珍的心情，镜头跳切了苏丽珍快速地来回走上楼梯、走下楼梯的动作，不仅表现时间的流逝，更表现了女主人公内心焦急、担心的心理状态。

另外，周新霞在很多电影、电视剧剪辑中，有效地使用了跳切，突出人物特殊的情绪以及紧张心理。例如，电视剧《潜伏》第一集的开场，于则成开门，进来之人突然倒下，气氛异常紧张，周新霞跳切了好几个余则成转身、拔枪、猛然拉开门的动作，突出了人物的紧张情绪和现场的惊悚氛围，给观众身临其境的感觉。凭借此剧，周新霞一举获得第27届中国电视剧飞天奖优秀剪辑奖。

这些影视剧的跳切都是对人物特殊心理的视觉体现，模拟人物紧张、焦虑、迷茫混乱的内心状态。这类跳切有一个共同的特点，即镜头之间往往呈现并列关系，这时，电影叙事是基本中断的，跳切的目的主要在于对人物情绪和情感的表现。

（二）省略冗余，加快叙事节奏

电影是省略的艺术，跳切的动机就是对实拍中冗长动作的省略。通过跳切，对镜头拍摄内容的选择、顺序和组合，实现对观众视觉和情感的引导，加快叙事节奏，增强观影体验。具体来说，通过增加画面的频率和镜头的转换，跳切可以使场景以更快的节奏展开，推动情节的发展，从而提高电影的戏剧效果。特别是对于节奏较慢或过分冗长的场景，跳切可以帮助加强紧张感和吸引力，让人们更关注故事的发展。同时，电影跳切也需要根据不同情节和角色的需求，采取不同的手法，使电影节奏变化多样，更符合叙事逻辑和观众的需求。例如，电影《精疲力尽》开场，米歇尔成功偷车后逃到乡村，边开车边哼歌，导演使用了同机位、同景别的一组镜头跳接，观众可以看出场景转换，动作不衔接，明显加快了叙事节奏。剪辑者认为，"关于电影连贯性的传统概念不过是一种错觉，对场景意义的表达来说，至多只起辅助的作用"。他说："你们既然承认这都是假的，我就借此将它摒弃，而代之用这种比较粗糙却比较直接的方法来表现动作。"[①]电影《辛德勒的名单》奥斯卡·辛德勒面试新秘书的几个场景，导演始终让辛德勒位于画左位置偶尔改变不同姿态，摄影机同一机位拍摄，随着镜头跳切，观众看到了画右面试的秘书不断换人，既表现时间的流逝，又压缩、加快了叙事的节奏。此外，电影《爱乐之城》的女主角在不同地方试镜的跳切都是加快叙事、营造节奏的典范。

四、媒介考古

媒介考古学作为近年来媒介研究的新方法，旨在回溯技术发展的源头，通过对旧媒介、废弃的技术等进行挖掘和解构，重构媒介变革的历史脉络和潜在的规律。我们对于跳切技术的媒介考古将有助于我们进一步探究跳切的过去以及未来。

1895年，卢米埃尔的电影放映标志着电影的诞生，自此，电影走向纪实的发展方向。乔治·梅里爱作为剧场魔术表演师，将戏剧一套法则引入电影。一次偶然的拍摄"事故"，让他在无意识当中发现了停机再拍的秘密。仿佛掉在牛顿头上的苹果一样，通过仔细研究，梅里爱开始在实践中有意识地使用这一电影魔法。《贵妇失踪》一片中通过停机再拍，把贵妇人变成一具骷髅，这一手法被波德维尔看作跳切的雏形。《月球旅行记》中梅里爱再次使用停机再拍表现太空船在月球眼睛着陆的画面。一般电影史学家认为梅里爱只是依赖于静态的戏剧场景而不擅长剪辑，以今天的眼光来看，停机再拍符合剪辑的基本思维，而且带有同机位、同景别的跳切原始雏形。自此，电影走上了另外一条道路，即电影的技术路线。其实，卢米埃尔和梅里爱是殊途同归的，其理念被美国电影研究者汤姆·冈宁称为"吸引力电影"。他认为，"这种观念一直主宰着1906年或1907年之前

[①] 卡雷尔·赖兹，盖文·米勒.电影剪辑技巧[M].郭建中，黄海，译.北京：中国电影出版社，2008.

的电影。尽管它与自格里菲斯以来醉心于叙事探索的电影不同，但并不必然与之相对立"。[1]

英国布莱顿学派实验了简单的蒙太奇组接，拍出了带有现实主义倾向的电影短片。例如，乔治·阿尔伯特·史密斯《玛丽·珍妮的灾难》短片一直在远景、中近景之间来回切换，利用景别表达不同的画面重点。片中依然使用停机再拍，玛丽·珍妮操作失误引发爆炸，一阵烟雾过后，玛丽·珍妮在厨房里消失。又如，詹姆斯·威廉姆森的《大吞噬》比较有意思，短片呈现三个镜头片段，起先男子逐渐愤怒地靠近摄影机，用嘴挡黑镜头，接着切入黑背景，摄影机和摄影师均被黑暗吸进去，再切入黑屏，男子逐渐后退显出场景，观众看到男子大口咀嚼着。按现在的眼光来看，这无疑属于挡黑镜头转场，组接多个画面叙事的思维十分清晰。

20世纪初期，法国先锋派艺术家开始探索电影的创新可能性。他们通过颠覆常规的叙事结构、镜头运动、抽象形式和剪接技巧等，推动电影艺术的发展。先锋派电影家主要有费尔南·莱谢尔、雷内·克莱尔、谢尔曼·杜拉克、路易斯·布努埃尔等人。这些电影通常极具实验性，注重表达思想和情感。他们不仅打破了传统电影的制作方法，也扩展了观众对电影的认知方式和心理体验，并为未来的电影制作提供了许多新的创新元素和灵感。跳切手法也被运用于超现实主义电影中，如在《一条安达鲁狗》中通过非理性的、带有跳跃性的超现实画面，表现人的梦境和潜意识。

电影导演维尔托夫以"电影眼"为基础提出了"间歇理论"。间歇包括时间、空间和音乐上的一种能将影片片段分开的因素，并强调"电影眼睛使用一切可以使用的蒙太奇手段，对比和连接宇宙中的各种视点，它可以按任何时序，必要的话，也可以打破电影结构的各种法则和惯例"。[2] 在法国电影理论家雅克·奥蒙看来，"间歇所意味的毋宁说是一种创造出差异的潜能，然而这种潜能不但出现在

---

[1] 汤姆·冈宁，范倍. 吸引力电影：早期电影及其观众与先锋派 [J]. 电影艺术，2009（2）：61-65.

[2] 单万里. 纪录电影文献 [M]. 北京：中国广播电视出版社，2001.

一前一后的镜头之间——即一种思维上、感知上的跳接感——它甚至还能以一种纯属形式的状态存在"。[①] 维尔托夫所谓的间隔不仅看到了镜头之间的差异,也意识到了异中有同。在《持摄影机的人》中,导演赋予摄影机以人的主体性,展现了生机勃勃的城市生活状态。片中大量使用高速摄影、升格、降格、逐格动画等摄影手法,以及多画面分割、快速剪辑、倒放、定格、二次曝光剪辑特效。镜头组接以及某种形式的跳切成为维尔托夫实现拍摄理念的重要手段。

蒙太奇学派的电影制作注重对剪辑的运用和表现,他们不再看重单个镜头,而是重视镜头相接产生的全新含义,通过对不同场景和画面的有机组合来达到表达情感和思想的目的。它强调通过电影剪辑,对现实进行重新组合和呈现的方式,普多夫金《母亲》,爱森斯坦《战舰波将金号》《十月》等作品成为蒙太奇学派的经典,这些作品也都对跳切进行了探索。

1954年,特吕弗在《电影手册》上发文开启了新浪潮对法国"老爸电影"的重新审视。从1958年到1968年的十年间,包括戈达尔、特吕弗、阿仑·雷乃等人在内,致力于挑战传统的电影制作模式,推崇电影的个性化和实验性探索,使用非传统的时空结构、音乐剪辑和解构性的镜头语言,运用急促的切换和非连续的故事叙述方式去探索人物情感和生活状态,跳切也终于正式登上电影舞台。特吕弗的《四百击》、阿仑·雷乃的《广岛之恋》等影片中多见跳切运用的痕迹。其中以戈达尔为代表,以电影语言的破坏者、革新者的姿态出现,备受瞩目。特吕弗不无夸赞地说,"电影已划分成戈达尔之前的电影和戈达尔之后的电影"。[②]

自戈达尔大幅度使用跳切,刻意打破经典好莱坞流畅叙事法则以来,越来越多的导演加入跳切的电影创作之中。1967年,《邦妮和克莱德》开启了美国新好莱坞电影,其创作理念和拍摄方法被认为是电影中的革命性作品,激发了后来导演对于类似风格的电影的追求。1969年,电影《逍遥骑士》摇晃的手持镜头、快速的剪辑,人物充满叛逆和悲剧,展现出强烈的时代性和反叛精神。好莱坞电影

[①] 雅克·奥蒙.电影导演的电影理论[M].蔡文晟,译.湖北:武汉大学出版社,20191.
[②] 大卫·波德维尔,克里斯汀·汤普森.世界电影史[M].范倍,译.北京:北京大学出版社,2014.

公司也开始聘请一些新锐的导演和编剧来创作电影，旨在打破传统电影创作的束缚，采取更加自由、个性化和现实主义的表达方式。

在丹麦，导演拉斯·冯·提尔"道格玛95"宣言倡导回归电影的本质，剥离各种虚华与摆设，通过简洁、实在和真实的表现手法去探索人类的情感和行为。电影《黑暗中的舞者》通过冷酷、锐利的剪辑手法和快节奏的配乐，呈现出一种具有强烈张力和震撼力的视听效果，成功地将观众拉入到了角色矛盾纷争的内心世界中来。在德国，1998年，电影《罗拉快跑》以非线性的故事结构呈现，讲述了19岁女孩罗拉在20分钟内完成了一系列任务的故事。动画、MTV甚至默片风格视觉效果非常夺人眼球，充满动感和活力，呈现出一种非常奇妙的叙事风格。随处可见的跳切成为影片最大的亮点，营造了紧张、动荡、刺激的氛围。透过电影所呈现出的多重结局，观众不仅感受到了时间和空间的扭转，还感受到了人类自身在选择面前的无限可能性。

在我国，特别是第六代导演也深受电影新浪潮的影响，具有独特视角和创新精神，形成了一种独立的表达方式，出现了一系列有意使用跳切的电影作品。例如，宁浩《疯狂的石头》，章明《巫山云雨》，娄烨《春风沉醉的夜晚》《推拿》，曹保平《光荣的愤怒》《烈日灼心》《狗十三》等电影继承了戈达尔的跳切手法。徐克的一系列武侠电影以及王家卫《花样年华》《春光乍泄》等影片也纷纷进行跳切实践。他们更加注重镜头运动、画面节奏和视觉冲击力，并多采用跳切、碎片化剪辑等非线性手法来表达电影内容。在剪辑中寻求创新和突破，展示了强烈的个性和对电影语言的深刻理解。

综上所述，跳切虽然很早就有了雏形，但在现代电影中成为主要的表达手段，真正为人们所熟悉和接受的还是法国电影新浪潮的戈达尔。跳切的剪辑技法虽然不是戈达尔发明的，但他是第一个有意识地大幅度使用的，不仅是对传统以及好莱坞经典叙事法则的反叛，而且把它上升到艺术和美学层面。跳切是电影导演叙事表意的工具。

（三）特殊表意引发观众思考

电影剪辑在表达故事的同时也可以通过特殊的手法跳切来表现一些深层含义，甚至引发观众对生命、社会等更广泛问题的思考。通过在艺术形式上作改变来诠释电影的深层内涵，跳切不仅可以成为电影故事表达的工具，还可以引领观众对生活、人性、情感等问题的深入思考。例如，电影《非常嫌疑犯》成员前往纽约执行抢劫计划，飞机飞行降落，也伴随音效的三次跳切暗示大事即将发生。马力克的电影《生命之树》则是跳切了人物非逻辑情节风格化幻觉，表现人物特殊的心理状态，营造了独特的美学风格。短片《黑洞》最后跳切三个镜头引发思考，贪婪者自作自受，将自己关进了保险柜。三个跳切镜头组接，观众的视线三次后退，观众只听到人物在保险柜里的敲击求救声，三次跳切越来越远离观众，仿佛三次鼓点敲击了观众的内心，暗示人性贪婪、自作自受，充满了人生的思考。

总之，现代电影广泛使用跳切，目的就是让观众明显感受到镜头的存在，在视觉上给观众以刺激。以此加快叙事节奏，营造悬念奇观，引发观众电影感，从而塑造人物形象，明确影片主题思想、画外之意。通过以上跳切案例的分析，很大一部分使用了音乐音效，这就不难理解，跳切为何在MTV、MV、广告视频中出现比重较高。MTV中以音乐元素为主导，画面一般不起叙事的作用。所以，镜头跳切能够大幅度地压缩时间与空间，表达人物情绪、营造视觉节奏，以眼花缭乱的画面刺激观众。此外，还有一个很重要的原因是现代观众的审美疲劳。电影观众的审美视觉随历史技术的发展而发展，电影观众越来越对以前的电影技法产生视觉疲劳。跳切只是导演有意识地刺激观众的一种手段而已，其实现代电影还有一系列手段给观众以视觉冲击，以最大限度地吸引观众观看。

五、电影剪辑趋势

跳切是现代电影的常用方法，我们可以从跳切的思维中走出来，推而广之，考察现代电影剪辑的发展趋势。大卫·波德维尔在著作《好莱坞的叙事之道》对现代电影故事和风格进行了分析，并提出了现代电影加强叙事连续性的四个维度，即"快速剪辑、镜头焦距的两极、依赖近景和特写以及摄影机的运动"[1]。我们可以结合现代电影的最新发展,对电影剪辑趋势进行合理的前瞻。

(一)镜头越短剪辑率越高

现代电影制作中,镜头长度和剪辑率的确呈上升趋势。由于观众的快节奏生活方式和对电影质量的要求不断提高,因此很多电影导演开始选择通过短镜头和高剪辑率的手法来打造更具吸引力和观赏性的电影作品。资料显示,经典好莱坞时期的电影一般有300~700个镜头,镜头平均长度8~11秒。到20世纪末,常规电影已经有了3000~4000个镜头,镜头平均长度加快到3~6秒。一部电影镜头个数不断增加,镜头越来越短,剪辑率越来越高,成为现代电影的主流发展趋势。究其原因主要在于短镜头的手法可以让电影场景更为简洁明快,能够将景物、人物当下的情绪、氛围以及动态进行聚焦,并使观众更好地投入其中。例如,中国武侠电影的打斗场面,经常使用快剪手法,动作眼花缭乱和慢动作特写,聚焦新奇视觉体验。电影《十面埋伏》中水袖舞仙人指路一段,动作行云流水,静如处子,动如脱兔。多个快、慢镜头剪辑形成紧凑流畅而有冲击感的场面,更加直接而有力地呈现舞蹈的视觉效果。高剪辑率不仅能够把握瞬间变化的情绪和节奏,而且在需要持续保持观众视觉、听觉、心理紧张状态的情况下,高剪辑率的加持,也能帮助导演更好地表达其创作意图,提高电影艺术价值和市场竞争力。

(二)焦距走极端,两极镜头组接

首先,镜头焦距越来越走向极端。在1910年,常规电影镜头是50mm标准焦距。20世纪三四十年代,《公民凯恩》广角镜头、大景深摄影成为"时尚"。到70年代初,变形宽银幕出现,导演们能够自由地使用广角镜头。同时,多机位流行,长焦镜头能够较好地控制拍摄范围。从60年代开始,导演在一部电影中同时使用两种极端的焦距。例如,《邦妮与克莱德》同时使用9.8~400mm的各种镜头。其次,镜头组接的景别也走向极端,两极镜头组接视角场大开、大合,有利于吸引观众的注意力,让剪辑成为可见。当前,两极镜头组接已广泛使用在故事

---

[1] 大卫·波德维尔.好莱坞的叙事之道[M].谢冰冰,译.北京:世界图书出版公司,2018.

片、纪录片以及短片拍摄制作中。例如，2015年法国纪录片《人类》，全片基本只剩下大特写和航拍的大远景。特写表现人类面临及其所创造的问题和挑战，包括爱、信仰、战争、贫穷、环境破坏等，同时也探讨了各种人在面对这些问题时的态度和反应。大远景则展示人类共同生存的家园。一外一内，探索人类生存的大环境和细微的情感体验，呈现了一个生动的、具有启示意义的人类图像，引起观众广泛的共鸣和思考。

（三）对话场面中景别更近

从20世纪30年代起，好莱坞常见的"美式构图"双人镜头，到了60年代已经被单人镜头、中景或特写取代。随着宽银幕的出现，即使近景、特写也能展示一部分空间，而且景别越近，越能有效激发观众的情绪。现代电影需要不断地刺激观众，否则就可能视觉疲劳。随着4K、8K分辨率的出现，近景和特写镜头的清晰度和细节更加突出。在宽银幕上，较近的单人镜头反而更有它的优越性。留出了一大块可见的银幕空间，远景镜头变得不那么必要了。按大卫·波德维尔的理解，众多的特写提供一种视觉上的强调，而远景镜头一般只是简单给一个场景"加标点"而已。

（四）数字打造虚拟长镜头

运动镜头是现代电影制作中常用的技巧，能够增加视觉冲击力和动感，产生更为真实和引人入胜的效果。数字技术可以用来制作虚拟长镜头，这种技术利用计算机和软件将多个镜头拼接成一个连续的场景，从而产生单独的、一气呵成的运动长镜头效果。在电影中，虚拟长镜头可用于表现复杂的视觉效果，让观众感受到身临其境的感觉。一些导演纷纷尝试虚拟出只用一个镜头拍摄一部电影。如希区柯克《夺魂索》、亚历山大·索科洛夫《俄罗斯方舟》、亚利桑德罗·冈萨雷斯·伊纳里多《鸟人》、萨姆·门德斯《1917》等，对电影的表现方式进行了有益的探索。

综上所述，现代电影有以下两个明显的发展趋势：一是镜头越来越短，碎镜头拼贴，跳跃性以吸引观众；二是镜头越来越长，尝试一个镜头拍摄一部电影。

这也是现代电影的两个极端。为何一定要走极端，根本原因还是观众的观影经验与时代特征，这与马克思主义文学评论家本雅明现代性理中的"震惊"可以相互印证。随着时代的发展和观众对电影视觉语言的要求不断增加，现代电影善于运用各种创新的剪辑手法来打造更具有艺术品位和观赏性的电影作品。

现代电影剪辑趋势是多样化和个性化的。一方面，现代电影剪辑规则被打破，越来越多地采用跳跃式、快镜头、慢镜头等特殊表现方式，旨在吸引喜欢冒险的年轻人等群体，以适应现代社会快节奏、碎片化的生活体验。另一方面，电影剪辑也在向简洁明快和自然流畅发展。随着科技水平的提高，未来电影可能会涌现更多沉浸感强、视觉效果佳的电影作品。现代电影剪辑更注重情感共鸣和视觉创新，将继续发扬光大其多元化和个性化的特点，为观众呈现更具魅力、思想深刻的视觉盛宴。

梦是大脑的屏保，现代电影更像是梦，突出碎片化、随意性、情绪与风格。短片的目的绝不是讲一个故事就可以了，关键是讲述什么样的故事，如何讲述这个故事，是否能够给观众以刺激，从而凸显人物情绪、情感，表达导演特殊意图以及短片的深刻创意。就目前而言，跳切是现代电影的常见手段，但流畅剪辑的法则也没有因此完全被抛弃。这只是电影创作的风格取向问题。我们既要遵循流畅叙事法则，讲好故事，又要引用现代剪辑手法，给观众以更加丰富的视觉语言，从而保证影片叙事、抒情、表意的传达。

剪辑就像厨师做菜，如果食材新鲜、名贵，只需要简单烹饪即可成为美食，如果食材普通、不新鲜乃至有些异味，就需要下重口味调料，使其"化腐朽为神奇"。正如与导演斯科塞斯长期合作的剪辑师塞尔玛·斯昆梅克所讲的那样，流畅剪辑与跳切这两种剪辑策略对电影来说都是必不可少的。"有时候，一个场景应该流畅，但很多时候，为了让观众震惊、兴奋，或者人为拖延一个时刻，为了营造紧张感，剪辑应该要看得见。"

第十五讲　后期：第三度创作

后期是电影创作的最后一个环节，也是十分重要的环节。因为无论剧本写作如何周密、中期拍摄如何严谨，都是短片创作的中间环节。观众既看不到文学剧本，也看不到拍摄现场，观众能看到的只是后期制作出的影像。所以，用剪辑师的话来说，"电影即剪接"，电影最终只能靠剪辑师的剪接才能在银幕上呈现出来。简言之，前两次创作只是电影的半成品，后期也被称为电影的第三度创作。众所周知，电影故事表面是呈现在银幕上，但其实剧情是发生在观众的大脑里。观众是具有能动性的，剪辑就是和观众的一场对话，甚至是博弈。优秀的剪辑师在镜头组接、转场处理、节奏营造等后期制作阶段，有时要照顾观众的观影习惯，让观众满意，有时要有意识地违背观众心里的想法，让他们感到意外和震惊。剪辑师心中既要装有观众，也要有意识地引导观众。一般而言，后期主要包括剪辑、调色、配乐，以及影片整体字幕包装、宣传推广等环节。本讲，我们将就相关话题予以深入阐述。

一、电影剪辑

剪辑一般分成剧本分析、方案确定、粗剪、精剪以及最终定稿等几个阶段。通过剪辑师的创造力，最终达到将不同素材串联成一个有意味的电影作品。正式电影剪辑之前，剪辑师需要完成两件事。一是研读剧本，吃透剧本故事。二是掌握剪辑基础知识，搭建剪辑平台。

首先，剪辑师要认真研读剧本，读懂剧本主题立意，理出剧本的人物形象、情节走势以及戏剧冲突，明晰剧本设计的情节点，吃透每场戏的剧作功能。在此基础上，建立情节结构走势图。剪辑师的一般做法是将每一场戏做一个简要卡片，粘贴在墙上。这样一眼就知道剧本的整体情况，也方便剪辑师调整出电影场景的最佳顺序。这是剧本情节走势最直观、最形象的展示，很多电影剪辑师都深有体会。一般标准的电影大约有120个场景，如此多的场景，写在一张纸上肯定写不完,也没有办法一眼就看完所有的场景,所以,情节结构走势图展示板或展示墙就成了剪辑师十分有用的再现方式。

其次,剪辑师要确定好适合自己的剪辑软件。目前有很多剪辑软件可供选择,如 Final Cut Pro、Avid Media Composer、Premiere 等。Final Cut Pro 具有直观、易于学习的界面,同时也提供了大量的高级工具和功能,比如,色彩校正、多机位编辑、音频处理和调整等。Avid Media Composer 是一款历史悠久的非线性编辑系统,除基本的剪辑功能外,也提供色彩校正和调整、图像稳定、特效合成等功能,大大提高了后期制作的质量和效率。Premiere 算是后起之秀,操作界面直观、简洁,可以让用户在快速创作的同时实现高质量的视频剪辑和后期制作。三款软件都是国内比较常见的剪辑软件,各有自己的优势和用户群。Avid Media Composer 和 Premiere 拥有更多的插件,但操作相对复杂一些。初学者需要花一定的时间才能够熟练掌握,但是一旦掌握了软件的使用,就可以获得高效率、高质量的视频制作。国内部分剪辑师偏爱 Final Cut Pro,不仅因为软件能够更好地支持摄影机的高清编码 Apple ProRes,而且软件操作比较容易上手,尤其适合电影的剪辑。软件的宗旨是让剪辑师从烦琐的技术操作中解放出来,把主要精力用在镜头组接的艺术上。此外,还有 Edius、Vegas 等更加小型化的剪辑软件,这些软件更容易上手,但常见插件的支持程度要低一些。

Apple ProRes 是由苹果公司推出的一种高质量编解码器,可以将高分辨率视频编码为相对较小的文件大小而基本不损失画面质量和细节。目前,共有多个版本的 Apple ProRes 编解码器可供使用,以应对不同的工作流程、存储需求和后期制作环境。相比其他常见的视频压缩格式,如 H.264、AVC 和 MPEG 等,Apple ProRes 拥有更好的保真度和色彩精度,能够更好地适应后期剪辑、色彩校正和特效处理等高要求的视频后期制作。不同版本的 Apple ProRes 可根据其数据速率和需要的存储容量大小进行选择。其中,ProRes 422 是最广泛使用的版本之一,适合需要快速剪辑和输出的场景;ProRes 4444 XQ 则适用于高端数字电影拍摄,可以保留大于 Rec.709 图像数倍的动态范围,适用于大多数数字摄影机。剪辑师要熟悉这些基础知识以及软件的基本操作和特征,搭建适合实际的剪辑操作平台。

做好了这些基本功,就正式进入剪辑环节,一般的剪辑环节包括整理素材、粗剪、精剪等三个阶段。

(一)整理素材

电影剪辑师在进行剪辑之前,通常需要分场景整理素材,以便更好地管理和利用它们。不同的电影剪辑师可能会有不同的素材整理习惯和方法,但是建立一个清晰、有序的素材库可以提高剪辑效率。良好的整理将有效避免混乱、剪辑软件找不到素材以及素材丢失等问题。剪辑师可以在电脑硬盘中对素材进行初步整理,建立相应文件夹,然后再利用剪辑软件进行详细整理。首先,可将素材按照拍摄当天的日期、场次或拍摄地点来整理,这样可以方便、快速地查找所需素材。将摄制所得到的原始素材进行归类、整理、分组以及建立档案管理,在此基础上筛选出相对优良的镜头。其次,可为每个镜头标注其使用状态,例如,未使用、已使用和待定等,这样可以让剪辑师更清楚地了解可用的素材,并快速找到未使用的素材来尝试不同的创意。再次,可为素材建立详细的索引,包括镜头编号、内容、特点等信息,这样可以快速找到相关素材。在进行整理的时候,优先整理并分类重要的素材,比如,主角的镜头或情节发展至关重要的部分,这样可以使优秀的素材更快地进入创作流程。根据编剧或导演的剧本构思和初步剪辑线索,确定电影剧情主线、旁线、故事重点、细节特写等要素,并盘活所有内容,保证电影的整体性。剪辑师要针对素材进行分析,主要关注镜头、导演风格,确立剪辑方案,是长镜头还是碎镜头组接,是商业还是艺术风格,是流畅叙事还是打破传统,如跳切、两极镜头组接。要注意分析每一场景的镜头类型,如主镜头、定位镜头、过肩镜头、反应镜头、插入镜头、切出镜头等。最后,存储素材时,一定要多进行备份,确保数据安全。可以利用移动硬盘做好备份,或利用网盘进行云备份,以防万一。

(二)粗剪

剪辑师在粗剪阶段,将所有已拍摄的镜头都浏览一遍,了解整体情节走向和素材的数量、质量等信息。在组织好的素材面前,需要根据导演的要求以及自己的审美判断，根据分镜头剧本和场记单对素材进行前期粗剪，筛选出可用的素材。在这个阶段可以先针对每个镜头简单地裁剪和排列，形成较为完整的故事结构大纲，确定每个场景或段落的基本框架。这一阶段，剪辑师不必考虑每一场戏的具体细节，而应该着眼于电影整体的构思，搭好电影的架子，剪辑的重心在于完成每场戏的戏剧内容，如情节、人物、冲突。每一场顺序、剧作功能，做到叙事清晰、流畅，结构注意起承转合。在进行初步的整体结构安排之后，电影剪辑师需要关注影片的总体节奏，确定故事的高潮、低潮和转折点，并适当调整剪辑的节奏和速度，使整部影片更加有层次感和连贯性。一般而言，粗剪工作只是对电影进行初步的组接，可以由剪辑助理来完成。但是，要注意剪辑粗剪阶段不要随意删除剧本的每场戏，因为随意删除可能会带来导演意图表达不充分与叙事架构的缺失。

（三）精剪

精简主要着眼全局，对影片的结构深度思考和再调整，对镜头的选取与剪辑点进行精确修改，一般需要剪辑指导和导演共同完成。首先，要对每个镜头的长短、节奏、情绪等戏剧效果进行微调，主要针对每一场戏的时间控制、叙事流畅、细节进行处理。其次，剪辑师要根据电影故事情节的发展和高潮、低潮的变化，对素材进行一系列微调。这可能包括重组场景顺序、缩短或扩展镜头、削减多余内容以及添加额外的片段等。最后，精剪阶段需要核准和添加音乐和声效素材，并将其与镜头中主人公的情感表现相匹配。此外，剪辑师可以根据每个镜头的需要，添加自然环境音响、噪声等音效来塑造更加真实的场景。在处理配乐上，也要确保音乐良好地反映故事发展和情绪的高低起伏。

在精剪阶段，剪辑师和导演要着重关注故事结构的调整、具体镜头时长的处理，利用节奏展示情绪，使一个场景和整体电影的情绪起伏有致。必要的时候打破原剧本的结构进行场景交叉剪辑，以加快叙事，制造对比。另外，也要对重点镜头进行速度调整，如慢动作展现瞬间魅力，快动作加快节奏，呈现视觉效果。当然，最重要的是确保观众能够理解电影故事。初学剪辑者以及导演对辛苦拍摄的镜头一般不愿意删掉，这是比较容易理解的，但导演或剪辑师要有全局观念，如果加上某些镜头反而信息冗余，节奏拖沓或与整体风格不协调，务必要"忍痛割爱"。叙事简洁、流畅是电影的一般要求，有时需要大幅度地删减素材，当然，还要考虑其他因素。

二、后期调色

调色是电影制作的通用环节，一般主流的剪辑软件都会自带调色功能，也支持常见的调色插件。例如，Adobe Premiere Pro 内置的一个调色面板和插件 Lumetri Color，包含曲线、色轮、HSL 等调整工具，方便用户进行精确的色彩调整，同时还支持 LUTs 导入以及实时预览。Final Cut Pro X 打造的调色插件 Color Finale，提供了最大的自由度和更精细化的调色能力，也支持实时处理和 LUTs 的导入，并在强大的控制面板中提供 RGB、HSB 或者 YCbCr 等控制功能。由 Red Giant 开发的 Magic Bullet Suite 包括多个调色插件，如 Mojo、Looks、Colorista 等丰富多样的颜色效果和工具，并与主流编辑软件兼容。利用插件调色可以不用在剪辑软件和调色软件之间来回转换，可以比较方便地进行调色。当然，更专业的电影调色首推达芬奇调色软件 DaVinci Resolve。达芬奇调色软件是一款功能强大并且易于使用的视频后期制作软件，是行业内的佼佼者，深受广大电影制作人员的欢迎。新版本包含了更为先进的调色工具和剪辑、特效、音频处理、渲染输出等功能，支持导出多种格式的视频文件，在影视制作中被广泛应用。是用 DaVinci Resolve 全套解决方案，还是将达芬奇调色功能与其他剪辑软件搭配使用，主要看剪辑的实际情况和个人的使用习惯。

为了获得最佳的调色效果，在正式调色之前需要进行调色间的搭建。调色间需要使用专业的显示器，以确保能够准确、可靠地判断颜色和亮度。推荐具有较高的分辨率和广色域覆盖率的 4K HDR 显示器，搭配达芬奇调色台可以更加方便地进行调色操作。调色前对显示器进行清洁和物理校准是非常必要的，市面的校色仪有 Datacolor（德塔）和 X-Rite（爱色丽）等品牌可供选择，如 Datacolor 旗下的红蜘蛛（Spyder）校色仪使用范围较广。调色间房间的大小应根据实际需要来决定，最好不要过小或者过大。注意调色间应该能够把室内光线完全控制在一个相对恒定的水平上，需要加装厚窗帘和遮光布以便随时控制室内光线的亮度。墙壁一般刷 18% 中性灰，用 6500K 的光线照明。如果调色间里需要设置客户讨论区，灯光可以暖色调 3200K，但注意光线不要干扰电脑屏幕或投影，以免影响调色师的判断。调色间也应该装备高品质的音响系统，用于准备还原声音和音乐素材，同时对墙壁做声学处理，以尽量减少混响声。

如影片拍摄考虑到后期进行调色，则需要在拍摄前对摄影机参数进行必要的设置。Rec.709 和 LOG 是电影制作中用于描述颜色空间和曝光动态范围的两种模式。Rec.709 是一个标准化的颜色空间，通常用于广播、电视和一些数字摄影机中。它定义了一组色彩坐标和亮度值，以确保不同设备上观看视频时的颜色和亮度准确无误。因此，它适用于对于成本较低以及简单后期处理的项目，尤其是那些需要速成的内容。Rec.709 模式拍摄的镜头是我们常见的正常色彩的镜头，比较直观，所见即所得，但镜头的宽容度、品质会有所降低。

与之相反的是 Log 模式，即"对数"模式。在 Log 模式下，具有更高的动态范围。这意味着摄影机可以在拍摄过程中捕捉到更大的亮度差异。换言之，摄影机能够记录到更广的场景细节，因此，可以获得比 Rec.709 更真实和更自然的图像。主要品牌的摄影机都带有 Log 模式，例如，索尼 S-Log、佳能 C-Log、松下 V-Log 以及 RED 数字电影公司开发的 REDLog 等。这些 Log 模式根据其设计的摄影机制造商和型号而有所不同，每个模式都针对相应的摄影机进行了特定的优化和调整。所以，为了获得较大宽容度和动态范围，一般建议使用 Log 模式。此种模式拍摄的素材表现上看都比较灰、比较平，在后期制作中，则会使用特定的调色技术和软件，将其转换为具有标准颜色空间的 Rec.709 格式输出，再进行调色。接下来就正式进入调色阶段，以 DaVinci Resolve 为例，电影调色主要包括两个阶段，即一级调色和二级调色。

（一）一级调色

一级调色是最基本和最初步的调色，主要目标是校准原始素材的色彩和对图像进行基本处理，包括调整曝光、对比度、色温等参数。调色师要注意观看示波器，对原始素材中曝光过度、曝光不足、白平衡不准的镜头进行调整。通过这个过程，可以大致确定电影的整体视觉效果，并使其呈现出预设的风格和调子。不同的制作团队需要根据项目需求，对颜色、亮度、饱和度、对比度、反差、伽马进行标准化的调整，以确保所有镜头的表现都符合整个项目的理念和故事风格。一级调色是电影制作和后期制作中非常重要的一环，通过对原始图像的校准和调整，为影片后续的调色和特效制作奠定了基础。

一级调色需要用到色轮、RGB 混合器、曲线等多种工具，主要目标是校准图像色彩和亮度，以便正确地映射图像，并为其他高级调色工具铺平道路。使用色轮面板或者色阶面板增加或减少镜头的曝光值，使图像亮度符合场景需求。调整色温和色彩补偿，以消除颜色偏差，让白色还原正确。增强或减少图像的对比度，以便更好地区分不同颜色和明暗区域。调整饱和度、亮度等参数，增强或削弱特定颜色的强度。去除视频中的噪点，通过改善边缘清晰度，提高图像细节。调色师要学会观看示波器，一般示波器有四种，即分量图、波形图、矢量图和直方图。其中分量图逐行显示图像的红、绿、蓝信号信息，并将其按照亮度值的高低排序显示，帮助用户检查和校准图像的颜色饱和度、色彩平衡和过曝等问题。它能更直观地反映视频画面的色彩信息，从而帮助用户更快速地分析和调整颜色。波形图显示图像中 RGB（或 YUV）的亮度值范围，并结合时间轴显示每一时刻图像的亮度情况。借助波形图，可以识别出图像中存在的黑点、白点以及不正确的曝光等问题，并帮助用户进行必要的图像校正。矢量图是根据二维色彩坐标系对颜色进行分析并显示。它可以帮助用户确定不同颜色的饱和度和亮度之间的关系，特别适用于对肤色的调整。直方图也可显示图像像素与亮度范围，便于精确控制曝光，功能与波形图相类似。一般，视频调色观看波形图会比较方便，当然还是要看个人使用习惯。

(二) 二级调色

在整个后期制作过程中，这个阶段相对更高级，是在一级调色基础上进行的进阶调整，主要目的是在保持一级调色的基础上，对图像进行进一步的优化和升华，以达到更高品质的视觉效果，例如，对人物肤色、天空的调色。也可利用遮罩对局部颜色进行处理，如场景色调匹配以及导演特殊的风格化处理。根据剧情、场景、氛围等要素进行个性化调整，营造出各种不同的情感和表现手法。对某些特定镜头或场景进行局部修复和特效处理，例如，去噪、氛围增强。通过 LUT 和其他颜色工具，调整图像的颜色饱和度、色调和曝光等参数，使之更加统一和自然。对画面进行微小的细节调整，例如，微调画面的对比度和锐度，使之更加锐利和清晰。以此加强和优化影片的整体视觉效果，以确保影片在视觉上表现出最高品质和表现力。通过对图像的详细、精细的调整和优化，使其在自然、真实的基础上更加饱满，具有观赏性和美感，并使它更好地适应不同的输出格式、媒介和设备。

三、电影配乐

音乐可以帮助观众更好地理解和感受影片的故事情节和氛围。初学剪辑者一般对电影音乐与普通的音乐不太分得清楚。普通的轻音乐不考虑画面，音乐元素需要呈现 100% 的信息，而电影音乐在一个场景中一般只呈现部分信息，和画面搭配才呈现整个场景的全部信息。换言之，轻音乐可以单独欣赏，电影音乐则离不开声画的搭配。电影音乐一般可以分为主题音乐、场景音乐和背景音乐三种类型。

（一）主题音乐

主题音乐通常具有独特的旋律、鲜明的情感色彩、高度的代表性和浓郁的艺术感染力。它能够提供音乐元素上的统一，保证影像的连贯性和电影的完整性。同时，也在对比和协调中与画面互为补充，相互映衬，形成更加丰富多彩的艺术效果。主题音乐可以把观众带到特定的故事氛围以及人物情绪、情感之中，可表达人物情感，也可烘托气氛。一般在电影中要多次重复出现，强化观众印象。例如，电影《花样年华》的主题音乐以简约、清新的旋律营造出了一种极具诗意和柔美的意境，很好地诠释了周慕云和苏丽珍之间的暧昧情愫，令人沉迷其中、回味再三。主题音乐也可针对男、女主人公有不同的变调，例如，《卧虎藏龙》巴乌吹奏起玉娇龙的主题音乐，旋律秀媚，暗示她外表与内心的冲突。主题音乐一般会在电影的很多地方使用不同乐器演奏，能够表现作品的情感和内涵，成为整部作品的象征和标志。它不仅能够触动人们的心弦，增强作品的感染力，更是承载着导演和音乐人对影片风格主题的阐释和演绎。

（二）场景音乐

场景音乐是针对某一个场景而创作的音乐。它能够为观众创造出真实的感官体验，将观众带入不同的氛围和情境中，与画面相得益彰地营造出一种扣人心弦的艺术效果。场景音乐可以通过不同的旋律、节奏、音色、音量等元素来表现不同的情感、意境和氛围，例如，优美的钢琴曲适用于浪漫、温柔的场景，悠扬的小提琴适用于轻松、欢快的场景，而具有悬疑感的场景则可以使用低沉的声音和各种神秘感十足的乐器（古筝、大提琴等）。电影《卧虎藏龙》中玉娇龙盗走青冥剑，俞秀莲及时赶到堵截，两人施展绝技，飞檐走壁，打斗十分激烈。"鼓声的敲击速度和力度与画面融为一体"[①]，配乐的节奏也越来越快。这个场景音乐既具有中国民族风格，又体现了听觉与视觉的紧密交融。又如，电影《海上钢琴师》钢琴技艺大比拼片段的场景音乐，两位钢琴手通过演奏曲子，进行酣畅淋漓的对决，展现出了钢琴技艺的高超和演奏的激情。再如，电影《小武》中小武去看望生病的歌女胡梅梅那一场戏，两人在床上坐着，胡梅梅对小武的举动有些感动，她唱起了平日里喜欢的歌曲，当唱到"我的天空为何挂满湿的泪……任寂寞侵犯一遍一遍"。胡梅梅哽咽了，一个歌女、一个小偷儿混混，在简陋的床上，互诉衷肠。小武和胡梅梅始终保持着距离，但此刻他们的心灵牢牢地拴在一起。不一样的遭遇，相同的命运，使他们惺惺相惜，他们似乎在此刻找到了共同的语言。

（三）背景音乐

背景音乐是一种用于衬托、补充或调节场景气氛的音乐，通常不像主题音乐和场景音乐那样有较为鲜明的旋律和刻意的艺术效果，而更多的是轻柔、悠闲、抒情等类型，主要标示环境、场景特征，既强调场合的真实性，又可以表现人物

[①] 狄其安.电影中的音乐[M].上海：上海音乐出版社，2008.

情绪。电影《辛德勒的名单》在电影音乐的使用方面也十分经典。以小提琴为主题的三首乐曲表达出了电影中老板辛德勒对犹太人苦难的深刻感受和内心挣扎，同时也展现出了他的悲痛、忏悔和决心。音乐既呈现出对集中营遇难者的追思，也展现出电影中的人物从苦难走向希望的过程。

　　此外，电影音乐还可以分为画内音乐和画外音乐。画内音乐的音源来自屏幕的画面之中，可以帮助观众提高对电影故事情节和情感内涵的理解和体验，并在深度上追求真实。画外音乐的音源来自屏幕的画面之外，与电影情节之间没有必然联系，常常有比较强的主观色彩。画内音乐更贴切地将观众置于电影的场景感受中，使他们更好地感知人物的内心世界和故事情节；画外音乐则着重于情感交流和情感共鸣，通过其旋律感染力让观众随之感同身受。有时画内音乐和画外音乐之间可以互相转化、转换。例如，电影《立春》讲述了大龄文艺青年王彩玲挣扎在梦想与现实之间的故事。影片结尾，落魄的她似乎听到歌剧《托斯卡》的美妙歌声，此时为画外音乐。接着画面切入金色大厅，王彩铃一身华丽的衣服，在骄傲地演唱心中的歌剧。音乐由画外转到画内，观众切身感受到主人公内心的愿望和对未来的憧憬。

　　整体而言，电影音乐主要有渲染情绪、烘托叙事、营造氛围等作用。剪辑师要熟悉音乐的类型，要注意学习电影如何使用音乐？要不要给音乐？什么时候给音乐？理念不一样，处理方式也不一样。一旦确定了风格，往往会有最佳的处理办法。音乐可以用于过渡、用于抒情，用于渲染主题。常规做法是：有重要对话，音乐往往不需要压低音量；没有对话时，场景过渡的地方则需要考虑音乐烘托或场景连接。此外，最终剪辑效果可能出现叙事不清的情况，此时，补救措施可以是增加画外音，可以交代背景、叙述事件，勾连场景，也可以表达人物情感，烘托情绪、氛围，还可以旁征博引，发表评论，可以是第一人称也可以是第三人称，但需要恰当、得体与影片整体风格相协调。

四、电影字幕

　　电影字幕是将电影的对话或场景的描述转化为文字，以便在观看电影时向观众传达故事情节和角色台词等信息。电影字幕主要包括片头字幕、片尾字幕以及对话字幕。专业的电影制作对字幕包装都有自己的设计，但初学短片创作者往往容易忽略这点。字幕是影片包装的核心环节，优秀的字幕包装不仅能够体现影片风格，而且可以极大地让观众感受到电影制作的水准与品质。

（一）片头字幕

电影片头字幕不仅可以起到介绍电影基本信息的作用，更重要的是还可以通过设计、排版等来创造出特别的视觉效果，强化电影的主题和氛围，凸显电影的品质与影响力。常见的电影字幕包括影片名称、制片公司及其标志、导演、编剧以及主角等演职人员名单。剪辑师可以利用 After Effects 进行一些复杂的字幕设计。在设计片头字幕时，需要考虑到使用合适的字体和颜色搭配，使得整个片头的风格紧密相连，并与电影内容相契合。另外，还要注意字幕与时间线和音乐的节奏匹配，以营造出更加与众不同的视听效果。片头字幕设计的长短与电影类型、风格、主题及节奏等密切相关。对于某些节奏感强的电影，可能只需要简单、清晰的基本信息，以迅速吸引观众注意力；对于一些以形象展示为主并且较慢节奏的电影，可能会把更多的时间用于呈现艺术设计的视觉效果，使整个电影在形式上产生更明显的特点。

片头字幕中片名的设计尤其关键，出现的位置也有一些讲究，主要有三种方式。其一，开篇推出片名，往往单刀直入，先声夺人。其二，序幕结束后推出，往往会利用具有悬念感的序幕，激发观众的兴趣，引起观众的强烈期待。其三，短片结束后片尾才推出片名。这是一种创新，有点题、升华、画龙点睛的作用。片头的风格样式可以是纯字幕，简洁、醒目，也可字幕加背景，图文混排，有一定的装饰美感。当然，还可以是动画字幕，配合不同书写节奏给观众营造动态字幕的不同感觉。片头字幕设计要注意风格统一，简洁而有品位，也要注意设计风格的独特性与创新意识。电影片头字幕设计风格会随着时代审美潮流的变化而变化，剪辑师既要了解经典的电影片头字幕设计案例，也要贴近时代，把握最新的主流风格，当然更多是设计的创新。

（二）片尾字幕

电影片尾字幕一般会列出电影的主创人员、演员、制作团队以及特别鸣谢名单，同时还会附加上相应的制作公司的标识和版权信息。在选择字体、颜色和背景时也需要考虑到整个片尾字幕的风格和特点。相较片头字幕来说，一般不需要过多的视觉效果，但也可根据实际情况来设置简约或炫酷的样式。电影片尾字幕的持续时间一般为几分钟，并且配合着恰当的音乐，以达到视听上的完美搭配。通过一些创新化的元素设计，可以使电影片尾字幕更加吸引人的眼球。好的片尾字幕加音乐，会让观众一直沉浸在故事氛围之中，意犹未尽，余音绕梁。初学者可以多看看常规的短片或借鉴一般电影的片尾字幕设计。

（三）对话字幕

电影对话字幕是呈现电影人物语言的重要组成部分。设计前要考虑是否中英文，如带英文也要注意翻译是否正确，字体大小和是否加黑边等。对话字幕一般设计感不强，应考虑到其阅读性和美观性。可以选择容易辨认、清晰易读的字体，并使用适当大小的文本及颜色设计。对于电影对话字幕的间距，应尽量避免过于拥挤或过于稀疏。建议将文字之间加上适量的间隔，并控制垂直或水平摆放时的行距和列距，使得整个字幕区域看起来美观、整齐。对话字幕一般平实、美观、得体即可。

字幕制作的方式很多，一般的剪辑软件也自带字幕制作功能或相应的插件，如 Premiere，以前老版本字幕制作相对比较烦琐，对于唱词功能也有限。新版支持语音转字幕，功能大大提高。小型影视制作喜欢选择 Edius 和雷特字幕插件，利用插件提供的大量字幕模板，可以很方便地进行字幕设计和拍唱词。当前，雷特字幕也开发了免费的功能，受限的唱词插件简版可供 Premiere 等一般的剪辑软件选用，基本解决了唱词问题。随着技术的进步，文字转语音、语音转字幕功能的推出，制作字幕的技术门槛大大降低。剪映也是一款目前非常流行的手机视频编辑软件，目前有 iOS、安卓系统和电脑版。它提供了一个易于操作的用户界面，提供了各种各样的字幕模板，让用户可以轻松添加自定义文本和标题。用户可以选择字体、大小、颜色和位置等设置，以及文本语音和字幕之间的转换，从而轻松进行高质量的视频编辑和创意制作，制作出完美的视频内容。

五、短片推广

（一）首映

短片的首映可以向观众第一次展示作品并开始推广。首先，需要选择合适的放映场地，需要确定目标受众并向他们发送邀请，这样做有利于吸引更多人来到现场观看和评价电影。可以通过社交媒体、邮件或直接电话等方式发送邀请函，并与收件人确认是否会到场。可以提供制作精美的门票、海报或宣传资料，以留给观众一份美好的回忆。其次，为了观众更好地理解电影和主题，也可以邀请电影制作团队参与到观众提问及热烈讨论中，产生更多有意义的交流。最后，自己制作的短片虽然不像影院电影那么重要，但同样需要注意版权和隐私问题。可以将首映活动限定在确定的观众范围内，并提醒参加活动的观众不要拍照。

首映之前，还可以有一道程序，即试映。试映一般是内部放映，是为了得到观众的反馈，并根据反馈改进作品，是导演对成片效果的检验。导演和剪辑师在试映时需要注意听取他人的建议，同时注意做好试映现场观众的观察。导演可以在后排观察观众观影的反应，该笑的地方笑了没？该感动的地方感动了没有？观众是否心不在焉？电影节奏是否足够调动观众的兴趣？这里观众为何有嘘声？记住，"狗血的"剧情观众是不会买账的，观众比我们更聪明。在任何情况下都不需要也不可能取悦所有观众，听取实际且用得上的观众的普遍意见，要守住你对片子最深的用意。所有的意见都仅供参考，坚持自己的理念不是固执己见，认真对待别人的意见和坚持自己的主张并不矛盾。

（二）参赛

参赛前需要了解各种赛事规则，注意短片不要侵犯任何人的版权。这意味着保证所有音乐、图片和视频素材都是原创或者已经获得了授权。确保提交的视频文件格式正确，且视觉和听觉效果无损失。同时，了解清楚比赛要求和方法，按要求完成报名和作品提交工作。为了获得好的名次，还需要尽可能地宣传、推广短片，使更多的人能够了解和关注它。

常见的一些国内短片大赛有北京大学生电影节短片展映单元、中国国际新媒体短片节、上海国际电影节亚洲新人奖最佳短片单元、中国青年导演计划短片展映单元、国际大学生微电影盛典、深圳青年影像论坛短片展映单元、"红石榴"杯全国微电影大赛等。国外主要短片电影节有德国柏林国际短片电影节、法国克莱蒙费朗国际短片节、美国洛杉矶国际短片节、加拿大多伦多国际电影节短片单元、日本亚洲短片节以及澳大利亚闪光国际短片节等。不同的电影节可能有着不同的要求和规则，务必仔细阅读比赛相关规定和要求，以便做好准备。也许投稿后便了无音讯，这是正常现象。短片创作是专业与智慧的大比拼，不可能随随便便就能成功。有了梦想需要坚持不懈，不断地付出与努力，成功往往属于永不懈怠之人。

以上，我们就后期制作的几个方面进行了简单的介绍。其实，后期制作包含相当多的技术与艺术知识，单就调色而言就是一门深奥的学问，剪辑师需要熟知色彩学的基础知识，还要认真拉片，观看不同导演的色彩风格以借鉴模仿，从而打造出自己的特色。电影音乐也是一门复杂的学问，电影是视觉的艺术，也是听觉的艺术。其实从电影诞生后不久就一直有声音伴随，即使在无声电影时期也有现场乐队的演奏。电影到了有声时期，声音的地位、作用、表现空间极大提高。优秀的短片，声音的技术与艺术同样重要。如果目前还不能为自己的电影配乐，可以选择没有版权的公版音乐来使用。当然，如果团队有能力，也可积极进行短片音乐创作。后期制作的剪辑、调色等知识在国内很多视频网站有大量的视频可供参考，这是学习后期制作的绝佳资源，也是剪辑爱好者的最佳福音。多看片、多看书、多看视频、听听专业人士的经验，必要的时候参加相应的培训，多体会、多实践，相信自己一定能够成为一名成功的剪辑师。

参考文献

[1] 韩小磊. 电影导演艺术教程 [M]. 北京：中国电影出版社，2010.

[2] 国玉霞. 微电影创作技巧 [M]，北京：清华大学出版社，2015.

[3] 张晓欧. 首映日——世界优秀电影短片赏析 [M]. 上海：上海书店出版社，2012.

[4] 倪学礼. 电视剧剧作人物论 [M]. 北京：中国广播电视出版社，2005.

[5] 汪流. 电影编剧学 [M]. 北京：中国传媒大学出版社，2009.

[6] 刘永泗，刘莘莘. 影视光线创作 [M]. 北京：北京联合出版公司，2015.

[7] 刘永泗，刘建鹏. 影视镜头创作 [M]. 北京：中国友谊出版公司，2019.

[8] 林韬. 电影摄影应用美学 [M]. 北京：中国电影出版社，2009.

[9] 周传基. 电影·电视·广播中的声音 [M]. 北京：中国电影出版社，1991.

[10] 何清，刘大鹏. 电影摄影照明技巧教程 [M]. 北京：北京联合出版公司.2017.

[11] 梁明，李力. 电影色彩学 [M]. 北京：北京大学出版社，2008.

[12] 傅正义. 实用影视剪辑技巧 [M]. 北京：中国电影出版社，2006.

[13] 傅正义. 影视剪辑编辑艺术 [M]. 北京：中国传媒大学出版社，2003.

[14] 焦雄屏. 法国电影新浪潮 [M]. 北京：商务印书馆，2019.

[15] 王竞. 故事片创作六讲 [M]. 四川：四川文艺出版社，2018.

[16] 王竞. 纪录片创作六讲 [M]. 北京：北京联合出版公司，2016.

[17] 周登富. 电影美术：总体造型设计 [M]. 四川：四川美术出版社，2020.

[18] 许南明. 电影艺术词典 [M]. 北京：中国电影出版社，2005.

[19] 周新霞. 魅力剪辑——影视剪辑思维与技巧 [M]. 北京：中国广播电视出版社，2011.

[20] 任金州. 电视摄像 [M]. 北京：中国传媒大学出版社，2011.

[21] 王心语. 影视导演基础 [M]. 北京：北京广播学院出版社，2018.

[22] 姚国强. 影视录音：声音创作与技术制作 [M]. 北京：北京广播学院出版社，2001.

[23] 王建林. 录音技术基础 [M]. 北京：中国广播电视出版社，2011.

[24] 狄其安. 电影中的音乐 [M]. 上海：上海音乐出版社，2008.

[25] 单万里. 纪录电影文献 [M]. 北京：中国广播电视出版社，2001.

[26] 悉德·菲尔德. 电影剧本写作基础 [M]. 钟大丰，鲍玉珩，译. 北京：世界图书出版公司，2012.

[27] 罗伯特·麦基. 故事——材质·结构·风格和银幕剧作的原理 [M]. 周铁东，译. 天津：天津人民出版社，2014.

[28] 彼得·W. 雷，大卫·K. 欧文. 影视短片制作与编导 [M]. 陈强，译. 北京：清华大学出版社，2013.

[29] 迈克尔·拉毕格. 导演创作完全手册 [M]. 唐培林，译. 北京：北京联合出版公司，2016.

[30] 米克·胡尔比什-切里耶尔. 故事片创作完全手册 [M]. 梁明，谭中维，译. 北京：后浪文化发展出版社有限公司，2020.

[31] 迈克尔·拉毕格. 纪录片创作完全手册 [M]. 喻溟，王亚维，译. 四川：四川人民出版社，2019.

[32] 约翰·哈特. 开拍之前：故事板的艺术 [M]. 梁明，宋丽琛，译. 北京：北京联合出版公司，2018.

[33] 史蒂文·卡茨. 电影镜头设计——从构思到银幕 [M]. 井迎兆，王旭锋，译. 北京：北京联合出版公司，2015.

[34] 史蒂文·卡茨. 场面调度：影像的运动 [M]. 陈阳，译. 北京：世界图书出版公司，2011.

[35] 布莱恩·布朗.电影摄影：理论与实践[M].丁亚琼,译.北京：世界图书出版公司,2015.

[36] 丹尼艾尔·阿里洪.电影语言的语法[M].陈国铎,黎锡,译.北京：北京联合出版公司,2013.

[37] 卡雷尔·赖兹,盖文·米勒.电影剪辑技巧[M].郭建中,黄海,译.北京：中国电影出版社出版,2008.

[38] 沃尔特·默奇.眨眼之间——电影剪辑的奥秘[M].夏彤,译.北京：北京联合出版公司,2012.

[39] 大卫·波德维尔,克里斯汀·汤普森.电影艺术：形式与风格[M].曾伟祯,译.北京：北京联合出版公司,2015.

[40] 雅克·奥蒙.电影导演的电影理论[M].蔡文晟,译.湖北：武汉大学出版社,2019.

[41] 路易斯·贾内梯.认识电影[M].焦雄屏,译.北京：北京联合出版公司,2016.

[42] 大卫·波德维尔,克里斯汀·汤普森.世界电影史[M].范倍,译.北京：北京大学出版社,2014.

[43] 大卫·波德维尔.好莱坞的叙事之道[M].谢冰冰,译.北京：世界图书出版公司,2018.

[44] 弗朗索瓦·特吕弗.希区柯克与特吕弗对话录[M].郑克鲁,译.上海：上海人民出版社,2007.

[45] 罗兰·巴尔特.明室——摄影札记[M].赵克非,译.北京：中国人民大学出版社,2011.

后记

行笔至此，本书终于也要"杀青"了，略感幸甚之余，心中还是有些彷徨。短片创作是何等复杂的一门学问，是否能够在一本书里将所有问题讲清楚、讲透彻？实践告诉我们，这几乎是不可能完成的任务，这也是写书人的困惑，明知不可为而为之。纵观目前市面上已经出版的影视制作和短片制作的书籍，难免都有种种遗憾，本书也不例外。如果侧重理论，那实践必然削弱；如果侧重实践，那么理论也会降低分量。如何将理论和实践并重，二者互相协调，既满足短片初学者了解短片创作的基本需求，又不失时机地深化创作理念，提高创作思维，是笔者的初衷。这一目的是否达到，可能每个读者都有不一样的感觉。还是那句话，读者是千差万别的，我们力图满足绝大多数人的阅读需求。

回想大学校园，一届又一届的学子踏入校园，青涩、懵懂。毕业时，影视创作的理念已在他们心中深深扎根。短片创作是电影人实现人生梦想的第一条路。无数的学子渴望提高自己的影像表达能力，提升自己的创作思维能力。然而现实可能是，有的沉迷技术、盲目实践，有的眼高手低、空谈理论，有的语出惊人、不可一世，有的默默无闻、了无自信。这些都是电影创作者可能出现的心态。电影是视觉的语言，短片是智慧的体现。影视创作的道路注定不会一帆风顺，梦想是我们前进的指路明灯，但完成目标需要努力、需要机遇、需要信心，也需要智慧。

王国维说治学、做学问有三种境界，"昨夜西风凋碧树，独上高楼，望尽天涯路"，此为第一种境界；"衣带渐宽终不悔，为伊消得人憔悴"，此为第二种境界；"众里寻他千百度，蓦然回首，那人却在，灯火阑珊处"，此为第三种境界。在实现梦想的过程中，我们有没有"望尽天涯路"；在遇到坎坷的时候，我们有没有

"衣带渐宽终不悔"，只有完美地完成前二种境界，才能遇见自己的"灯火阑珊处"。

　　故事短片创作需要学生自己的"悟性"，不仅需要阅读专业书籍，还要广泛涉猎艺术学、美学，乃至哲学类的书籍，以此提高创作者的眼光、思维和观念。"电影本身就是我们最有用的教科书。在电影史上还没有哪一个讲述故事的技巧过时了或被淘汰了。"无数事实一再证明，只有通过大量实践才能掌握一门技术。"纸上得来终觉浅，绝知此事要躬行。"学会了如何拍摄，不等于自己就会拍摄，学习电影制作的最佳办法就是去拍电影。正如戈达尔所言："凡是遇到导演向我征询建议，我的回答总是'拿起摄影机，去拍，然后放给别人看，给大家看。'"

　　一本书解决不了影视创作太多的问题，我们只有广泛涉猎，多读书、多思考，多拉片、多实践，才能渐渐有所悟、有所得，才能渐渐找到拍片的"感觉"。本书只是一张入场券，但愿对大家的短片创作有所帮助。由于时间仓促，错误疏漏之处在所难免，恳请读者批评指正。

　　短片创作是殚精竭虑的煎熬，是冥思苦想的折磨，是痛并快乐着的实践。小胜而不骄，小败而不馁，未来属于永远坚持不懈追求梦想的人。附上大文豪苏轼的《定风波》，与子共勉。

　　莫听穿林打叶声，
　　何妨吟啸且徐行。
　　竹杖芒鞋轻胜马，
　　谁怕？
　　一蓑烟雨任平生。
　　料峭春风吹酒醒，
　　微冷，
　　山头斜照却相迎。
　　回首向来萧瑟处，
　　归去，
　　也无风雨也无晴。

2023 年 6 月